AnneMarie Brear

I0596389

Published novels:

<u>Historical</u>
Kitty McKenzie
Kitty McKenzie's Land
Southern Sons
To Gain What's Lost
Isabelle's Choice
Nicola's Virtue
Aurora's Pride
Grace's Courage
Eden's Conflict
Catrina's Return
Where Rainbow's End
Broken Hero
The Promise of Tomorrow
The Slum Angel
Beneath A Stormy Sky

<u>Marsh Saga Series</u>
Millie
Christmas at the Chateau (novella)

<u>Contemporary</u>
Long Distance Love
Hooked on You
Where Dragonflies Hover (Dual Timeline)

<u>Short Stories</u>
A New Dawn
Art of Desire
What He Taught Her

El ángel de los barrios pobres

AnneMarie Brear

Capítulo uno

York, England 1871

Victoria se apoyó contra los cojines de los asientos que daban hacia la ventana de su habitación y contempló el tráfico que pasaba sobre Blossom Street hacia York. No es que hubiera mucho qué ver, solo un extraño carruaje que llevaba a casa a una señora de sus compras, o un transporte privado que llegaba a la ciudad de la provincia. En eso, pasa un peatón, pero la casa de su tío estaba muy lejos de la calle para que Victoria pudiera ver si era alguien que ella conocía.

Así que ella mejor voltea y observa las nubes blancas en el cielo. En los árboles del jardín brotaban delicadas flores de color rosa, aunque el clima aún era fresco para abril. Se sentía un tanto apática, deseando tener más que ver con su tiempo, pero desde que se enfermó con un fuerte resfriado hace semanas, había usado todos sus recursos de ocio.

Kilmore, el viejo jardinero de su tío, cruzó el césped con la espalda doblada con el palo en mano. Ninguna hierba se atrevía a crecer en su jardín. Ella lo observó trabajar por un tiempo, con la barbilla apoyada en su mano. Esperaba que el verano mejorara su estado de ánimo y eliminara su aburrimiento.

En eso, el libro que había estado leyendo, *Emma* de Jane Austen, se deslizó de su pierna y cayó al suelo. Suspiró y se inclinó para levantarla cuando la puerta de su dormitorio se abrió y su prima, Stella, entró.

'¿Por qué estás en tu habitación a medio día?' Preguntó Stella.

Mientras Victoria sonrió en secreto. Sin importar cuántas veces le dijera a Stella que disfrutaba de su propia compañía, su prima se negaba a creerlo. 'Estoy leyendo.'

¿Por qué?

'Qué pregunta tonta'. Mientras asentía con su cabeza. 'El señor Hubbard estaba enseñándole a Jennie y a Dora sobre cómo *no* limpiar las ventanas del salón. Quería un lugar tranquilo así que vine a mi habitación'.

En eso Stella va al tocador y mientras se daba unas palmaditas en sus cortos rizos marrones frente al espejo. Su aspecto físico era lo más importante para Stella. 'Bueno, he tenido el momento más triste esta mañana. Estoy realmente cansada de escuchar a los amigos de mamá hablar de cosas sin importancia. Necesito que vengas conmigo. Siempre haces que sea soportable. Les haces preguntas interesantes y recuerdas los nombres de sus familiares. Han pasado muchos meses desde que saliste conmigo. Oh, sé que has estado mal, pero ahora estás mejor, ¿no?

'Sí, estoy mejor y comenzaré a hacer llamadas la próxima semana'.

Al mirarla, Victoria se preguntó cómo podrían relacionarse. Stella era totalmente opuesta a ella. Ella era ruidosa, obstinada, vivaz, terca, difícil y tenía una belleza que era dura, pero definida. Sus ojos marrones brillaban con irritación o ardían con un secreto oculto. Ella fue malcriada y consentida por la familia y usó ese poder para su ventaja en cada oportunidad que tenía al frente. Sin embargo, Victoria lograba ver sus travesuras y simplemente sonreía y la dejaba continuar con ello. Era más fácil tratar con Stella si tan solo le permitía salirse con la suya.

Aburrida de mirarse a sí misma, Stella se giró para ver a Victoria. 'Papá invitó a personas muy aburridas a cenar esta noche. Podría inventarme un dolor de cabeza y no molestarme en hacer el esfuerzo de vestirme.

'Las dos sabemos que no lo harás'. Así que Victoria se levantó del asiento de la ventana y colocó el libro en su mesita de noche. 'Las cenas de tu padre suelen ser muy entretenidas'.

'Lo dices tú. Ya que a *todos* los ves interesantes. ¿Así que nos acompañarás esta noche? Stella caminó hacia el armario de nogal y abrió ambas puertas.

'Sí, mi tos ha desaparecido, estoy segura de ello. Ahora ya podré sentarme a comer y no avergonzarme de toser a cada rato.

¿Qué te pondrás entonces? Stella sacó un vestido de color amarillo suave con detalles de encaje blanco que fluía sobre el bullicio. '¿Éste?'

Victoria se sentó en la cama, mirando los hermosos vestidos que tenía. 'Tal vez esta de seda azul'.

'Me iba a poner el de color azul'. Mientras Stella interrumpía. 'No podemos usar el mismo tono, ya lo sabes'.

'Entonces me pondré el de color rosa'. Ella suspiró. 'No me molesta'. A veces era mejor dejar que Stella le dijera qué color usar.

Stella frunció el ceño al pensar. 'Pero el rosa sí combina mejor con mi color. ¿Tal vez debería usar mi satén rosa a rayas?

'Todo lo que decidas ponerte se ve encantador', tranquilizándose Victoria, deseando tener las amplias curvas de Stella en lugar de su propia figura juvenil.

Su vestido favorito era uno de seda azul con hilo de plata. Sin embargo, ella nunca se lo mencionaría, ya que Stella decidiría instantáneamente utilizarlo.

Con los años, ella había aprendido como llevársela con Stella.

Cerrando el armario, Stella se dirigió a la puerta. 'Baja a tomar algo de te. Podemos hablar sobre ello. Mamá debería estar llegando a casa pronto.

Sabiendo que no tendría paz si no la obedecía, Victoria salió de la cama, pero se detuvo frente al espejo. Mirando su reflejo. Nada de lo que hiciera le daría senos más grandes o caderas más redondas, pero afortunadamente lo último en la moda le ayudaron a definir la poca forma que tenía. Viéndose decepcionada con su cuerpo como siempre, sofocó un suspiro y bajó las escaleras.

Ya en el salón, Stella le pidió a la sirvienta, Jennie, que le trajeran una bandeja de té. Victoria se sentó en el sofá de terciopelo rojo oscuro, preparándose mentalmente para pasar una hora escuchando la conversación sin parar de Stella.

Por fortuna, la primavera estaba reemplazando al invierno, y ella podría salir de la casa y dar largos paseos, paseos en los que Stella se negó a unirse.

El frío en el pecho que había sufrido durante los meses de invierno la había mantenido en su casa más de lo que le gustaba, pero ahora estaba bien nuevamente, y estaba decidida a dar largos paseos que tanto disfrutaba.

'No me gusta ese vestido que llevas puesto'. Dijo Stella con disgusto.

Mientras Victoria miraba el vestido de día color melocotón que llevaba. Ya tiene sus años, pero aún se ve bien. 'Es perfecto para estar en casa. Sabía que no tendría llamadas hoy. No me pondré a gastar el dinero del tío innecesariamente.

Mientras Stella hojeaba *The Queen*, una de las revistas de su madre. 'Papá te da un buen subsidio'.

Retorciéndose interiormente ante la mención de la generosidad de su tío Harold, se logró observar una sonrisa en el rostro de Victoria. 'El tío es muy amable y no abusaré de su buena naturaleza'.

'Papá tiene mucho dinero. Nunca te he visto que te falte nada, ¿verdad? Te trata igual que a mí y eso que soy su hija.

Victoria se frunció el ceño, notando cómo Stella últimamente se referiría a sus posiciones en la familia. Stella era la *hija* de la casa, y nadie necesitaba que se lo recordaran, mucho menos Victoria. Ella sabía muy bien que había sido acogida como huérfana. Stella nunca antes había estado celosa cuando eran niños, entonces, ¿por qué empezaría a mostrarlo ahora?

Stella arrojó la revista a un lado cuando Jennie por fin trajo la bandeja de té. '¿Si me trajiste un poco de pastel de la señora Norman?'

'Sí, señorita Stella, y también galletas de mantequilla. La señora Norman dijo que se lo acabaran, ya que quiere preparar otro tanto mañana.' Jennie colocó la bandeja en la pequeña mesa al lado del sofá. '¿Le sirvo señorita Victoria?'

'No, yo lo haré, gracias, Jennie'. Victoria se sirvió el té mientras Stella llenaba su plato con las delicias de la señora Norman.

La puerta se abrió nuevamente y entra Todd, el hermano mayor de Stella.

'¡Todd! ¿Qué haces en casa?' Stella lo acusó como si entrar en la casa fuera algo inusual.

'Vaya bienvenida, hermana. Dijo riendo.

'No te esperábamos'.

'Decidí que pasaría la noche aquí antes de regresar a Oxford mañana. Dejó caer su larga figura junto a Victoria y le dirigió una sonrisa descarada. 'Jennie se fue a traer otra taza. No te acabes todo el pastel, Stella.

Stella lo miró mientras se comía un gran trozo. 'Aguarda. Que la señora Norman no me dio mucho. Toma la torta dulce.'

¿Y cómo estuvo Escocia? Le preguntó Victoria a Todd. Su primo atractivo era el consentido de su madre y parecía no romper ningún plato, a pesar de faltar a la universidad y las malas calificaciones que obtenía en los exámenes. Victoria se preguntó qué haría con su vida. Por ahora, parecía decidido a desperdiciar cada día en actividades egoístas.

'En Escocia hacía frío. Edimburgo era un tanto deprimente'. Todd se estremeció dramáticamente y un largo y oscuro rizo cayó sobre su frente, que empujó hacia atrás con una mano mientras buscaba la galleta de *shortbread* con la otra. Él le sonrió a Jennie mientras ella traía otra taza y platillo. 'Creo que apenas abandoné las tabernas. Son los lugares más cálidos en los que uno puede estar.'

'No fue solo el calor que te mantuvo allí, de eso estoy segura', se burló Stella, mirándolo con arrogancia. 'Fuiste allá a estudiar. Papá no te perdonará si tienes otro mal semestre.'

'No empieces a estresarme. Tengo suficiente con papá. Este es mi último semestre y después me libre de Oxford y los libros para siempre.

'¿Y qué harás después?' Preguntó Victoria mientras le servía té. ¿Ir al banco con tío Harold y Laurence?

'¡Claro que no!' Mientras Todd comía más galletas de shortbread.

'De todos modos papá no lo querrá', respondió Stella mientras se reía.

Creo que uniré a la marina. Tomó un sorbo de té con indiferencia, como si el anuncio fuera tan simple como elegir qué calcetines usar.

Victoria lo miró sorprendida. 'Nunca antes me has mencionado sobre la armada'.

'¿Por qué no nos lo dijiste?' Decía Stella, tronándose los dedos.

'Bueno, ahora lo he hecho. Mamá siente que sería bueno ocupar mi tiempo. Papá tiene buenos contactos, así que me pondrían en un buen barco. Pero primero voy iré a Italia por un mes en julio con algunos amigos.

'¡Yo quiero ir a Italia!' Resopló Stella. '¿Por qué tú y Laurence les toca ir a lugares emocionantes? Laurence ha estado en Londres por varios meses. Victoria y yo tenemos que quedarnos atrapadas aquí en casa todo el tiempo.

'Eso es porque ustedes son mujeres'. Decía Todd mientras se terminaba el shortbread. 'Nuestro hermano mayor es un hombre de mundo. Papá tiene a Laurence a su entera disposición haciendo negocios bancarios. Yo, querida hermana, no me convertiré en un lacayo bancario.

Victoria frunció el ceño. 'Nos da una muy buena vida, Todd. No lo descartes. Tu padre es un hombre rico e influyente por el banco que fundó.' Aunque lamentaba que Laurence no hubiera heredado el encanto del tío. A ella le encantaba más tener a su primo mayor alojado permanentemente en Londres.

'¡Y sin embargo, no es para mí!' Todd se levantó bruscamente.

'¿Y la marina lo es?'

Dijo mientras se encogía los hombres. '¿Quién sabe? Me pondré cómodo y ordenaré mi equipaje. Siento que estoy cubierto con una capa de hollín del tren. ¿Tendremos visitas esta noche? preguntó desde la puerta.

'Sí. Papá ha invitado a gente aburrida'. Dijo Stella despreocupada mientras servía té. 'Siempre hay alguien en nuestro comedor'.

Victoria mordisqueó su pedazo de pastel. Una vez que Todd cerró la puerta, ella miró a Stella. ¿Cómo puede saber Todd que la marina es para él? ¿Acaso ha estado en un barco naval para ver cómo es?

Agregando azúcar a su taza, Stella la revolvió. 'Oh, ya conoces como es Todd. Para cuando regrese de Italia, habrá decidido hacer otra cosa. Hará lo que quiera hasta que papá lo amenace con cortarle su domingo.

'Los hombres lo tienen muy fácil'. Victoria volvió a colocar su taza de té en la bandeja. 'Ellos tienen mucha libertad. Los envidio'.

Tendremos más libertad una vez que nos casemos. '¡Estoy decidida a elegir un esposo que me deje a mi suerte, y me aseguraré de tener una luna de miel en algún lugar exótico!' Stella se comió el último pastel. 'Y tendré una cocinera tan buena como la señora Norman.'

El reloj de caja larga en la entrada cerca de la puerta principal dio las tres en punto.

Victoria, por su parte, miró por la ventana cuando oyó ruedas de carruaje en el corto camino de entrada desde la carretera. 'La tía Esther ha llegado a casa'.

'Espero que mamá sí me haya traído las muestras de seda del salón de la señorita Thatcher. Quiero ordenar algunos vestidos nuevos de verano. Y tú también debes hacerlo. No me avergüenzas vistiendo estilos de la temporada pasada. Las invitaciones para el verano llegan todos los días y me niego a estar en tu compañía mientras utilices los vestidos del año pasado.

Unos momentos después, Esther Dobson entró en el salón, frunciendo el ceño mientras se quitaba los guantes. '¿Me dijo Jennie que ha llegado Todd a casa? Pensé que se iría directamente a Oxford'

'Él cambió sus planes, mamá', dijo Stella impaciente. ¿Dónde están las muestras?'

'Jennie se los dio a Dora para que las pusiera en tu cuarto'.

'Pero quería verlos ahora'.

La tía Esther levantó la barbilla entrecerrándose los ojos. Parecía una versión mayor de su hija. 'Bueno entonces sube las escaleras y hazlo. No quiero que abarroten esta habitación cuando tengamos compañía en una par de horas.

'¡Ay mamá!' Stella salió de la habitación, murmurando de disgusto mientras avanzaba.

La tía Esther le sonrió con preocupación a Victoria mientras se desabrochaba su pequeño sombrero negro. '¿Se ha mejorado tu tos cariño?'

'Sí, gracias, tía'.

'Tu tío ha invitado a un médico a cenar con nosotros esta noche. Aunque no es bueno pedírselo a un invitado, tal vez deberíamos pedirle que te examine para asegurarse que te has recuperado completamente'.

'No hay necesidad, de verdad. Me siento bien, estoy segura de ello. No he tosido hoy en absoluto'. Victoria se levantó, sintiéndose culpable por la atención que le daban. '¿Puedo pedirle a Dora que me preparé la ducha? Me gustaría lavarme el cabello y secarlo con suficiente tiempo'.

'Sí, cariño, pero dile que encienda un fuego en tu habitación primero para que no esté frío. No debemos arriesgarnos con tu tos'.

'Así lo haré. ¿Le pido a Jennie que te traiga un poco de té fresco?

La tía Esther se frotó los ojos con cansancio mientras se sentaba en el sofá. 'Ya se lo pedí al entrar.'

Victoria se detuvo junto a la puerta. '¿Tu día muy agotador?'

'Ya sabes cómo es. Demasiados comités. Todos quieren que les ayudes con su recaudación de fondos, y por mucho que me gustaría ayudarlos, simplemente no puedo hacerlo todo. Es algo muy exigente. Le devuelvo las llamadas a las mujeres cuya conversación es repetida y me siento allí preocupándome por todo lo que me queda por hacer en el día'.

'Stella mencionó algo similar sobre hacer llamadas'. Sonrió Victoria.

'Tu primo no tiene paciencia. Sí, puede se agotador, pero aún así, debo cumplir con mi deber como esposa de un banquero de buena reputación y escuchar a aquellos que necesitan nuestra ayuda.

'Tu influencia y la del tío es muy respetada por la gente de York', dijo Victoria con orgullo. 'Ambos hacen mucho por los demás. Ahora que me encuentro bien nuevamente, puedo reunirme contigo en tus esfuerzos'.

'Te tomo la palabra querida, ya que eres mejor que Stella, pero solo si estás segura de que puedes hacerlo'. Tía Esther meneó los pies con sus botas. Debo comprarme botas nuevas. Estos me hacen doler los pies.

Victoria abrió más la puerta para permitir que Jennie entrara con otra bandeja de té. 'Los dejo descansar tía'.

'¿Victoria?'

'¿Si?'

'Mientras te bañas, piensa en lo que te gustaría hacer para tu cumpleaños el próximo mes. ¿Tal vez una fiesta? Cumplirás veintiuno'.

'Sí, lo pensaré'.

Las palabras de su tía giraron sobre su cabeza mientras se bañaba. Dora había llevado el baño de estaño a la habitación y, después de numerosos viajes a la cocina, lo había llenado con agua caliente, perfumada con gotas de aceite de rosas. Un pequeño fuego alegre hacía brillar la rejilla. El tío estaba ansioso por instalar uno de esos baños nuevos que estaban de moda, pero a Victoria le gustaba bañarse en la privacidad de su propia habitación.

Lavando lentamente su cuerpo con un paño jabonoso, Victoria se relajó, disfrutando del agua que la bañaba. Pero su mente seguía regresando a la idea de su cumpleaños.

Desde que vino a vivir a la casa de Dobson cuando tenía doce años, siempre la habían tratado como si fuera su hija. Sin embargo, a pesar de ello, sintió como si estuviera al borde de la familia, una parte sí y otra no tanto.

Cuando su madre y su hermano menor murieron de neumonía con dos días de diferencia, su padre la había traído aquí, lejos de la casa de la muerte. Y ahí se quedó desde entonces. El tío Harold era el hermano de su madre, y él había amado mucho a su hermana. Había transferido ese amor a Victoria, mientras la tía Esther la había llevado a su seno como una gallina junta a sus polluelos. Victoria no había querido nada. Aún así, hubo ocasiones, como su cumpleaños, en que echaba mucho de menos a su madre.

Miraba la repisa de la chimenea y el pequeño retrato de su madre que estaba encima. Ella no tenía imagen de su padre y su hermano pequeño, puesto se habían ido de su memoria.

Por más que lo intentó, no pudo ver sus caras, pero la belleza de su madre brillaba por el toque de artista que tenía y la miraba todos los días.

Su padre había ido a su tumba a los seis meses de enterrar a su esposa e hijo. Con su corazón roto, le dijeron que había perdido la voluntad de vivir. Victoria no representó lo suficiente para que él cuidara de sí y después de una vez, él dejó de venir a verla. Si hubiera seguido viéndola, tal vez ella hubiera podido darle la voluntad de seguir adelante. Sin embargo, no le hacia sentido por qué se rindió tan rápido. Con el tiempo, ella habría sido su compañera y encargándose del hogar, podrían haber sobrevivido juntos.

Movió las piernas en el agua, sintiendo que se enfriaba. Debería salir, pero la apatía que estaba en ella hoy persistió.

En el mes próximo ella cumpliría veintiún años. Una adulta a los ojos de la ley. Una adulta en la casa de su tío con muy poco propósito o dirección. ¿Cuántos cumpleaños más pasaría ella aquí, sintiéndose a la deriva?

Molesta consigo misma, se puso de pie en el baño y tomó la toalla. Odiaba la autocompasión. Le frustraba que no pudiera quitárselo hoy.

Secándose la mitad superior rápidamente, salió del agua y se secó las piernas y los pies.

¿Qué le pasaba a ella? Tenía una casa encantadora y una bonita familia. Ella debería estar agradecida. ¡Ella *estaba* agradecida!

Enojada, se puso su ropa y comenzó a secarse el cabello frente al fuego.

Ella tenía que detener estos largos días de inactividad.

Con su salud mejorada, necesitaba dedicarse a mantenerse ocupada. La tía Esther hacía tanto que seguiría su ejemplo.

Un fuerte golpe en la puerta sonó antes de que se abriera y Stella entró en la habitación. 'Tengo puesto el satén rosado con flores blancas. No desperdiciaré uno de mis mejores vestidos para unos viejos banqueros'.

Victoria, con la cabeza inclinada para que su cabello cayera libremente frente al fuego para secarse, la miró. 'Se te verá muy bien. ¿Son buenas las muestras de la señora Thatcher?

'Pasables'. Stella se dejó caer sobre la cama. 'Hay una seda rosa que me gusta bastante, y pensé que te podría gustar la franja blanca y lavanda. Podríamos comprar sombreros nuevos, ¿qué te parecc?

'Suena interesante'.

Stella extendió la mano y, tomando la toalla, comenzó a frotar el cabello de Victoria. 'Desearía que mi cabello fuera de este color. Mira cómo el oro rojizo atrapa la luz del fuego. Es como si estuviera viva, como las llamas'.

Asombrada que Stella hubiera dicho algo tan agradable, tan poético, Victoria se quedó perpleja por un momento sobre cómo responder. 'Tienes un cabello hermoso, Stella. Todos esos rizos. La mía es recta y demasiado gruesa para estar a la moda'.

'Sé que mis rizos muy bonitos. Solo que no me gusta el color marrón que tienen. Preferiría tener tu color cobre intenso, aunque supongo que es un poco común. La mitad de York está repleta de pobres irlandeses que tienen un tono similar al tuyo.

Una burbuja de risa escapó de Victoria antes de que pudiera detenerla. Solo Stella podía hacer un cumplido con una mano y quitarlo instantáneamente con la otra.

Capítulo dos

Una suave carcajada salió del salón mientras Victoria bajaba para unirse a la fiesta. Había dejado a Stella preparándose en su habitación, volviendo loca a la pobre Dora con la exigencia de hacer que sus rizos se sentaran a la perfección. Los invitados habían llegado media hora antes y Victoria era consciente que era muy tarde para reunirse con su tía y su tío. Stella podía salirse con la suya, pero no quería mostrarse como descortés.

En la puerta, se detuvo y pasó las manos sobre el suave vestido de satén gris que llevaba, seleccionado por Stella. Había perdido peso durante el invierno y el vestido le quedaba bien sobre el corsé que Dora había apretado para enfatizar su cintura estrecha.

El estilo fuera del hombro estaba bordeado con encaje blanco de cuatro pulgadas de largo y más encaje blanco sobre el pequeño bullicio en la parte posterior como una cascada.

Dora se había arreglado el cabello con largos lazos gruesos entrelazados con cintas de plata.

Stella mencionó que se veía bonita, así que estaba feliz con eso. Hace mucho tiempo que había aceptado que nunca se le permitiría destacar más que a Stella, y no es que pudiera hacerlo.

Respirando hondo, levantó la cabeza y entró en la habitación con una sonrisa en su rostro.

La suave iluminación de las lámparas de pared de gas esmerilado y el resplandor dorado de un fuego rugiente le dieron a la habitación una atmósfera acogedora. Los vasos tintinearon, la cortés charla decayó y fluyó. La tía Esther se encontraba hablando con su amiga, la señora Hewitt, una mujer muy gorda, que había donado algunas de las tierras de su difunto esposo a la ciudad para la construcción de una casa de beneficencia para los pobres. Junto a la chimenea, el tío Harold estaba hablando con dos hombres, uno que conocía como el señor Belton, una persona de avanzada edad como su tío. El otro le daba la espalda.

Riendo con su primo, Todd, había una mujer bastante joven llamada Alice Thorpe y su pequeño marido de aspecto pálido, Percy. Victoria y la familia habían asistido a la boda de los Thorpes el verano pasado. La relación de los Thorpes no era una de amor. Todos sabían que Alice solo se había casado con Percy por su dinero y la vida que podía darle. Victoria esperaba que nunca tuviera que hacer ese compromiso, pero ¿quién era ella para juzgar a los demás?

'Señor, no sabía *que* vendrían', susurró Stella detrás de Victoria en la puerta. 'Sería mejor no sentarme al lado de Percy. Los Thorpes me aburren.

'Lo prefiero a él que a la señora Hewitt', susurró Victoria. 'Ella es agradable, pero se lleva la mayor parte de la comida'.

Compartiendo una sonrisa secreta, unieron los brazos y recorrieron la sala sonriendo ampliamente a todos.

Después de saludar a los Thorpes y a la señora Hewitt, Victoria se paró junto a su tío y asintió cortésmente con la cabeza al señor Belton antes de dirigirse para ser presentada antes los recién llegados.

'Victoria, querida, este es el doctor Joseph Ashton —dijo el tío Harold jovialmente. 'y esta es mi sobrina, Victoria Carlton'. Sonrió con orgullo.

'¿Cómo has estado?' Extendió la mano y miró al hombre que tenía delante. Junto con Todd, él era el más alto de la habitación con seis pies, pero fueron sus ojos los que llamaron su atención, ya que eran de color azul claro y bordeados por pestañas negras gruesas, del mismo color que su cabello.

'Señorita Carlton. Un placer conocerla'. El doctor Ashton sostuvo su mano firmemente y su cálida sonrisa le llegó a sus impresionantes ojos.

'Y usted, doctor'. Ella le devolvió la sonrisa, admirando su hermoso rostro.

El movimiento en la puerta los hizo mirar mientras el señor Hubbard asintió con la cabeza hacia la tía Esther, quien anunció que servían la cena.

Todos cruzaron el pasillo hasta el comedor de enfrente y tomaron sus lugares. Victoria se sentó en el lado izquierdo de su tío, Stella a su derecha, mientras la tía Esther ocupaba el otro extremo de la mesa con todos los demás sentados entre ellos.

Sonriendo en general, pero extrañamente decepcionada de que Percy Thorpe se sentara a su lado, Victoria sintió una punzada de celos cuando el doctor Ashton se sentó junto a Stella. Sin embargo, fue agradable tenerlo al otro lado de la mesa para poder mirarlo. Su mirada le llamada la atención. Él tenía un magnetismo silencioso que le atraía.

Antes de que comenzara el primer platillo, Stella hablaba animadamente con el doctor Ashton y Percy sintió la necesidad de hablar con Victoria la apertura del Royal Albert Hall en Londres.

'¿Nos acompañará para verla señorita Carlton?' Preguntó Percy.

'¿El Royal Albert Hall?'

'Sí, creo que es espléndido. Tendría que serlo, ¿no es así, pues lleva el nombre del difunto Príncipe? La reina no lo permitiría de otro modo.

'Sin duda. Me imagino que sería algo de gran interés para la Reina.' Ella comenzó a comer su sopa de puerro y papa. 'Aunque dudo que lo visite pronto. ¿Irás?'

'Claro que sí. Alice y yo podríamos ir en verano y asistir a un concierto.'

Mientras tanto Percy continuó hablando sobre cosas que hacer en Londres, incluido comprar un sombrero nuevo, mientras prestaba media atención, ya que el doctor Ashton ahora estaba hablando con el tío Harold sobre la recaudación de fondos para el Union Workhouse. Apenas la semana pasada, su tío se había convertido en uno de los guardianes de esa casa de trabajo.

'¿Trabaja en Union, doctor Ashton?' Preguntó Victoria, consciente que Percy había dejado de hablar abruptamente mientras hablaba. Se sonrojó, ser grosera no era algo que le gustara ser, pero había tenido suficiente de Percy por el momento.

Ashton bajó la cuchara. 'Cuando me preguntan, ofrezco mi tiempo y conocimiento, señorita Carlton', respondió. 'Es solo uno de los lugares donde me gustaría hacer algo bueno'.

El tío se detuvo mientras sorbía su sopa. 'Fue en el Union donde conocí al doctor Ashton. Tiene poco que vino a vivir a York, querida —le dijo el tío. 'Lleva menos de un mes aquí y ya es muy solicitado. A la Junta le gustaría que se convirtiera en el Médico Oficial allí, pero Ashton ha rechazado nuestra oferta. Sonrió el tío para mostrar que no había resentimientos al respecto.

Ashton arqueó los labios. 'Sabes mis razones, Harold. Siento que puedo ser más útil esparciéndome, y no solo concentrándome en un solo lugar'.

Victoria se limpió la boca con una servilleta. 'Sin duda, hay muchos lugares en York que se beneficiarían de tus servicios'.

'Espero que sí. A veces siento que no hay suficientes horas en el día para hacer todo lo que deseo. Estoy más interesado en ayudar a mujeres y niños'. Sus ojos sostuvieron los de ella hasta que Stella tosió.

El doctor Ashton se concentró en su sopa mientras Stella le dirigió a Victoria una mirada fuerte.

'¿De dónde es originalmente, doctor Ashton?' Victoria le preguntó, ignorando la mirada aguda de Stella.

'Lincolnshire. Lincoln para ser precisos.' Ashton sorbió su sopa. 'Mi familia ha sido durante mucho tiempo comerciante de vino por parte de mi padre y tenía tierras por parte de mi madre'.

Stella inclinó la cabeza. 'Nunca he estado en Lincoln. Aunque me gustaría'.

'Tiene una magnífica catedral en la colina, y también hay un castillo'.

'Papá, debemos visitar la casa del doctor Ashton algún día. En el verano, supongo'.

El tío se rio profundamente. 'Intentaré encontrar un momento libre para llevarte querida'.

'Debes visitar a mi familia si te aventuras allí. Mis padres estarían encantados de recibirte'.

'¡Qué lindo de tu parte!' Stella sonrió radiante. 'Definitivamente iremos en esta ocasión, ¿no es así, papá?'

'¿Qué te hizo decidir convertirte en médico? Preguntó Victoria, mientras se enfriaba su sopa. El doctor era el hombre más interesante.

Él le prestó atención con una pequeña sonrisa. 'La necesidad de querer ayudar a los demás, hacer la diferencia de alguna manera pequeña'.

'Eso es de admirar'.

`Mi hermano se hizo cargo de la empresa familiar, que realmente no me interesaba unirme a él a pesar de ser accionista. Quería viajar y ver el mundo. Sin embargo, fui a la universidad, a instancias de mi madre, porque estaba preocupado que desperdiciara mi vida si no me dedicaba a algo'. Él sonrió tímidamente, con emoción al ver a Victoria.

En eso, Stella levanta su copa de vino. 'Ya no tengo doctor Ashton. ¿Me podría servir?' Ella le dedicó una sonrisa deslumbrante, desviando su atención de Victoria.

'Por su puesto señorita Dobson'. Ashton levantó la jarra.

En eso, el tío Harold saluda a Todd, quien estaba absorto en una conversación con Alice Thorpe. 'Ese es un problema que tenemos actualmente en esta casa, doctor. Tu madre tiene razón al llevarte a emprender esfuerzos que valgan la pena. Los hombres jóvenes deben ser dirigidos por mentes más sabias o perderán la motivación para llevar una vida que valga la pena.

La Tía Esther se rio de repente de algo que dijo el señor Belton al otro lado de la mesa. Victoria, por su parte, bajó la mirada hacia su plato en señal que no tenía mucha hambre, ya que su estómago parecía no querer recibir nada. Percy una vez más comenzó una conversación con ella sobre el estado de las carreteras de York.

Durante toda la comida, Victoria hizo todo lo posible para escuchar las conversaciones alrededor de la mesa, pero repetidamente su atención volvía al Doctor Ashton cada vez que hablaba. Ella supuso que tenía unos treinta años, no parecía mayor que eso.

Ella observó a Stella aburrirse cada vez que el tío y el médico hablaban de las necesidades de las parroquias y ayudaban a los pobres. No tenía nada que agregar a la conversación, ya que su tía no había permitido que las niñas visitaran las zonas pobres, pero Victoria estaba fascinada por el entusiasmo de Ashton por las mejoras requeridas.

'Es una pérdida de dinero', dijo Percy inesperadamente, interrumpiendo al tío Harold mientras hablaba de las donaciones requeridas para una nueva casa de beneficencia cerca del río Foss.

'¿Un desperdicio de dinero?' Ashton preguntó con el ceño perplejo. '¿Cómo así señor Thorpe?

Percy se inclinó hacia atrás en su silla. 'Se ha comprobado a lo largo de estos años lo poco que estas personas respetan la ayuda que se les da'.

Ashton se quedó viendo al hombre detenidamente. 'Opino lo contrario señor Thorpe. Muchas vidas se han salvado debido a las casas hogares. Esas instituciones en su mayoría operan por donaciones. Los pobres sin duda son muy agradecidos y saben que sin esas donaciones morirían de hambre'.

'Aún así ellos mueren, por lo general, por beber mucho o al nacer.' Percy olisqueó con disgusto. 'No tienen morales o respeto a sí mismos'.

'Estás generalizando, señor Thorpe. Eso es algo peligroso que no se debe hacer'. La boca de Ashton se redujo en asombro. 'A menos que camines en sus zapatos, ¿cómo podrías hacer tal declaración?'

'La evidencia es muy clara, doctor. Basta con realizar una visita a esos barios bajos para ver cómo prefieren vivir sus vidas. Tienen demasiados hijos y están ociosos. El dinero que ganan se lo malgastan en la bebida, las apuestas y la vida loca'.

'¿Y cuándo fue la última vez que visitaste los barrios bajos señor Thorpe? La señora Hewitt retumbó desde el otro extremo de la mesa, con los ojos brillantes en una cara redonda y sonrojada.

'No tengo necesidad de estar entre esa población para conocer las guaridas de inmoralidad y derroche,' defendió Percy, con su actitud justa.

'No es algo que ellos elijan. Así es como la vida los ha tratado'. Ashton habló con una corriente de frustración en su voz. '¿De verdad crees que prefieren vivir como lo hacen? Si hubiera suficiente trabajo, habría suficiente dinero para poder mantener a sus familias. ¿Acaso alguna madre querría ver a su bebé llorar de hambre o morir de una enfermedad?

'¿Puede usted, doctor Ashton, decir honestamente que cada una de esas personas abandonaría sus formas descuidadas de trabajar y mantener a su familia si existiera la oportunidad de hacerlo? ¡Eres un tonto si lo piensas!

' ¿Soy un tonto?' Un tono peligroso entró en la voz de Ashton.

Mientras tanto el Tío Harold levantó la mano. 'Ahora, Percy-'

Inclinándose hacia adelante, Percy se negó a guardar silencio. 'Doctor, usted que trabaja entre ellos, debe ver el verdadero carácter de esas personas. Siempre habrá quienes *elijan* ser vagos y no responsabilizarse por sus acciones. No tienen autoestima ni autocontrol. ¿Por qué tendrían tantos niños cuando saben que no pueden mantenerlos? ¿Dónde está la abstinencia? Hacen todo en exceso cuando no tienen los medios para respaldarlo. Llegan a las ciudades desde los condados esperando recibir trabajo y casas, y cuando no sucede, recurren al vicio. Así es la vida. Nadie puede cambiar eso'.

'Lo voy a intentar'. Ashton interrumpió. 'Creo que aquellos quienes hemos tenido una vida mejor tenemos el deber de ayudar a las personas menos afortunadas'.

Golpeando la mesa Percy interrumpió. '¿Por qué deberíamos hacerlo? ¿Acaso es *nuestra* culpa que hayamos tenido antepasados que trabajaron duro para garantizar que sus futuras generaciones no sufrieran? Darle constantemente a los pobres nuestro dinero no parece alterar la situación. Sería mucho mejor si invirtiéramos en oportunidades para avanzar las clases que sí lo aprecian'.

'¿Por ejemplo?' Victoria preguntó, mortificada por las opiniones de Percy.

'Estaría más que contenta de donar dinero a universidades y escuelas para las familias que trabajan duro para que puedan educar a sus hijos adecuadamente, o para donar a la ciudad y así construir parques para poder disfrutar y museos que visitar. En buenas causas'.

Dijo Victoria doblando su servilleta. 'Sí, lo son, pero ¿y qué pasa con los desfavorecidos que no pueden permitirse enviar a sus hijos a esas escuelas?'

Percy le sonrió con condescendencia. 'Querida, lo que no entiendes es que los pobres son demasiado estúpidos para ir a la escuela. Solo son buenos para el trabajo manual.

Se presenció un jadeo colectivo alrededor de la mesa y Ashton se sacudió en estado de shock o ira, Victoria no estaba segura.

Antes de que alguien pudiera responder, la tía Esther se levantó de su silla. Señoritas, creo que debemos retirarnos y dejar que los hombres terminen su asunto.

Con reticencia, Victoria salió de la habitación con las mujeres y entró en el salón. Mientras tanto, Dora sirvió té en un ambiente tenue.

Tía Esther, con los ojos como el hielo, fingió que el comentario de Thorpe no había sucedido y le preguntó a la señora Hewitt dónde había obtenido el broche de piedras preciosas que llevaba con forma de mariposa.

Alice Thorpe se inclinó hacia delante ansiosa por escuchar la respuesta de la señora Hewitt, sus mejillas enrojecidas y su mirada recorriendo la habitación como si quisiera escapar.

'Nunca había visto a Percy Thorpe tan voluble', dijo Stella, sorprendida haciéndola susurrar más fuerte de lo que debería ser.

'¡Que insensato de su parte!' Victoria murmuró con dureza. 'Avergonzó a todos en la mesa con sus opiniones infundadas. Pobre doctor Ashton, debe estar muy insultado. Debe habernos considerado muy provincianos y un tanto tacaños'.

'Sin duda. El doctor Ashton debe pensar que la sociedad de York es muy mezquina y que Percy Thorpe es un ejemplo'. Stella, tomándose un sorbo de té. 'Papá le informará lo contrario'.

'Espero que el tío haga que Percy se disculpe'.

'Eso no pasará. Los Thorpes se creen superiores a los médicos. Percy preferiría comerse su propia corbata antes que disculparse con el doctor Ashton.

'Bueno, me negaré a hablar con ese hombre otra vez hasta que lo haga'. Dijo Victoria revolviendo su té vigorosamente.

'¡No puedes hacer eso!' Stella la miró fijamente. 'Mamá se enojaría contigo'.

'Creo que la tía Esther siente lo mismo que yo'.

Dijo Stella riéndose. 'Mamá está extremadamente molesta. Mira lo rígidos que están sus hombros'.

Victoria se abstuvo de comentar cuando los hombres se unieron a ellas más rápido de lo habitual. Mirando al médico, su expresión era natural, pero los movimientos bruscos de su tío mostraron que estaba molesto, mientras que Percy parecía en condiciones de estallar. Solo Todd parecía jovial mientras hablaba con Ashton sobre algo.

La Tía Esther se puso inmediatamente en movimiento como la anfitriona perfecta y sonrió alegremente al médico, lo tomó del brazo y lo alejó de los Thorpe. 'Doctor Ashton, ¿vivirá aquí en York de forma permanente ahora?

'Sí, creo que sí, señora Dobson. Siento que puedo ser muy útil aquí. He estudiado mucho la situación de los pobres en Londres y Manchester y cuando me ofrecieron la oportunidad de trabajar en York, la aproveché'. Dijo sonriendo en agradecimiento cuando Victoria le pasó una taza de té.

'¿Y en dónde se está alojando? ¿Tienes familia o amigos en la ciudad?'

'Solo conozco a unas pocas personas aquí y no quiero ser una carga. Actualmente me estoy hospedando en el Hotel Station'. Ashton dándose toda su atención a tía Esther. 'Por supuesto, tendré que buscar algo más sustancial a largo plazo'.

'Insisto en ayudarlo con ese dilema, doctor, porque conozco a todos. Dijo la Tía riéndose alegremente, aunque un poco a la fuerza. 'Debe permitirme esta indulgencia.

Dijo Ashton inclinándose. '¿Si estás seguro?' Miró impotente al tío Harold.

El tío se rio entre dientes, apoyando las manos sobre su gran estómago. 'Deja que se salga con la suya, Ashton, te lo ruego, o nunca terminará.'

El doctor sonrió cálidamente. 'Será un honor aceptar su ayuda, madam'.

'Excelente.' Dijo la Tía Esther con una sonrisa radiante.

En menos de una hora, sus invitados se habían ido y la casa se había calmado. Mientras Victoria y Stella se dirigían a la cama, Todd bostezó en la escalera detrás de ellas.

'Qué aburrido es ese Thorpe'. Tirando su corbata. 'Pensé que el buen doctor lo iba a estrangular en algún punto'.

'Mamá no los volverá invitará pronto'. Dijo Stella bostezando también.

'Qué pena, ya que su esposa es encantadora'.

Stella gimió teatralmente. 'Tonterías, Todd. Alice es tan aburrida como él'.

'Pero bonita'.

Dijo Stella volviéndose bruscamente hacia él en lo alto de las escaleras. 'Ella es una muñeca confundida que debería haber callado a su esposo con una mirada significativa para salvar la vergüenza de todos. Se merecen el uno al otro'.

Dijo Todd echándose a reír. ¡Lamento a tu pobre esposo cuando lo encuentres! Buenas noches.' Les lanzó un beso y fue a su habitación.

'Cualquier esposo que tenga no se atrevería a ser tan grosero con un invitado en la mesa. ¡Probablemente nunca volvamos a ver al doctor Ashton! Dijo Stella besando la mejilla de Victoria. 'Te enviaré a Dora una vez que termine con ella'.

'Me parece bien. Buenas noches.' Victoria entró en su habitación y comenzó a quitarse los alfileres del cabello. Sabía por experiencia que Stella tendría a Dora durante una buena media hora.

Sentada en su tocador, miró su reflejo y pensó en el apuesto doctor. Ciertamente esperaba volverlo a ver.

Capítulo tres

Una semana después, Victoria se encontraba sentada en el salón cosiendo una nueva cinta de encaje en uno de sus sombreros de verano. No era uno de sus sombreros favoritos, pero recordaba el día en que una ráfaga de viento casi se lo arrancó de la cabeza, y por tanto lo había guardado. Le había ocasionado un daño en el encaje y ella tenía en mente reemplazarlo o deshacerse de ello por completo, pero luego lo olvidó, hasta esta mañana cuando estaba buscando en sus cajas de sombreros y lo encontró.

Mientras tanto, sonó el timbre de la puerta principal, y ella se preguntó quién estaría llamando. Escuchó al señor Hubbard contestarlo. Para su sorpresa, habían invitado al doctor Ashton a entrar.

Se puso de pie y le tendió la mano. 'Doctor Ashton, esta es una agradable sorpresa'. Dijo mientras pensaba si se veía presentable. Su vestido de rayas estrechas de limón y blanco era de la temporada pasada, no que se diera cuenta el doctor.

'¿No la estoy interrumpiendo señorita Carlton?'
Mientras alzaba las cejas.

'De ningún modo'. Mientras hizo un gusto hacia el
sombrero y las cintas. 'Esto siempre se puede
guardar'. Mirando al señor Hubbard. 'Té por favor.'

Se inclinó y los dejó.

De repente nerviosa, Victoria se sentó e indicó al
médico que hiciera lo mismo.

'Lamento haber llamado sin previo aviso. Estaba
visitando el Hospital de St Thomas y pensé que, como
estaba cerca, llamaría y recogería la lista de casas que
tu tía me ha preparado amablemente para que la vea.

'Oh, no estoy seguro de dónde ha dejado la lista.
Quizás esté en su escritorio'. Ella se dispuso a
pararse, pero él levantó la mano para detenerla.

'No hay prisa. Puedo volver a llamar'. Sonrió cálidamente con las líneas arrugándose alrededor de sus
encantadores ojos azules. Su estómago se hundió en
respuesta.

Jennie trajo la bandeja de té y dejó que Victoria
sirviera.

'¿Leche? ¿Azúcar?' Sus manos temblaron, morti-
ficándola. ¿Por qué estaba actuando así?

'Solo un poco de leche, por favor'.

'St Thomas solo ha envejecido a las mujeres que se
quedan allí, ¿es correcto?' Ella le pasó la taza y el
plato. 'Creo que mi tía ha visitado de vez en cuando'.

'Sí. Quería ver cómo lo administrar y observar el estado de los pacientes. Mi antiguo tutor en la universidad está interesado en mis hallazgos. Quiere que
escriba un artículo'.

'¿Un artículo? ¿Es un informe de algún tipo? Mientras le pasó un plato de coco y molinillos de la temporada.

'Sí. Dichos informes se publican en revistas médicas. Tomó un cuadrado de coco. Lo mordió y movió sus ojos. 'Cielos, esto es delicioso!'

Tenemos el mejor cocinero de York, estoy seguro. El tío duplicaría los salarios de la señora Norman si alguna vez decidiera irse'. Victoria se rio entre dientes. 'Me sorprende que todavía no haya intentado hacer eso y ver qué puede obtener de él'.

Se rio con ella. 'Disfruto comiendo coco. Fue en Francia donde lo comí por primera vez. He probado comida muy deliciosa en París, tienen tanta imaginación'.

'¿Cuándo estuviste en Francia?' Dijo ella mientras tomó un trozo de coco. 'Aún tengo que visitar el país'.

'He ido seguido. Mi padre tiene muchos contactos comerciales franceses en la industria del vino. Creo que he estado al menos una vez al año desde que era un niño. Mi hermano esta casado con una francesa, Mariette. Ella es encantadora'.

'¿Extrañas a tu familia?'

'Estoy comprometido con mi trabajo, pero extraño a mi familia, especialmente en las noches cuando estoy solo en mi habitación. Nuestra casa siempre fue alegre. Mis padres aún están muy enamorados, incluso después de todos estos años, y eso crea un hogar reconfortante en el que nos da alegría estar. Y eso es lo que extraño'. Dijo sonriendo tímidamente. 'Pero mi trabajo es importante. No me puedo quejar'.

'¿No puedes tener ambos, tu trabajo y una familia propia?'

'Me gustaría pensar que sí'. Su mirada sostuvo la de ella.

Mientras el calor se elevó en sus mejillas. Ya que reconoció que este hombre guapo sería alguien con quien le gustaría casarse. Vaciló sobre qué decir a continuación.

'¿Cuáles son tus sueños señorita Carlton?'

'Oh, no creo que tenga mucha importancia. Sin embargo, viajar mucho es algo que me gustaría lograr'.

'Viajar es una buena ambición'. Mientras se tomaba un sorbo de té. '¿Qué destinos exóticos anhelas explorar?' murmuró suavemente.

Ella se estremeció ante la intimidad de su voz a pesar de que las palabras eran inocentes. 'No estoy segura…'

'Quizá podríamos dar un paseo cuando haga buen tiempo señorita Carlton. ¿Me podrías mostrar partes de York que aún no he visto?'

Una fisión de felicidad fluyó a través de ella. Sintió que sus mejillas se calentaban ante la idea de que solo los dos caminarían. 'Me encantaría Doctor Ashton. Hay algunos paseos preciosos por el campo donde podría llevarlo.

Sonrió mientras bebía su té. 'Lo espero con ansias'

De repente, un ruido en el pasillo los interrumpió cuando segundos después Stella entró en la habitación. Victoria gimió por dentro, molesta porque su tiempo a solas con el Doctor Ashton había llegado a su fin.

Stella miró a Victoria y al doctor con los ojos entrecerrados. 'Esto se ve muy acogedor. Pero estamos aquí ahora, así que Victoria no debes monopolizar al Doctor ni un minuto más. Qué aburrido debe ser para él solo tenerte a ti hablando con él.'

Aguantándose Victoria ante lo grosera que había sido ella simplemente sonrió y tomó un sorbo de té.

'Señorita Carlton se ha ofrecido a mostrarme algunos lugares por el campo cuando el clima haya mejorado'. Ashton colocó su taza y platillo en la bandeja.

'¿Pasear?' respondió Stella mientras se reía. 'Victoria es buena para dar paseos. No, doctor Ashton, lo salvaré de tener que pasar por ello.

Mientras Victoria le dirigió una mirada aguda.

'¡Subiremos al tren a Scarborough y saborearemos las delicias de la costa! Mamá y papá te presentarán a algunos de sus amigos. Papá tiene un gran amigo, el Doctor Fisher'.

Mientras la tía Esther entró en la habitación, Stella se volvió hacia ella. 'Mamá no cree que deberíamos llevar al Doctor Ashton a visitar al Doctor Fisher en Scarborough? Creo que disfrutarían mucho de la compañía del otro'.

'¡Sin duda! Charles Fisher es un hombre de visión'. Tía Esther asintió con entusiasmo.

Ashton sonrió. 'He oído hablar del doctor Fisher y leí un libro que escribió sobre medicinas naturales. Me gustaría conocerlo'.

'Excelente. Haré los arreglos'. Stella sonrió radiante.

Y así nada más se dijo sobre caminar en el campo.

~ ~ ~ ~

Después de semanas de estar encerrada en la casa, fue un cambio agradable en que Victoria saliera de compras a la débil luz del sol. Las lluvias de abril habían lavado la suciedad y el hollín del carbón de miles de incendios y ahora las flores comenzaban a florecer mientras los cielos azules reemplazaban a los grises.

En Coney Street, Victoria esperó pacientemente afuera de una confitería mientras Stella compraba una caja confitada de Terry. Habían pasado una mañana agotadora comprando cintas y guantes nuevos para un baile que se celebraba en las salas de asambleas la próxima semana.

'¿Señorita Carlton?'

Victoria se volvió y le sonrió al Doctor Ashton. 'Cómo me alegro de verla'.

'¿Está bien?' preguntó, deteniéndose a su lado.

'Si, gracias. ¿Y usted?'

'Estoy muy bien. Sobre todo porque su tía me consiguió una casita en Bootham que se adapta perfectamente a mis necesidades.

'Oh, ella no me mencionó que se había establecido en una casa. Esas son buenas noticias'. Victoria hubiera deseado que su tía Esther le hubiera hablado de ello. El doctor no había estado lejos de sus pensamientos. Él era todo en lo que ella pensaba.

'Sucedió hace solo unos días'. Sonriendo amablemente. 'Su ayuda ha sido invaluable. He estado demasiado ocupado como para salir y ver algo y tu tía lo resolvió todo. Lo alquilé ayer'.

'Quizá sea su manera de disculparse por nuestros invitados irrespetuosos'. Dijo Victoria antes de darse cuenta. Cubriéndose la boca con una mano. '¡No quise decir eso! ¡Lo siento mucho! No quise decir que lo hizo solo por esa razón. Ella quería ayudarlo, en realidad eso era lo que quería'.

Su risa detuvieron sus palabras. 'Entiendo lo que quiere decir señorita Carlton. Su tía no tiene la culpa por tener a unos invitados ignorantes'.

'Es usted muy amable Doctor. Aunque tengo que mencionar que Percy es un tanto ignorante'. Dijo sonriendo.

Inclinándose más de cerca. '¿Sospecho que no estará en la próxima lista de invitados?'

Dijo riendo. '¡No por un tiempo, me gustaría imaginar!'

Mientras tanto, la puerta de la tienda se abrió y Stella salió repleta de sonrisas por ver al médico. 'Doctor Ashton, ¿Mi prima esta siendo demasiada chistosa? Podía escucharlos reír desde la tienda'.

'Su prima es encantadora, señorita Dobson y todo lo contrario'. Ashton miró fijamente a Victoria y sintió una fisión de conciencia hormigueando a lo largo de su cuerpo.

'¿De verdad?' Stella miró sorprendida a Victoria, con un nervio en la mandíbula. '¿Qué demonios le has estado diciendo?'

'Simplemente estábamos discutiendo el nuevo alojamiento del Doctor Ashton que la tía Esther le consiguió'.

'Ya veo'. Dijo Stella mirándolos.

'Estoy muy agradecido por su ayuda, porque estoy demasiado ocupado con mi trabajo para pensar en esas cosas'.

'Mamá está más atenta a aquellos que siente que están en situaciones menos afortunadas, ¿no es así, Victoria?'

Por alguna razón, Victoria sintió que esa declaración iba dirigida más a ella que al médico. 'La tía es la mejor de las mujeres'.

'Así es, a mamá le gusta tomar polluelos debajo de sus alas, tal como lo hizo cuando Victoria quedó huérfana'.

Ahora sabía que el comentario iba dirigido a ella. A veces, a Stella le gustaba recordarle que entró en la familia en circunstancias desafortunadas. Frunciendo el ceño ante el comentario de Stella, forzó una sonrisa en dirección al médico. '¿Cómo van sus estudios?'

Mientras la mirada de él se dirigía de Stella a Victoria. 'Me mantengo ocupado, lo cual prefiero. No hay suficientes horas en el día'.

Permitiéndose mirar su hermoso rostro por un momento, memorizar sus rasgos para pensar más tarde. 'Me gustaría poder ayudarlo de alguna manera, si me lo permite'.

En lo que Stella se puso un tanto rígida a su lado. 'Ya estamos ayudando Victoria. Pasamos muchas horas recaudando fondos para las organizaciones benéficas de mamá'.

Victoria la miró notando su irritación. 'Sin embargo no es suficiente. Me gustaría poder hacer más'.

'Siempre puede ofrecerse como voluntaria en uno de los hospitales o en los hospicios, señorita Carlton. Mañana estaré en el Hospital de Wilson, un hospicio para mujeres. Puedo ofrecerle un recorrido por uno de los hospitales para que vea por si misma dónde podría ser útil, ¿le parece?'

'¡No, ella no puede!' Dijo Stella, tronándose los dedos. 'Mamá no lo permitiría. Podrías contagiarse de algo y llevarlo a casa'. Dijo Stella entrelazando su brazo con el de Victoria, con su actitud aguda. 'Buen día, doctor. Debemos irnos, tenemos mucho por hacer'.

En eso, pensando dijo. 'Fue solo una idea señorita Carlton'.

'Gracias, doctor Ashton'. Furiosa por la falta de respeto de Stella, Victoria quería decir más, pero Stella se la llevó.

'Oh, Doctor Ashton,' dijo Stella. 'Tenemos que ir a Scarborough el próximo sábado. Agréguelo a su calendario. Me he tomado muchas molestias para organizarlo para que no me decepcione'.

'No me atrevería, señorita Dobson. Hasta luego, señoritas'. Ashton inclinó la cabeza en señal de despedida y cruzó la calle.

Irritada con Stella, Victoria retiró su brazo. '¡No necesito que hables en mi nombre, Stella! Solo estoy interesada en ayudar donde sea que me necesiten, tal como lo hace la tía Esther'. Dijo marchándose, enojada como nunca lo había estado antes.

'¡Pero tú no eres mamá! No estás casada'. Stella se apresuró a alcanzarla. 'Simplemente no puedes recorrer hospitales por tu cuenta. ¡Así no se hace!

Victoria se detuvo bruscamente y la miró. 'No dejaré que eso me impida hacerlo. Ayudaré porque no puedo quedarme inactiva todo el día'.

'Mamá y papá no lo permitirán'.

'Creo que te has olvidado Stella, el próximo mes cumplo la mayoría de edad. ¡Haré lo que me plazca!'

'¡Tú vives por la generosidad de mi familia! No harás lo que se te plazca'.

'¿Por qué constantemente sales a relucir eso en nuestras conversaciones?'

'¡Porque a veces lo olvidas!' Dijo Stella, tronándose los dedos.

'¿Según tú cómo lo hago?' Asombrada por el desprecio en el tono de Stella, Victoria dio un paso atrás. 'Soy tan buena como tú'.

'¿Eso crees? ¿Crees que puedes llamar la atención del doctor Ashton? Te estás engañando a ti misma. Él nunca te mirará, una huérfana sin dote, viviendo por la buena voluntad de su tío. ¿Qué puedes ofrecerle?'

Aturdida por el veneno en sus palabras, Victoria cruzó hacia el lado opuesto de Coney Street, donde sabía que el tranvía de caballos se detenía para recoger pasajeros.

'¿A dónde vas?' Preguntó Stella. 'Vuelve aquí'.

'A casa'.

'Pero tenemos más compras que hacer'

'¡No quiero ir de compras contigo!' dijo enojada. 'Estoy cansada de ir de compras, de perder mis días, de estar a tu entera disposición'.

'Cállate te estas exhibiendo'. Stella miró a su alrededor. 'Gracias a Dios que no hay nadie cerca que nos conozca'.

Victoria soltó un largo suspiro, sin importarle quién la viera o escuchara. Stella ni siquiera se había dado cuenta de cuánto le habían dolido sus palabras. 'Me iré a casa'.

Mientras Stella pisoteaba su pie. 'A veces no te entiendo'

~ ~ ~ ~

Joseph dejó el lápiz y estiró su espalda. La luz se estaba desvaneciendo y necesitaba encender las lámparas de gas en las paredes, pero estaba demasiado rígido para poder moverse.

Con movimientos lentos, dobló la carta que acababa de escribirle a su madre y la metió en un sobre. Había escrito sobre su trabajo, su nuevo hogar y las personas que había conocido.

Sus pensamientos se desviaron hacia la señorita Carlton, aunque intentó con todas sus fuerzas no hacerlo. Había estado en su mente demasiado tiempo desde que la conoció en la cena de Dobson.

Había disfrutado de la hospitalidad de la familia, aunque la hija, Stella, estaba un poco nerviosa por sus gustos, pero los Dobson mayores eran buenas personas y la señorita Carlton era ...

¿Cómo era exactamente? Atractiva, ciertamente, pero había algo más dentro de ella que él solo había vislumbrado. Un fuego ardía detrás de sus ojos. Sintió sus frustraciones al tener preguntas, pero no saber las respuestas porque era muy así.

¿Quizá es por eso que la medicina lo consumió de la manera que lo hizo? Siempre estaba buscando respuestas a las preguntas. ¿Por qué las personas contraen enfermedades? ¿Cómo podría curarlos? ¿Qué hace que el cuerpo humano funcione como lo hace? Su mente zumbaba con pensamientos e ideas y en la señorita Carlton esperaba ver un espíritu afín. Quizá no se trate de la medicina como tal, sino de temas generales y la necesidad de tener respuestas.

En las pocas ocasiones en que había pasado tiempo en su compañía, ella no le dio motivos para pensar que era una señorita de cabeza vacía que solo buscaba un esposo, lo que la mayoría de las jóvenes conocían.

Sonreía mientras se levantaba. Sí, venir a York había sido un movimiento correcto.

Podía hacer un buen trabajo aquí, y si lo invitaban a cenas a las que asistía la señorita Carlton, su transición a la ciudad solo se haría más brillante.

En eso un gato saltó en el alféizar de la ventana, sacándolo de sus sueños. Echó un vistazo a sus gruesos tomos médicos. Tenía que estudiar y escribir más cartas, pero primero, comería la comida sencilla que el ama de llaves le había dejado antes que terminara su día.

Al sonar reloj del carruaje de la repisa de la chimenea cinco veces, se dirigió al pequeño comedor y se sirvió una copa de vino. El silencio de la habitación era como una tumba.

Suspiró mientras se sentaba y tomaba un sorbo de vino. A pesar de su felicidad con respecto a su trabajo y las personas que había conocido, había momentos como este en los que ansiaba compañía. Quizá era hora de que se casara.

~ ~ ~ ~

A la mañana siguiente, mucho antes de que Stella o su tía se levantaran de sus camas, Victoria llamó a Dora para que la ayudara a vestirse con una sencilla falda azul marino y corpiño. Con su abundante cabello recogido debajo de un sombrero de terciopelo negro, Victoria le susurró gracias a Dora y se puso su largo abrigo negro.

'¿¿Adónde te diriges tan temprano señorita?' La sirvienta se mostró un tanto preocupada.

'Solo iré a dar un paseo Dora. No puedo conciliar el sueño'.

'Pero solo son las seis, señorita. Hará frío afuera y con tu resfriado...

'Estoy bien. Llevo mis botas para caminar, así que podré tener una buena caminata hacia la ciudad.

'Cómprese un chocolate caliente si se aventura tan lejos, señorita'. Asintió Dora sabiamente como una anciana. 'Mi mamá siempre dice que un chocolate caliente en la mañana te da energía para todo el día'.

Ya en la puerta, Victoria se detuvo. ''Si alguien pregunta por mí, solo diles que me fui a caminar a la ciudad y que podría visitar la biblioteca'. Es le daría más tiempo.

Apresurándose, Victoria salió de la casa y caminó rápidamente por la calle Blossom. Al otro lado de la carretera, un carruaje de carbón se encontraba parado, el caballo resopló en el aire fresco de la mañana. El hombre del carbón y su joven ayudante arrojaban sacos de carbón sobre sus hombros y los llevaban al sótano de la casa de los Goodwins.

Esperaba que ninguna de las familias que conocía la mirara por la ventana. En eso pasa un carrito de leche y el conductor le da los buenos días.

Caminó bajo el gran bar medieval Micklegate, y luego estuvo dentro de los muros exteriores del castillo. Aceleró el paso, respirando aliviada cuando un taxi de furgoneta subió por la subida. Extendió la mano para detenerlo.

'¿Se dirige a la ciudad, señorita?' El conductor se echó el sombrero hacia atrás y la miró con los ojos entrecerrados.

'Sí, Fossgate. ¿Puedes llevarme?'

'Fossgate?' Rascándose la barbilla. 'Como verá, tengo una reservación para las seis y media'.

'Por favor, le pagaré extra'.

'Bueno, súbase. Colóquese los cinturones y nos dispondremos a irnos.

'Cuanto más rápido, mejor. Necesito ir al hospital de Wilson. Gracias'. Se subió y se agarró con fuerza cuando el taxista giró y se dispuso a continuar.

El corazón de Victoria latió más rápido cuando el coche cruzó el Puente Ouse y lo llevó a Ousegate. En el aire despejado de la mañana, los cascos del caballo sonaron con fuerza sobre los adoquines.

Las calles de la ciudad despertaban a un nuevo día. Entre los edificios, vislumbró las torres gemelas de la Catedral que dominaban el horizonte. Cuando el sol salió sobre los tejados, los dueños de los puestos estaban ocupados instalando el mercado. El ruido de las personas y el tráfico se hizo más fuerte a medida que se acercaban a Fossgate.

Esta área de la ciudad era nueva para Victoria. Nunca había habido ninguna razón para que se aventurara en las áreas más pobres de la ciudad, además su tía se lo prohibió. A lo largo de Fossgate, pasaron por varias casas públicas, el olor a cerveza rancia fuerte en el aire de la mañana. La calle estrecha parecía abarrotada de gente incluso a esta hora temprana, luego se dio cuenta que se dirigían a sus trabajos. Sin duda, tanto hombres y niños vestidos en ropa de trabajo se dirigían a Union Gas Works, que había oído mencionar a su tío antes. Además, sabía que los talleres y almacenes ferroviarios empleaban a miles de hombres.

El conductor redujo la velocidad del caballo una vez cruzado el Puente Foss. '¿Aquí le parece bien señorita?' le dijo. 'Esto es Wilson'.

'Si, muchas gracias'. Victoria le pagó y luego escondió su retícula en el bolsillo profundo de su falda. No se arriesgaría a que se lo robaran.

De pie en la calle, sus oídos resonaron con el sonido de los cerdos chillando. Un mercado o un matadero estaban cerca. Mirando hacia la casa de ladrillo rojo, reunió su coraje y tocó la puerta.

Se esperó varios minutos para que alguien le abriera y Victoria se quedó sorprendida cuando una anciana le miró.

'¿Si?'

Por un momento Victoria no pudo hablar. 'He venido a ayudar', exclamó.

'¿Ayudar?'

'Sí. ¿Hay alguien con quien deba hablar para ello?

'El Guardian'. La anciana, vestida de gris oscuro, abrió más la puerta para que Victoria pudiera entrar.

Al interior, siguió a la mujer por un pasillo corto y hacia adentro de la parte trasera del edificio.

Al salir de una habitación a la izquierda, otra mujer se detuvo sorprendida. '¿Puedo ayudarla en algo?'

'Esta señorita aquí quiere ayudar', dijo la anciana y las dejó.

Nerviosa, Victoria forzó una sonrisa. '¿Me permite presentarme? Soy la señorita Victoria Carlton, sobrina de Harold Dobson, el banquero'.

'He oído hablar del señor Dobson y su esposa'. La otra mujer habló con un fuerte acento escocés. 'Soy la señora Agnes Stewart. '¿Cómo esta?'

'Le ofrezca disculpas por mi llamada esta mañana, pero el doctor Ashton dijo que vendría hoy aquí y deseo ser útil de alguna manera. Sin embargo, no me gustaría entrometerme ...'

La señora Stewart le indicó a Victoria que entrara en la habitación que había estado habitando. 'Oh sí, el nuevo doctor. Llamó brevemente la semana pasada. El doctor Ashton es un buen hombre, pero perdóneme, no veo cómo puede serle útil señorita Carlton, a menos que sea monetario. Tenemos un establecimiento muy pequeño aquí'.

Hubo una repentina erupción de voces de niños corriendo por la puerta. Victoria miró por encima del hombro con sorpresa mientras el ruido de los niños pasaba. '¿También hay niños aquí?'

'Hay una escuela de niños en un edificio en la parte de atrás. El número es limitado y los niños siempre entran y saludan a las mujeres al llegar'. La señora Stewart miró el reloj plateado que llevaba una cadena en la cintura. 'Ya casi es la hora de las oraciones matutinas ¿le gustaría unirse a nosotros?'

Victoria siguió a la Sra. Stewart a una parte anexa del edificio y le presentaron al Sr. Smith, un hombre pequeño con gafas que era el instructor de los niños. Un momento después, seis mujeres mayores entraron en la habitación y el Sr. Smith las guio en oración.

Después, la Sra. Stewart acompañó a Victoria a las habitaciones de las mujeres justo cuando llegaba el doctor Ashton.

'¡Señorita Carlton! No esperaba verle. Esto sorprendido, pero contento' Le dirigió una sonrisa descarada, luego se puso serio. '¿Qué dirá su prima y tía?'

'No pueden decir nada sino lo saben'- Devolviéndole la sonrisa, tan contenta de que hubiera llegado.

'Ah, ya veo. ¿Guardaré su secreto entonces?'

¿No le sería demasiado problemático?'

Riéndose. 'De ningún modo'. Sin embargo, a cambio exigiré su ayuda en mis esfuerzos'.

'Cuente con ello'. No podía borrarse la sonrisa de su rostro.

Mientras las mujeres desayunaban gachas de avena y Victoria tomaba una taza de té, la señora Stewart y el doctor Ashton estudiaron los libros de cuentas de chequeos médicos anteriores. Victoria se sentía un poco fuera de lugar, no tenía nada que ofrecer realmente. ¿Tal vez había sido un error venir? ¿Cómo podría ayudarla en un lugar bien organizado como este?

'¿Señorita Carlton?' El doctor Ashton se paró a su lado.

'¿Si?'

'Las mujeres aquí no tienen problemas médicos que pueda atender hoy, lo cual es una buena noticia y un tanto raro'

'Esas son buenas noticias'.

'¿Le molestaría si me acompaña?' Mientras la condujo a una de las habitaciones comunales.

Victoria miró a su alrededor y notó el fuego bajo que ardía en la parrilla y el orden de la habitación. Se colocaron sillas más cerca de la ventana para obtener más luz y cestas de coser a su lado. 'No es lo que esperaba, pero tampoco no sabía qué imaginar, ya que nunca he estado en un lugar así'.

'Este establecimiento ha estado funcionando sin problemas durante algún tiempo. La señora Stewart es una muy buena guardiana. Es un establecimiento pequeño, solo seis mujeres.

'Por lo que representa una pequeña preocupación'. Ella asintió interesada.

'Sí. Las donaciones y los estipendios que recibe le dan a las mujeres una buena vida. Tienen mucho para comer y están ocupados cosiendo y tejiendo. Afuera hay un huerto donde pueden cultivar verduras y tienen su propia bomba de agua.

'¿Todos los hospicios tiene este tipo de cuidado?'

Moviéndose la cabeza. 'No, en absoluto, pero lo intentan. Sin embargo, a veces los guardias a cargo no son las personas adecuadas para supervisar las operaciones y se preocupan solo por su propio bienestar'.

'Es una pena que no todos sean como la señora Stewart'.

'Sin duda. La Sra. Stewart ha hecho un excelente trabajo aquí. Las mujeres están felices y contentas. Tienen su propio banco en la iglesia al otro lado de la carretera. Acompañándola al pasillo. "Esta es una de las casas de beneficencia que puede servir de ejemplo a los demás. Me tranquiliza encontrar lugares como estos. Créeme, no todos están tan bien cuidados.

'Siento que no soy útil aquí. Creo que la señora Stewart no necesita que la siga por el lugar', le dijo, sonriendo a una de las mujeres que entraron en la habitación. ''Puedo dar dinero, pero no tengo habilidades que puedan beneficiar a estas mujeres. ¿Qué puedo hacer aquí?'

Permaneció en silencio por un momento y después recogió su bolsa médica. 'Ven conmigo. ¿Tiene tiempo?'

Dudando solo por un segundo. 'Por supuesto.'

Se despidieron y salieron del edificio. Bajaron por Fossgate y continuaron hasta Walmgate. El doctor se detuvo en una pequeña tienda que vendía pan y otros comestibles. Compró una barra de pan y una bolsa de manzanas antes de continuar calle abajo. No habían ido muy lejos cuando Ashton giró a la izquierda en un estrecho callejón húmedo.

'Si en algún momento se siente incómodo, quiero que me lo haga saber al instante', dijo Ashton, mientras el callejón se abría a un patio sucio.

Los edificios de madera que rodeaban el patio parecían antiguos y en ruinas. Algunos se apoyaron el uno contra el otro y estaba segura que si llegaran a quitar una viga, todo se derrumbaría. En eso, salta un gato sobre la cerca rota, mirándolos con desdén. Un perro sarnoso por su parte orinó por el costado de un barril de agua, que recogía el agua de lluvia que goteaba de una tubería rajada.

Siguió al médico a través de otro callejón al otro lado del patio, conteniendo la respiración mientras olores rancios que no podía identificar asaltaban su nariz.

El callejón se ensanchó a unos seis pies de ancho y las casas de madera abordaron cada lado. Los niños corrían jugando, descalzos y apenas vestidos. Todos se detuvieron para mirar mientras ella pasaba.

Los gritos de los bebés y las voces elevadas llenaron el aire y Ashton aceleró el paso. Al final del callejón, se volvió de nuevo y subió una escalera exterior al final de un largo edificio de ladrillo rojo. En la parte superior tocó la puerta. La abrió un pequeño niño.

'Jane, ¿está tu mamá?' Preguntó Ashton, sacando un dulce del bolsillo de su abrigo. El niño lo arrebató y desapareció en la oscuridad de la habitación.

Ashton abrió más la puerta para dejar entrar la luz. '¿Señora Felling?' Entró en la habitación. 'Soy el Doctor Ashton.'

Victoria entró en la habitación, quitándose el impulso de taparse la nariz porque el olor era asqueroso. Después de un momento, sus ojos se acostumbraron a la penumbra y miró con horror.

Varios niños se acurrucaron juntos en un sucio colchón de paja en el suelo en una esquina. No había fuego que calentara la habitación. En otro rincón, había una olla, llena hasta el borde de orina, junto a una caja rota de vegetales podridos que rezumaban moho. En el fondo de la habitación, sobre una pila de mantas rotas y manchadas, yacía una mujer, o al menos Victoria pensó que era una mujer, era difícil saberlo por lo esquelética que estaba.

'¿Dónde está Polly?' Ashton preguntó a los niños mientras le entregaba a Jane la bolsa de papel con manzanas y el pan.

Los niños lo ignoraron y fueron detrás de las manzanas y partieron el pan como salvajes.

Ashton se inclinó hacia la mujer, abriendo su bolsa médica al mismo tiempo. 'Señora Felling. Soy el Doctor Ashton. ¿Se acuerda de mí la semana pasada cuando la ayudé a dar a luz a su bebé?

La mujer entre mantas permaneció en silencio, sus ojos vidriosos. En sus brazos había un bebé pequeño, el más pequeño que Victoria había visto.

Ashton se volvió hacia Victoria. '¿Puedes llevarte al bebé?'

Ella se dispuso inmediatamente como si él le hubiera pedido que nadara en el río Ouse. '¿Yo?'

'Necesito examinarla'. Levantó suavemente al bebé de los brazos de la mujer, luego se detuvo.

Frunciendo el ceño, lo volvió a dejar. A toda prisa, quitó las cubiertas sueltas de su pequeño cuerpo y puso un estetoscopio en el pequeño cofre del bebé.

Acercándose, alarmada pero absurdamente fascinada también, Victoria se inclinó de cerca. '¿Doctor Ashton?'

'El bebé está muerto'. Se arrodilló sobre sus talones. 'Posiblemente hace solo unas horas porque todavía no se está decolorando'. Cubrió al bebé nuevamente y lo puso a un lado.

Sorprendida, Victoria se hizo a un lado. Su atención se centró en los otros niños. Los cuatro pequeños, todos menores de seis años, la miraban con ojos grandes y caras sucias y hundidas mientras mordisqueaban la comida. Llevaban harapos, no tenían zapatos. Su corazón se rompió ante la visión patética que tenían.

De repente, una niña mayor entró corriendo.

El doctor Ashton se volvió hacia ella. 'Polly, ¿cierto?'

'Sí señor. ¿Harás sentir mejor a Ma? Ella no se ha movido desde que tuvo al bebé'. Mirando los restos del pan y las manzanas dijo, ¡espero que me hayan guardado algo!, arrebatando la manzana que quedaba y golpeando al más grande de los niños. '¡Niños golosos!'

Ashton la ignoró y continuó examinando a la señora Felling. 'Tu madre está enferma. El bebé ha muerto'.

'¿Se ha muerto? Pensé que podría estarlo. No vi que se estaba alimentando. Polly si dirigió directo al pequeño bulto y lo recogió. 'Se lo daré a la señora Flannery'. Y así salió de la habitación en un instante.

Ashton suspiró y continuó examinando a la señora Felling.

Victoria, aturdida por la respiración superficial por la boca, salió a tomar aire.

En el callejón de abajo, las mujeres se paraban en las puertas fumando pipas de arcilla, como una a la que todas voltearon para mirarla.

Avergonzada, miró hacia otro lado. Un anciano se sentó en una caja, frotándose los dedos de un pie, con la bota en la caja junto a él. Mientras los niños corrían por doquier.

En eso, dos niños comenzaron a pelear, rodando en el lodo, haciendo todo lo posible para vencer al otro. Un hombre entró en el patio con una canasta de palos, la miró y entró en una de las casuchas.

'¿Se siente bien?' En eso Ashton sale para pararse a su lado.

Ella asintió, sin confiar en sí misma para hablar. Ya que esto le era un mundo extraño.

Bajó las escaleras. Ven, te guiaré de regreso a la calle. Ve a casa. Báñate. Come algo'.

'¿No debería estar la Sra. Felling en el hospital?' Se resbaló un poco en las escaleras viscosas.

'Sí' Resoplando con una mirada frustrada en sus ojos. 'Sin embargo, si decido llevarla, los niños terminarían en la casa de trabajo y se separarían, ya que le llevaría muchos meses recuperarse. Para ese momento, quién sabe dónde terminarían los niños.

¡En la casa de trabajo tendrían refugio y comida decente! Apresurándose a seguirle el ritmo.

'Y nunca más serán una familia nuevamente'.

¡Puede morir si la dejan en ese asqueroso refugio!

Su mandíbula se apretó. 'Mi objetivo es evitar eso'.

'¿Dónde está su padre?'

'Me dijeron que vivía con una mujer en Hungate,' dijo

Ella lo siguió obedientemente, bloqueando las imágenes y los sonidos que despertaron sus sentidos. Sus botas estaban cubiertas de pulgadas de lodo y cubrían el borde de su falda. Se estremeció al pensar en qué era, o cómo le explicaría el estado a Dora.

En Walmgate, el médico escaneó el camino en busca de un taxi. 'Me disculpo, señorita Carlton. No debí haberla traído aquí. No estaba preparada'.

Sus palabras entraron en su cerebro, disipando el shock. 'No. No, doctor Ashton, me alegro mucho que lo haya hecho.

Se quitó el sombrero y se pasó los dedos por el pelo. Fue demasiado para ser su primera vez. Debí haberla dejado en casa de Wilson. No necesitaba ver esto hoy'.

'Pero quería'.

'¿Y qué bien le ha hecho? Se ha quedado sorprendida por lo que ha visto. Has estado protegida durante toda tu vida. Fue ingenuo de mi parte pensar que podría manejar una situación así'.

¡Pero ya lo he atestiguado! La emoción bloqueó su garganta. 'Sí, estoy sorprendida, horrorizada. Sin embargo, no puedo ignorarlo. No puedo fingir que esto no existe'.

Llamó a un coche que pasaba. 'Nuevamente, lo siento mucho'.

'Blossom Street, por favor', llamó al conductor antes de volver al médico. '¿Adónde llevó Polly al bebé?'

'A la señora Flannery'.

¿Por qué?

Ashton inclinó la cabeza. 'Se sabe que algunas personas venden cuerpos al hospital para propósitos de investigación. Creo que la señora Flannery es una persona así, no es que la haya visto.

Victoria sintió que se le caía la mandíbula del asombro. '¿Vender cuerpos?' preguntó susurrando.

'Polly habría obtenido dinero de ella, no mucho, pero lo suficiente como para comprar comida para sus hermanos y hermanas. Los mantendrá viviendo por un poco más de tiempo.'

Mirándola fijamente. 'Pero el bebé debe ser enterrado. Usted es un doctor. ¿Seguramente reportará este caso, o no?'

'Debería, claro. Sin embargo, el hacerlo, conllevaría no darle comida a los otros niños. Y no puedo hacer eso. El bebé está muerto. Ya se ha ido. Solo uno entre miles de barrios muertos. Si unos cuantos centavos mantienen vivos a esos otros niños, entonces ...

'Pero eso está muy mal, muy mal' ¿Cómo iba a regresar a casa y comportarse normalmente? No podía ignorar lo que había visto. Se sentía enferma. Había sido testigo de cosas que su familia no creería incluso si ella les contara.

El caballo del taxista resopló y pisoteó los adoquines rompiendo el momento entre ellos.

Victoria abrió la puerta del coche y entró. Cuando el taxi se alejó, le pareció oír que el médico la llamaba.

Ella no miró hacia atrás.

Capítulo cuatro

La música aumentaba de volumen en las grandes salas de las asambleas. Las mujeres vestidas con todos los colores del arcoíris desfilaron por la gran sala adornada, charlando y riendo mientras los hombres hablaban y bebían intentando escapar bailar otro baile.

Victoria asintió y sonrió a quienes conocía mientras se abría paso entre la multitud. Tía Esther y tío Harold ya habían sido arrastrados por amigos, dejándola a ella y a Stella en la misa.

Detrás de ella, Stella llamó a personas que conocía, antes de agarrar el brazo de Victoria y detenerla. '¡Hemos estado aquí menos de dos minutos y mi vestido ya ha sido pisoteado!' Agitó el bullicioso a su alrededor, sujetó la tela por el lazo al final y la acercó a su cuerpo.

'Sabes que siempre sucede'. Victoria le sonrió a una mujer que era la esposa de alguien, pero no podía recordar quién era. 'Vayamos a buscar las bebidas'.

Mientras Stella hizo una pausa. 'Me pregunto si ha llegado el doctor Ashton. Me prometió un baile'.

Victoria mostrándose rígida. Su mente y su corazón estaban atormentados con respecto al médico. Parecía un hombre bueno y decente, pero ¿permitir que un niño venda un bebé? Desafió toda su lógica.

'Ah, ahí está Lucy Sykes. Tengo que hablar con ella sobre su fiesta en el jardín el próximo mes. Stella dejó a Victoria y desapareció entre la multitud.

Suspiró, sabiendo que esto sucedía en cada función, pero aún así le molestaba que Stella la abandonara y que no la volvería a ver hasta que se fueran a casa.

'¡Señorita Carlton!' John Fielding apareció a su lado y se inclinó ante ella con una sonrisa.

'Cómo me alegro de verla'.

'¿Le molestaría bailar?'

Ella le devolvió la sonrisa y le gustó el hombre al que había conocido por años. Era uno de los amigos de su tío y accionista de su banco. 'Estaba a punto de ir por una bebida'.

'¿La acompaño?'

Ella asintió y juntos salieron de la habitación principal y encontraron las mesas de refrescos en una pequeña habitación contigua. Varias de las mesas en el medio habían sido tomadas. La gente podría hablar más fácilmente aquí, lejos de la música y los bailarines.

El señor Fielding le entregó un pequeño vaso de cordial de saúco y, cuando ella le agradeció, su mirada se encontró con la del doctor Ashton. Se paró con un grupo de mujeres junto a la puerta. Él inclinó la cabeza en su dirección y ella le respondió de la misma forma.

Habían pasado dos semanas desde el día en que ella fue a los barrios bajos con él y no había pasado un día sin pensar en él y en lo que había visto.

Por supuesto, ella no tenía a nadie con quien hablar sobre eso, ya que su tío y su tía estarían horrorizados y molestos por haberse puesto en una situación tan peligrosa. Stella no lo entendería en lo más mínimo y se horrorizaría de haber participado en la aventura. Entonces, el secreto pesaba mucho sobre ella, y muy posiblemente le ganó más atención y pensamientos de lo que merecía.

'Parece un tanto distante esta noche señorita Carlton'. Fielding levantó una ceja. '¿L aburre mi compañía intolerablemente?'

Salido de sus pensamientos, Victoria le sonrió brillantemente. 'Cielos, no, para nada. De hecho, ¿qué dice si bailamos?

Sin esperar su respuesta, colocó su vaso sobre la mesa y se dirigió al salón de baile, asegurándose de pasar por otra puerta lejos del médico. Ella lo había evitado con éxito el día que la familia fue a Scarborough. Se inventó un dolor de cabeza y se quedó en casa. Stella había usado su vestido nuevo y se veía espectacular y Victoria no había intentado competir por la atención del Doctor Ashton. Le irritaba haber sido una cobarde y no haber ido a la ciudad costera. Pero también le había preocupado que el médico pudiera haber mencionado el día en el barrio pobre y después tener que explicárselo a su familia.

No tenía por qué haberse preocupado, ya que al llegar a casa al final del día, Stella había alabado al médico por una hora.

A los ojos de su prima, él era el mejor de los hombres, tan cortés y considerado, atendiendo todas sus necesidades.

Si Victoria había mentido sobre el dolor de cabeza al comienzo del día, ciertamente no estaría ahí escuchando a Stella.

Los celos la habían destrozado cuando Stella anunció que el doctor Ashton la había escoltado al teatro la noche siguiente, una ocasión en que Ashton había salido de último minuto debido a tareas en el hospital. Victoria había escondido una sonrisa secreta ante ello.

Sacudiendo la cabeza, Victoria despidió a Stella y Ashton de su mente, decidida a disfrutar la noche.

Durante las siguientes tres horas, bailó, comió, bebió y bailó un poco más. Ella hizo todo lo posible para no quedarse quieta el tiempo suficiente para hablar con alguien por un período de tiempo prolongado. Por el rabillo del ojo, vigilaba dónde estaba el médico en todo momento, notando a todos los compañeros de baile que tenía y se sentía ridículamente molesta si bailaba con alguna mujer más de una vez, especialmente Stella.

'Ahí estás'. Stella se puso a su lado sonrojada y con calor. 'Nos iremos a casa. Papá tiene una salida temprana para Londres mañana.

'Iré por nuestros abrigos'. Victoria dejó a Stella para despedirse y se dirigió al guardarropa cerca del frente del edificio.

'¡Señorita Carlton!' El doctor Ashton se puso delante de ella.

'Buenas noches, doctor'. Su corazón latía en su pecho.

'Me decepcionó que no fuera a Scarborough. Me hubiera gustado discutir diferentes temas contigo en el viaje en tren. Espero que el dolor de cabeza no la haya debilitado demasiado'.

'Ya me encuentro mejor, gracias'. Sintió que se sonrojaba ante la mentira que le había dicho a todos. 'Perdóneme. Estamos a punto de partir'.

'Por favor', murmuró, su mano sostenía su brazo para evitar que se fuera. 'He querido hablar con usted toda la noche. Ni siquiera hemos podido bailar'

'Doctor Ashton—'

Se inclinó de cerca y pudo oler el ligero aroma de una colonia de cítricos que tenía puesto. 'Señorita Carlton, el incidente en Walmgate ...'

'Por favor no hablemos de ello'.

'Sé que debe haberle sorprendido, pero le ruego que no deje que ese episodio enturbie su juicio sobre mí o el trabajo que hago'.

Escuchó detenidamente, incapaz de romper el contacto visual con él. 'Deja que una joven vendiera a su hermanito muerto', siseó con los dientes apretados'. '¿Cómo no puedo juzgarlo por tal cosa?'

'Era para salvar a los demás'.

'¿Unos centavos? De verdad, ¿los salvará?, preguntó. '¡Deberían estar en una casa de trabajo!'

'No todas las personas pobres pueden vivir en una casa de trabajo, señorita Carlton, debido a la sobre ocupación'. La ira entrecerró sus ojos azules mientras la miraba. 'No saque conclusiones sobre algo de lo que sabe muy poco'.

''Puede que ahora no tenga mucho conocimiento de los pobres, pero le aseguro que me educaré sobre la situación tanto como pueda'.

'¿Cómo? ¿Asistiendo a algunas reuniones de mujeres sobre recaudación de fondos para una casa de beneficencia?, preguntó burlándose.

'¡No se atreva!' Su ronco susurro quedó atrapado en su garganta. Estaba mortificada porque él la había hecho enojar tanto.

'Lo siento'. Dijo pasándole una mano por su cabello negro. 'Todo lo que hago es disculparme con usted'. Dijo mirando entre la multitud, pero nadie les prestaba atención. 'Si realmente desea ayudar, entonces debe saber exactamente todo sobre lo que desea afrontarse'.

'Visitaré las casas de trabajo,' respondiéndole en un tono desafiante con su cabeza en lo alto.

'¿Visitar? ¿Simplemente visitar una casa de trabajo?' Sus cejas se levantaron burlonamente.

'No, quiero decir, ayudaré y daré lo que pueda'.

'Eso no es suficiente. La ayuda se requiere *antes de que* estas personas se vean obligadas a renunciar a todo y entrar en la casa de trabajo. Si podemos ayudarlos a quedarse en sus casas, encontrar trabajo, cuidad de sus familias, eso es lo que tenemos que lograr'.

Su pasión por el tema la conmovió. La compasión reemplazó su ira. '¿Cómo? ¿Cómo tratar de abordar un problema con un alcance tan enorme?

Dijo mientras se encogía los hombres. 'Una familia a la vez, supongo'.

'Hablando de familias, la señora Felling ...'

'¿Sigue viva? I—'

'Victoria!' Stella llamó desde las puertas delanteras cercanas. '¿Dónde están nuestros abrigos?

Sonrojándose, Victoria agachó la cabeza. Olvidándose de todos los abrigos. 'Debo irme. Buenas noches.'

~ ~ ~ ~

Joseph la vio salir de la habitación y suspiró profundamente. Había sido un tonto respecto a la señorita Carlton. Había estado muy ansioso y decidido a mostrarle cosas que ella no estaba lista para asimilar.

Ella había sido criada como una hija protegida de una familia influyente. ¿Por qué había pensado que llevarla a los barrios bajos habría sido algo bueno? Él estaba acostumbrado a ver esas situaciones y ella no. Le había hecho más daño que bien ese día y ahora ella lo consideraba despreciable, lo cual era molesto.

Su atención a los pobres era encomiable y él sintió que podría desarrollarse aún más.

Había visto su compasión y creía que ella podría manejar situaciones más profundas. Pero podría haber manejado mejor la situación de Felling.

Debió haberla llevado a otro lugar menos impactantes.

Qué tonto había sido.

Todo lo que había hecho era alejar su amistad antes de tener la oportunidad de demostrar su valía. Se preguntó si ella lo perdonaría. Tenía que mostrarle que sus métodos no eran tan depravados como ella pensaba.

Tomó una copa de champán de la bandeja de un mesero que pasaba y la bebió de una vez. Victoria Carlton se estaba metiendo en su mentol y no estaba seguro de cómo lidiar con ello.

~ ~ ~ ~

A la tarde siguiente, Victoria se paró en Walmgate mirando el callejón que había bajado con el médico.

Les había dicho a los que estaban en casa que estaba haciendo un recado para llevar libros a la biblioteca. Ella había mentido, un hábito que estaba formando.

En su canasta no había libro alguno, sino toda la comida que podía esconder sin que la notaran.

Se había vestido con una vieja falda y corpiño gris oscuro, que Stella dijo una vez mordazmente que no se la viera vistiendo fuera de la casa. Vestida con botas viejas y un largo abrigo negro, también había tomado dinero extra del cajón de su habitación.

El día era aburrido y nublado con una brisa fría. Era un día para permanecer en casa, y no salir caminando por un callejón mugriento mientras las nubes de lluvia amenazaban.

Siguió caminando, con la esperanza de ir por el camino correcto mientras el callejón giraba. Cuando el primer patio se abrió ante ella, se felicitó por encontrarlo.

Un grito atravesó el aire detrás de una de las puertas, haciéndola saltar. Asustada, aceleró el paso, cruzó el callejón opuesto y casi chocó con un hombre que venía en dirección contraria.

'¡Hola, señora!' murmuró, pasando a su lado, apestando a sudor rancio y cerveza.

Ella sostuvo su canasta con más fuerza y se apresuró, agradecida de salir al final. Delante estaba la escalera.

Dos mujeres se quedaron charlando, fumando pipas de arcilla. Una mujer lucía un ojo morado y tenía un bebé en la cadera mientras que otros niños corrían para jugar.

Victoria se detuvo en seco. Para llegar a la escalera tendría que pasar por ellos y no estaba segura de poder hacerlo.

Estas mujeres la intimidaban. Puede que no parezcan tener un centavo, pero tenían un conocimiento del viejo mundo que claramente superó su educación en la escuela para Niñas de la señorita Henderson.

Ella podría hablar francés limitado y conocer a los reyes y reinas de Inglaterra, pero estas mujeres sabían cómo sobrevivir cuando todo estaba en contra de ellas.

'¿Podemos ayudarle señorita? ' preguntó la mujer sin el bebé.

'Er ... um ...' Victoria miró hacia la escalera y señaló.

'¿Deseas ver a los Fellings?'
Asintiendo.

'Aye, sube'. La mujer cruzó los brazos sobre el pecho. 'La señora Felling es muy popular, ¿no es así, Betsy?'

Mientras Betsy asentía. 'Sí, el doctor nunca se aleja de la puerta. ¿Esta muy enferma? No tenemos doctores que llamen día y noche. ¿No es así Rosie?'

Mientras Rosie levantaba al bebé más alto sobre su cadera. 'Creo que me enfermaré si eso significa que ese apuesto doctor me pone una mano encima!' Riéndose a carcajadas.

Victoria les dedicó una sonrisa temblorosa y pasó junto a ellos. Sintió sus ojos arder mientras subía la escalera. Tocó a la puerta sonando demasiado fuerte.

Un pequeño rostro se asomó antes de que abriera la puerta y permitiéndola entrar.

Un hedor apetitoso llenó la nariz de Victoria de cuerpos rancios y un orinal rebosante. Una vez que sus ojos se acostumbraron a la penumbra de la habitación, notó que los niños estaban acurrucados en el mismo rincón sucio. Con sus miradas y caras sucias. La señora Felling yacía dormida en el suelo donde Victoria la había visto por última vez.

'¿Señora Felling?' Por un momento, le preocupaba que la mujer hubiera muerto hasta que una mano esquelética se movió.

'Está durmiendo', le dijo una vocecita desde la esquina.

'¿Dónde está tu hermana?' Victoria miró alrededor de la choza, sin saber qué hacer.

'Salió'.

Asintiendo. Viendo una rata que salía detrás de la caja de fruta podrida.

Su piel sintió un pequeño hormigueó. Miró a los niños y ellos la miraron con tristeza.

¿Qué estaba haciendo aquí? ¿Cómo podría ayudar a esta familia? No sabía qué hacer.

Al darse cuenta que todavía se aferraba a su cesta, se acercó a la desvencijada mesa de madera colocada al lado de la pequeña y única ventana. Las telarañas y una película de polvo cubrían la ventana creando una luz gris en la habitación.

Abriendo la canasta se volteó hacia los niños. '¿Quieren algo de comer?'

En un instante la rodearon cuatro pequeños cuerpos. Ignorando sus manos sucias, pasó los restos del desayuno y el almuerzo que había logrado esconder de su familia y del señor Hubbard, que tenía los ojos más agudos de la casa.

Rompiendo los panecillos, los repartió, seguidos de unas rebanadas de tocino y dos huevos duros, fríos puesto el desayuno tenía horas de haber sido preparado. Del almuerzo, escondió en una servilleta, lonchas de jamón, queso y cebollas enteras en vinagre. Sorprendentemente, pudo esconder cuatro bollos y dos tartaletas de melaza.

¡No lo comas tan rápido!, reprendió ella cuando uno de los niños se metió tanto en su boca que casi se atragantó.

Le llevó un poco de queso a la señora Felling, despertándola.

'¿Qué?' la voz somnolienta dijo apenas en un susurro.

'Señora Felling, debe comer algo. Aquí le traje un poco de queso'.

Obedientemente, la mujer abrió la boca y, como un bebé, permitió que Victoria le diera de comer queso en la boca.

Una mezcla de emociones inundó a Victoria. La compasión, ciertamente, la impotencia también, pero sorprendentemente una creciente ira porque esta mujer no tenía a nadie para cuidar de ella y sus hijos.

¿Puedes sentarse y comer algo más? la persuadió y se alegró cuando la señora Felling levantó la cabeza.

'¿Comida?' la mujer gruñó.

'Sí' Se apresuró a regresar a la canasta en lo que los niños se dispersaron. Se habían comido toda la comida. Ella los miró con una mirada consternada. Sin embargo, cuando el niño mayor le devolvió la sonrisa, ella instantáneamente los perdonó a todos. ¿Cómo podía negarle a los niños hambrientos?

'Señora Felling, lamento que los niños se lo hayan comido todo'.

'¿Té?'

'¿Té?' Victoria miró alrededor de la habitación. Una botella de piedra estaba en un estante de madera junto a la puerta. Lo bajó y sacó el corcho. Había líquido adentro, aunque no mucho y no olía desagradable sin importar lo que fuera.

'El té de mamá'. La niña mayor del grupo asintió y Victoria recordó que el doctor Ashton la llamó Jane.

Al tomarle la palabra a la niña, Victoria se arrodilló junto a la mujer enferma y la ayudó a beber.

Los ojos de la señora Felling se encontraron con los de Victoria. 'Gracias'.

La mujer enferma olía. Su delgado vestido estaba casi transparente y la piel expuesta estaba incrustada con mugre.

Todo y todos en la habitación estaban sucios. Victoria no podía soportarlo, hacía que su piel se erizara y picara. La ira se acumuló en su pecho nuevamente. ¿Cómo pueden permitir que la gente viva así? No era aceptable.

Sin saber qué hacer, pero sabiendo instintivamente que había que hacer algo, Victoria se puso de pie y volvió a colocar la botella en el estante. Los niños la observaron y ella se dio cuenta que no habían tomado nada para beber. Ella les pasó rápidamente la botella.

'No, el té de mamá —dijo Jane, empujando a sus hermanos hacia atrás. 'Polly nos pegará'.

'Les voy a comprar más', dijo Victoria impulsivamente. Se le ocurrió una idea, el cual fue creciendo. Ella sonrió a los niños, pero se acurrucaron, con los ojos muy abiertos en sus rostros pellizcados.

Determinada, y sin saber por dónde empezar, Victoria se dirigió a propósito a las cajas en la esquina y las movió. La rata salió disparada por la pared y desapareció por la puerta. Ella se estremeció y continuó.

Detrás de las cajas, descubrió una pequeña estufa de hierro independiente, pero no tenía chimenea, lo que demostró no valer la pena porque el humo llenaría la habitación tan pronto como el fuego se encendiera.

Dirigiéndose hacia la puerta, se paró en la parte superior de los escalones. Las mujeres se habían ido, pero el viejo que había visto en su visita anterior estaba cerca de la entrada del callejón.

'Disculpe,' lo llamó.

Después de un momento de vacilación, caminó hasta el pie de las escaleras. 'Sí señorita?'

'Necesito algún tipo de chimenea. La estufa aquí no tiene tubo de chimenea. ¿Conoce a alguien que pueda conseguirme uno e instalarlo?

Una lenta sonrisa se extendió por la cara del anciano. Se rascó sus largos bigotes grises. ''Sí', claro que puedo ayudarle'.

'¿Si puede?'

'Sin embargo, le costará'.

'Tengo dinero ...' Haciendo una pausa, preguntándose si debería decir algo así en voz alta en esta área, pero entonces, ¿cómo iba a lograr que él le hiciera este favor?

'Le pagaré una vez que termine el trabajo'.

'Déjame echarle un vistazo entonces'. Subió las escaleras y entró en la habitación.

Usando el ancho de sus manos, midió el tamaño de la tubería de la chimenea.

'Está bloqueado arriba'. Señaló el techo donde alguien había clavado un trozo de madera sobre el agujero por donde debía pasar la tubería.

'Ya veo'. Victoria frunció el ceño al pensar. '¿Puede arreglarlo o no?'

El anciano rascó sus bigotes un poco más. 'Ay, pero le costará'.

Mirándolo, Victoria vio el brillo en sus ojos. Puede que sea ingenua en muchas cosas, pero no era tonta.

Había visto a la Sra. Norman tratar con comerciantes durante años. 'Bien, pero no tengo mucho dinero conmigo. El trabajo tiene que hacerse a mi satisfacción o no se le pagará'.

Tosiendo dijo, 'Ya no soy un hombre joven para estar caminando por el techo. Si no puedo arreglarlo desde aquí, no lo haré y *no lo* haré por nada.

Apretando los dientes respondió, 'Puedo encontrar fácilmente a alguien más para que lo haga y pagarle, si así lo prefiere'. Puede que nunca antes haya hecho algo así en su vida, pero no iba a dejar que él la superara. Ella no le iba permitir que le robara.

'No, nunca dije eso'. Se rascó la barbilla y ella se preguntó si tenía pulgas.

'Bueno'

'También necesitarás carbón', murmuró, abriendo la estufa y mirándola fijamente.

'Haga un buen trabajo y haz que funcione esta no-che y se le recompensará bien'. Ella, por su parte, solo esperaba tener suficiente dinero.

Comenzaré mañana'.

'No!' Su ladrido hizo que los niños se agolparan aún más en las sombras. 'Lo que quiero decir es que necesito que lo haga hoy. Estos niños necesitan de un lugar caliente'.

'Ellos necesitan más que eso señorita'.

'Lo sé y voy a rectificarlo'. No sabía cómo, pero tenía que intentarlo.

'Bueno iré a buscar una pipa'. Extendió su mano por dinero. 'Nadie me dejara comprar fiado señorita'.

'¿Fiado?'

'Es decir, pagar después. Todos saben que no estoy trabajando'.

'Ah, ya veo'. Desde su bolsillo, colocó dos chelines en su mano, sin saber cuánto necesitaría.

'Cualquier tubería vieja funcionará siempre y cu-ando se ajuste a la estufa'.

'Así es'. Salió y ella lo siguió, de pie en la cima de las escaleras.

'¿Dónde puedo conseguir agua? le preguntó a él re-tirándose.

'Hay una bomba en el siguiente callejón. Está apa-gado hasta las seis en punto'. Viéndola dijo, 'Le con-seguiré algo, pero le costará'.

Ella asintió y volvió a entrar en la habitación. Era mucho lo que debía hacerse. Nunca antes había limpi-ado una choza. Apenas había limpiado algo, excepto su cuerpo.

Se desabrochó las mangas y se las arremangó. Comenzó a llevar las cajas al centro de la habitación. Algunos estaban vacíos y otros llenos de pedazos de basura que ella no podía entender. El polvo flotaba en el aire haciéndola toser.

Los niños se rieron al escucharla toser y ella les sonrió lo mejor que pudo. 'No piensan ayudarme?'

Su risa se detuvo al instante y se acurrucaron en la esquina.

'Eso pensé'. Victoria quería lavar todo, pero sin agua y jabón suficiente se veía restringida.

La señora Felling levantó la cabeza. '¿Qué...está...haciendo...'

'La estoy ayudando a limpiar su casa señora Felling'. Respondiéndole en lo que ella continuó.

En una caja encontró una olla vieja, que no tenía manija, pero que podía usarse. También encontró un plato astillado y una taza rota.

De repente, Victoria anhelaba una taza de té. La culpa rápidamente reprimió ese deseo porque estaba rodeada de personas que no habían tenido una comida decente por Dios sabe cuánto tiempo, y ni se diga una taza de té.

Conteniendo el aliento, recogió la olla de la cámara, la sacó con cuidado y arrojó su contenido sobre el borde de las escaleras para unirse al resto de la mugre que había debajo.

¿Cuánto tiempo duraría el viejo? ¿Regresaría? Necesitaba desesperadamente agua para limpiar. Qué impactante era no tener agua cuando la gente la necesitaba. Hasta hoy nunca había sabido realmente de la frustración de no tener que entregar instantáneamente lo que quisiera. ¿Cómo lo hacía la gente, día tras día?

En eso un fuerte golpe sonó en la puerta y una mujer joven se encontraba parada allí. 'Perdón por molestarla'

'Por favor entre'. Victoria le respondió con su mejor sonrisa de bienvenida. 'Soy Victoria Carlton y tú eres?'

'Annie Weaver, señorita'. Respondiéndole cortésmente. 'Vivo muy cerca de aquí'. Apuntando hacia el camino que daba a su casa. 'Normalmente vengo para asegurarme que Mercy continúa viva. El doctor pasa por la mañana y yo vengo por la tarde. El me paga para que venga. Unos cuantos centavos valen la pena'. Annie se levantó un mechón de cabello suelto debajo de la colorida bufanda envuelta alrededor de su cabeza. 'Ella es bastante amable, no me importa ver cómo esta'.

'Eso es bueno de tu parte'. Enfranqueciéndose el ceño un tanto confundida. Estaba contenta de que el doctor Ashton vigilara tan de cerca a su paciente, pero tener que pagarle a alguien para ver a la señora Felling le parecía mal.

¿Por qué los vecinos no se ayudaban en momentos de necesidad? ¿Por qué todo era sobre dinero?

Annie se apoyó contra la puerta. '¿Es usted amiga del doctor?'

'Una conocida'. Mentiría si dijera que soy su amiga.

'Bueno me retiraré , ya que está aquí'.

'¡Espera! Um ... er ... necesito un poco de agua para poder limpiar ... 'Se le estaba acabando el tiempo y ella creyó que nunca volvería a ver al anciano y su dinero nuevamente.

'¿Limpiar? ¿Usted?' Los ojos de Annie se abrieron por la sorpresa.

'No veo a nadie más dispuesto a hacerlo, ¿verdad?'

'Todos tenemos nuestras propias cosas que limpiar'. Annie se puso a la defensiva, cruzando los brazos sobre el pecho.

'Lo entiendo, pero esta mujer está muy enferma. ¡Ella no tiene nada!'

Annie respondió burlándose. '¿Cree que vivimos en mansiones?'

'No, por supuesto que no ...' Aturdida, Victoria se retorció las manos. 'Solo que'

El ruido de la puerta la hizo voltearse.

El anciano entró con una largo tubo y un balde de agua, que colocó junto a la puerta. 'Aquí está'.

'¿Si quedará?' Le preguntó Victoria. La tubería parecía vieja y estaba doblada y oxidada en algunos lugares.

'Oh, sí'

'¿De dónde lo sacaste, Jimmy? Preguntó Annie riéndose del anciano. '¿'¿Algún pobre diablo llegará a casa esta noche y descubrirá que no tiene una estufa?'

Jimmy se encogió de hombros y se rascó los bigotes. 'Es mejor que sigamos'.

Se puso a trabajar, haciendo tanto ruido y polvo que Victoria colocó un trapo sobre la cabeza de la señora Felling. Sin embargo, los niños se negaron a salir de su cama de suciedad así que ella los dejó allí.

Annie se quedó en la puerta. 'Ella fue encantadora alguna una vez'.

Victoria dejó de verter agua en la olla abollada. '¿Quién?'

'Mercy'. Apuntando a la mujer enferma. 'Cuando llegó por primera vez aquí, solo tenía dos pequeños y estaba embarazada de otro, pero aún así se mantenía erguida y le sonreía a todos'. Tenía ropa de buena calidad. Los pequeños estaban elegantemente vestidos con mejillas regordetas. Su hombre era indicado. Podía encantar a las aves de los árboles'.

'¿Que pasó?' Victoria sumergió un trapo en el agua y comenzó a fregar la ventana.

'Él perdió su trabajo. Bebía mucho'. Annie metió las manos en los bolsillos profundos de su delantal y observó a Victoria trabajar. 'Estos niños no necesitan una ventana limpia. Necesitan comida y ella también'.

Sintiéndose tonta, Victoria disminuyó la velocidad. 'Sí, soy consciente de eso, pero no pueden vivir con tanta inmundicia'.

'Un incendio ayudará un poco, pero se quedarán sin carbón. No habrá dinero para comprar más. No hay dinero para nada'. Dijo Annie suspirando. 'Mercy no desea mejorarse. ¿Cuál es su propósito para vivir?'

Mirándola Victoria fijamente. '¡Sus hijos!'

'Niños que no puede cuidar.'. Annie bajó las escaleras sin decir adiós.

Jimmy, por su parte, continuó golpeando, de pie sobre las cajas desvencijadas apiladas para alcanzar el techo. Había dejado una suciedad... El hollín de la tubería bañaba las tablas del suelo como lluvia negra.

Victoria sintió lágrimas de frustración en sus ojos. Todo le parecía muy difícil.

'No es perfecto señorita, pero funcionará'. Jimmy retrocedió para admirar su obra.

Ante los ojos de Victoria, parecía lista para derrumbarse en cualquier momento. '¿Es seguro?'

'Así es. Tan seguro como lo que tiene por ofrecer.

'¿Podemos hacer un fuego y probarlo?', preguntó. Afuera, de repente las nubes grises que habían amenazado todo el día se abrieron repentinamente para dar paso a una gran lluvia.

Jimmy abrió la puerta de la estufa de hierro mientras se estremecía de miedo.

'Les he traído esto'. Annie había regresado y en sus manos cargaba un gran paquete de periódicos y una jarra. 'Hay agua en la jarra. Para que los niños beban, no para limpiar'.

Victoria tomó las coas de su mano. 'Gracias Annie'.

Annie giró sobre sus talones y bajó las escaleras bajo la lluvia.

'¿Tienen sed?' les preguntó a los niños, vertiendo el agua en la única taza en la habitación.

A su vez, cada niño bebió una taza llena de agua, el más joven, un niño de no más de dos años, derramó agua por su barbilla dejando marcas sucias.

Jimmy encogió el periódico y rompió las cajas para encender un fuego. No tuvo éxito en el primer intento pero, en poco tiempo, se produjo un gran fuego.

Victoria sonrió a los niños mientras lo miraban. La luz del fuego se reflejaba en sus caras, mostrando en marcado contraste de piel sucia de cada niño.

El fuego debía mantenerse encendido día y noche para mantener este lugar cálido, una tarea imposible.

Mirando la suciedad a su alrededor, se sintió tan cansada, tan abrumada. Ella no era responsable de estos niños, pero ¿cómo podría olvidarse de ellos ahora?

Me quedaré hasta que la joven Polly regrese, señorita'. Jimmy se sentó en el suelo frente al fuego, rompiendo las últimas cajas.

'¿A dónde se fue?'

'A robar, buscar comida, cualquier cosa para traer un poco de comida para su madre y para los niños'. Jimmy tocó el fuego con un trozo de madera roto. 'Ella es una verraca, pero leal como un perro cuando se trata de su familia'.

Victoria pensó en la niña quitándose el cuerpo de su hermanito muerto y se estremeció. Nada de esto estaba bien.

El trueno se escuchaba por encima. Las nubes oscuras convirtieron el día en noche cuando cayeron fuertes lluvias.

'Debo irme a casa, Jimmy'. Victoria se puso el abrigo y recogió su cesta. No podía arriesgarse a quedarse atrapada aquí durante horas cuando caía la noche si el clima no llegaba a calmarse. Con suerte podría mojarse y encontrar un taxi para llevarla a casa. 'Regresare mañana'.

'Esta bien señorita'.

Dijo sonriendo a los niños. 'Mañana les traeré más comida'.

Miradas en blanco la abordaron. El niño más pequeño estaba acurrucado en el colchón sucio.

La pena llenó a Victoria mientras salía bajo la lluvia. El patio y los callejones estaban desiertos, la lluvia hizo que todos desaparecieran. Se apresuró, consciente de que se había ido de casa por horas. Esperaba poder mentir lo suficientemente convincente como para restarle más preguntas.

En Walmgate levantó la mano hacia un coche que pasaba para detenerlo.

Sentada contra el asiento de cuero, suspiró y cerró los ojos.

Los acontecimientos del día giraban en su mente. Ella prometió que volvería mañana. Simplemente no sabía cómo iba a hacerlo sin llamar la atención sobre sí misma en casa.

Capítulo cinco

Victoria se apresuró a bajar las escaleras, mientras se ponía el sombrero de terciopelo negro.

'¿A dónde vas?' Preguntó Stella al salir del salón.

'Oh…voy camino hacia la ciudad'. Mirando hacia otro lado.

'¿Otra vez?' Haciendo una mueca.

'Sabes lo mucho que disfruto caminar'.

'Bueno, no puedes irte ahora. La señora Popplewaite y Cynthia estarán aquí en cualquier momento'.

'¿Enserio' El corazón de Victoria se hundió.

'Es viernes, ya sabes cómo todos llaman los viernes por la mañana'. Dijo Stella frunciendo el ceño. '¿Por qué debes ir a la ciudad nuevamente?'

'Solo para hacer algunas compras y ... eh ...' mientras rodaban mentiras de su boca.

Ayer te despareciste toda la tarde. Prometiste venir conmigo en las llamadas, ¿recuerdas? *No,* deseo visitar a la señora Downing sola otra vez. No puede oír una palabra de lo que digo'.

Victoria se desabrochó el sombrero y lo puso sobre la mesa del vestíbulo, justo cuando sonó la puerta principal. 'Visitaré a la Sra. Downing después de que haya ido de compras', le dijo a Stella cuando entraron al salón para reunirse con tía Esther mientras el Sr. Hubbard abría la puerta.

Después de saludar a la señora Popplewaite y a su hija Cynthia, Victoria se ocupó en servir las tazas de té de la bandeja que trajo Jennie.

Su mirada se desvió hacia el reloj del carruaje sobre la repisa de la chimenea. Daban ya a las once. Ella debía estar en Walmgate para estas horas.

Si hubiera tenido otra opción, se habría ido inmediatamente después del desayuno, pero la tía Esther y Stella se quedaron después de comer para hablar sobre las invitaciones para el verano, la cena de mañana por la noche y el recital de poesía al que acudirían esta noche. Ahora tenía a los Popplewaites delante cuando todo lo que quería era salir corriendo a ver a la familia Felling. Se había preocupado por ellos toda la noche. ¿Se quedó la chimenea encendida? ¿Entró la lluvia por la chimenea que había construido Jimmy? ¿Seguía la señora Felling viva?

'¡Victoria!' Tocándole Stella del brazo. 'Cynthia te hizo una pregunta y todos estamos muy interesados en escuchar tu respuesta'.

'Por favor, perdóname, Cynthia, ¿cuál fue tu pregunta?' Volvió a colocar la tetera en la bandeja.

'Solo estaba comentando que te vi ayer en Walmgate. Mi conductor tomó ese camino al regresar de Selby.

Me preguntaba qué hacías en esa fuerte lluvia. Cynthia sonrió, mirándola fríamente. 'No puedo pensar por qué alguien de nuestra sociedad estaría en un lugar así'.

Sorprendida, Victoria trató de pensar en algo rápido para responder. 'Ah, ¿me viste?'

'En Walmgate, saliendo de un callejón'.

Stella agitó su mano despectivamente. 'Creo que te equivocaste, Cynthia. Victoria no tiene necesidad de aventurarse sola a esa parte de la ciudad'.

'Estoy segura de que eras tú'. Mientras Cynthia espera que Victoria confesara.

Fingiendo una sonrisa respondió, 'Ayer por la tarde estuve en la biblioteca y para nada estaba cerca de Walmgate. Debió haber sido otra persona'. No podía creer lo fácil que era mentirle a la cara a Cynthia. '¿Deseas pastel de limón?'

Durante veinticinco largos minutos, estuvo sentada escuchando a la señora Popplewaite contarle a la tía Esther todo sobre su sobrino que estaba a punto de casarse con un estadounidense de Nueva York. Cuando se fueron, Victoria sabía más de lo que quería sobre esta mujer estadounidense. Cynthia le había dado miradas extrañas todo el tiempo y Victoria sabía que no había creído la mentira.

'La señora Popplewaite habla demasiado tiempo de lo educado', anunció Stella tan pronto como la puerta se cerró detrás de ellos. 'Ni una sola vez nos dejó hablar durante más de un minuto. No vendré el próximo viernes, mamá, cuando vuelvan a llamar'.

En eso, la tía Esther levanta las cejas. 'Tal vez no quieras estar aquí el viernes, hija, pero regresarás su llamada el martes'.

Antes que Stella pudiera protestar, llegaron más personas que llamaron y se tomó otra hora con los visitantes y luego el almuerzo. Victoria sintió que nunca se escaparía.

Terminando su comida, la tía Esther se levantó y se dirigió hacia la puerta. 'Debo irme. Necesito visitar la casa de los Holmes y hablar con el comité'.

'¿Puedo ir contigo tía?' Preguntó Victoria de pie.

Había perdido la oportunidad de ir a Walmgate, pero tal vez una visita a una de las organizaciones benéficas de la tía la ayudaría a ver el proceso de cómo se daba dinero o ayuda a los acreedores.

Tía Esther vaciló en la puerta. 'Querida, no, lo siento. No puedes entrar en la Casa Holmes'.

'Puedo ayudar.' Estaba ansiosa por ver lo que se estaba logrando para poder hablar con el doctor Ashton con más conocimiento.

'Estoy segura de que puedes, querida, pero en otro lugar serías bienvenida'.

'Pero-'

Pero Casa Holmes no es un lugar apropiado que quieras visitar. Puede que te encuentres algunos de los ... residentes, y eso sería indecoroso. La tía Esther salió de la habitación para evitar seguir charlando.

'¿Por qué pedirías ir a un lugar así? Sabes que no lo tiene permitido'. Stella hojeó una revista. '¿Cómo deseas querer estar entre las mujeres enfermas, no entiendo?'

'No, no lo entenderías'. Victoria no tenía paciencia con la forma directa de Stella de elegir quién merecía dinero o no.

'Es la única organización benéfica con la que me niego a asociarme. Esas mujeres son una desgracia. Desearía que mamá dejara de ir a ese lugar'.

Victoria la ignoró y corrió tras su tía, encontrándola en el pasillo. El señor Hubbard la estaba ayudando a ponerse el abrigo.

'Tía, ¿entonces puedo compartir el carruaje contigo? Visitaré algunas de las tiendas'. Había mentido nuevamente, ya que no tenía intención de comprar, sino que iría a Walmgate después de todo, a pesar que ya era tarde.

En eso, Stella entra en el pasillo. 'Podemos todas ir juntas'.

'Solo si estás listas ahora Stella. No esperaré,' dijo la tía Esther poniéndose los guantes.

Dentro de sí, a Victoria no le parecía. No quería que Stella viniera con ella y le impidiera visitar a la familia Felling. Ella dudó por un momento, tratando de elaborar un plan.

'De hecho, me ayudarían enormemente si fueran a visitar a mi madre. Ya saben lo sola que se siente cuando la mantienen en casa con sus piernas adoloridas. Puedes dejarme en la Casa Holmes y tomar el carruaje.

'Sí, vayamos a la casa de Mimi'. Stella se puso rápidamente el abrigo que el señor Hubbard le tendió.

Victoria amaba a Mimi. Al igual que el resto de la familia, Mimi, la madre de Esther, había recibido a Victoria todos estos años y la había tratado como nieta de la misma manera que lo hizo con Stella. Mimi tenía más de ochenta años, pero aún era aguda como una tachuela, y se negó a que la llamara 'abuela' y prefirió que la llamaran de Mimi. Por lo general, Victoria siempre estaba ansiosa por visitar a la encantadora anciana, pero hoy estaba desesperada por ver cómo le iba a la familia Felling.

Una vez en el carruaje, Stella mantuvo la conversación hasta el centro de la ciudad. Al comienzo de Church Street, se detuvieron para dejar salir a tía Esther antes de continuar.

Jugueteando con uno de los botones de su largo abrigo azul, Victoria trató de pensar en una forma de llegar a Walmgate.

'Entonces, ¿piensas explicar la mentira que le dijiste a Cynthia y a todos?' Preguntó Stella de repente.

'¿Mentira?'

Stella la miró fijamente. No te hagas la tonta conmigo. Te conozco demasiado bien, mejor que nadie, de hecho, y sé que cuando mientes tus mejillas se ponen rojas y no haces contacto visual con nadie durante mucho tiempo.

Atrapada, no sabía qué decir. Su mente se congeló.

¡Y tampoco trates de mentir esta vez! ¡Ya puedo ver tus mejillas enrojecidas! Stella se inclinó cerca. '¿Que has estado haciendo? ¡Insisto en saberlo! ¿Has conocido a algún apuesto hombre?

'No!' Victoria jadeó. '¿Cómo puedes pensar eso de mí?'

'Sucede. ¿Por qué crees que Flora Osmond se casó con ese caballero de Harrogate tan repentinamente el mes pasado? Los rumores dicen que estaba...

'¿De verdad?' Los ojos de Victoria se agrandaron. Stella siempre estaba al tanto de los chismes actuales, mientras que Victoria usualmente tenía la nariz atrapada en un libro.

'¿Entonces? Cuéntamelo todo.' Preguntó Stella.

'No lo entenderías'.

'Ya son dos veces que me lo dices'. Resopló Stella. '¿Qué no *entendería*?'

'Quiero ayudar a los pobres de la ciudad'.

Los ojos de Stella se pusieron quedaron fijos. 'Sí, sé todo eso. Es muy loable de tu parte'.

'Es lo que he estado haciendo'.

'¡Entonces *estabas* en Walmgate!' Stella la miró fijamente. '¡Así que mentiste!'

'Sí. Estaba visitando a una familia en circunstancias desesperadas'. El alivio de confesar fue inmenso.

'¿¿Por qué no nos lo has mencionado?'

''Porque la tía y el tío no quieren que vaya allí sola, y esas personas necesitan mi ayuda'.

Mientras Stella movía su cabeza. 'No, esas personas necesitan la ayuda de cualquiera, no solo la tuya'.

'Si bien eso es cierto, también puedo ser de valor. Creo que estoy sirviendo donde más me necesitan'.

'¿Sirviendo dónde?' Los ojos de Stella se entrecerraron. '¿*Quién* necesita tu ayuda??'

'Una familia llamada Felling. Una pobre mujer enferma y sus pequeños hijos'. Victoria agarró la mano de Stella, desesperada por comprender y creer en las mismas cosas que hizo esta vez.

'¡Debes ver cómo viven! No tienen nada. Ni una cama, ni ropa decente, ni comida ni agua'.

'¡Dios!'

'El esposo de la señora Felling la dejó a su suerte. Los niños se mueren de hambre. Tengo que ayudarlos'.

'Hay organizaciones benéficas a quienes podemos informar para que los ayuden. Mamá sabrá lo que es mejor para ellos.

'No, se llevarán a los niños y los pondrán en una de las casas de trabajo. Los separarán. Yo puedo mantenerlos juntos. Debería estar ahí con ellos, llevarles algo de comida. Quiero comprarles ropa y una cama para que no tengan que dormir en el suelo. Necesitan sillas y ...

'Victoria, ¡para!' Exigió Stella, agitando su mano. 'No puedes salvar a todas las familias que ves que estén batallando. Son demasiadas. York está llena de indigentes.

'Sé que no puedo salvar a todas las familias, pero puedo hacer todo lo posible para salvar a los Fellings. Y pretendo hacerlo'.

Victoria miró a su prima con una repentina voluntad de acero que la atravesó. 'No me harán cambiar de opinión. ¿Le contarás a tío y tía sobre esto?'

Stella inclinó la cabeza y estudió a Victoria por un largo momento. 'No, no les diré, ya que me gusta guardar secretos. Tengo una cabeza llena de secretos. Sin embargo, insisto en ir contigo'.

'¿Venir conmigo?' Los hombros de Victoria se desplomaron. 'No creo que debas. No te agradará.

'No, no creo que me guste. Aún así, debe hacerse y, si voy a ser parte de este secreto, necesito saber exactamente qué es lo que está haciendo.

Diez minutos después, el carruaje disminuyó la velocidad fuera de la cabaña de Mimi en Monkgate. La ama de llaves, la señora Flowers, los recibió y tomó sus abrigos.

'No las esperaba, solo a Esther'. Mimi las abraza a ambos desde su silla junto al fuego.

'Mamá le pide disculpas, pero hoy está muy ocupada'. Stella se sentó junto a Victoria en el sofá cerca de la ventana.

¿Irá al recital esta noche? Preguntó Mimi. 'Iba a asistir ...' su voz se desvaneció.

'¿Acaso no se siente bien? ¿Le duelen sus piernas otra vez? Preguntó Victoria preocupada. Mimi no parecía haber mejorado desde la última vez que la vio hace unas semanas, y se reprendió por no visitar de forma más seguida.

'Mis piernas me están castigando por toda una vida bailando con jóvenes guapos'. Dijo Mimi sonriendo. 'Y ya estoy vieja querida. Mi cabeza quiere hacer cosas que mi cuerpo se niega a considerar. ¡Envejecer es una parodia, chicas, déjenme decirles! Dijo riendo. 'Ahora cuénteme todas sus noticias y qué están haciendo Laurence y Todd. ¡Nunca he recibo cartas de ellos!'

Stella felizmente le contó a su abuela las noticias de la familia mientras la señora Flowers traía una bandeja de té cargada de deliciosos dulces.

Victoria miró a Stella mientras su prima amontonaba comida en su plato y todo lo que podía pensar era que los niños Felling disfrutarían mucho más de estos pasteles y sándwiches. En este lugar, estaban comiendo y bebiendo por tercera vez y ella tenía el presentimiento que los niños Feling no habían comido desde que les dio esa pequeña cantidad de comida ayer.

Cuando Stella se excusó de la habitación, Mimi se inclinó hacia Victoria. '¿Qué sucede querido? Puedo ver en tus ojos que algo te está molestando'.

'Oh, no, estoy bien, Mimi'. Dijo mientras jugaba con su servilleta.

Mimi se reclinó en su silla. No intentes engañar a una anciana. Veo todo'.

'En verdad, no hay nada malo'.

'Victoria, tus ojos son demasiado expresivos. Dicen mucho cuando tu boca no pronuncia una palabra´.

Sonrió nerviosamente, sintiéndose un poco cálida. La pequeña habitación era como un horno con fuego encendido.

Mimi golpeó su mano en el brazo de la silla. ¡Insisto en saberlo!

'Bueno…'

'¡Ah! Bueno sí hay algo. Lo sabía. Ahora cuéntame todos los detalles, por favor.

Saber que tenía que revelarle todo a la anciana la hizo sentir mal del estómago. Había pasado de que nadie supiera su secreto a dos personas que lo sabían en menos de una hora.

Mimi se inclinó hacia delante con preocupación en sus ojos. '¿Estás en problemas querida?'

'No! En lo absoluto'. Cielos, ¿por qué la gente pensaba que fácilmente se metía en líos?

'Sucede, querida, créeme'.

'La verdad es que ... hay una familia, los Fellings, que son pobres y necesitan ayuda. Los he estado visitando y esperaba volver hoy, pero se está haciendo tarde y no creo que pueda ir'.

'Tu buena naturaleza te da crédito, querida'. Mimi se recostó y tiró la alfombra más recta sobre sus rodillas. 'Nadie sabe de estas visitas, ¿quiero creer?'

'Solo Stella. Se lo acabo de decir en el carruaje'.

A Esther y Harold no les gustará que hagas esto por tu cuenta. Harold se horrorizará. Eres demasiado como tu madre y él adoraba el suelo sobre el que ella caminaba. No querrá correr ningún riesgo al perderte'.

No puedo darles la espalda, Mimi'. Ella estaba decidida en eso.

Mimi cruzó las manos sobre su regazo. '¿Cómo conociste a esta familia?'

'A través del doctor Ashton'. Ella se sonrojó, aunque todo era muy inocente. 'Él me invitó a visitar la casa de Wilson para mujeres mayores, y luego fuimos a Walmgate. La señora Felling es su paciente'.

Este doctor Ashton es el mismo que Esther le ayudó encontrar una casa, ¿verdad?

'Así es'.

'Parece ser muy agradable y confiable. Esther me habló bien de él por unos cinco minutos.

'Le apasiona sus ambiciones de querer ayudar a los pobres'.

'En mi opinión, son pocos los hombres apasionados en este mundo. No hay nada de malo tener un poco de pasión, querida'. Los labios de Mimi se torcieron al comentar. 'Stella no estará tan comprometida como tú en este esfuerzo, lo sabes, ¿no?'

'Sí, lo sé. Ella no necesita involucrarse, pero ha prometido guardar mi secreto ... Victoria miró esperanzada a Mimi.

La anciana se echó a reír. ''No temas, mi niña, tu secreto también está a salvo conmigo. Pero mantenme al tanto. Me gusta un poco de intriga'.

'Gracias'. El alivio la inundó.

Mimi le dirigió una mirada de preocupación. Prométeme que te mantendrás a salva.

'Así lo haré.

'Y no esperes que Stella te sirva de algo. Se aburrirá en diez minutos si no es el centro de atención'.

'Lo sé'. Y eso le preocupaba a Victoria más que nada.

Stella entró rápidamente en la habitación y mencionó que se le había abierto un agujero en su media. 'Mimi, revisé tu cómoda con la ayuda de tu sirvienta y las reemplacé. Espero que no se haya molestado.

Victoria miró a Mimi con un guiñó en un ojo. Ambas sabían que Stella nunca se dedicaría a nada más que a Stella Dobson.

~ ~ ~ ~

A la mañana siguiente, Victoria cedió y llevó a Stella con ella mientras se dirigía a Walmgate.

Ayer, después de salir de la casa de Mimi, una espesa niebla descendió y blanqueó la ciudad.

Stella le rogó que no fuera a los barrios marginales en un clima tan malo y ella había aceptado, aunque le dolió la conciencia hacerlo. Había dormido mal por ello.

Ahora, mientras tomaron un taxi, Stella conversó sobre el próximo Lord Mayor's Ball en la Casa Mansión el próximo mes y el vestido que iba a usar y que las costureras del Miss Thatcher's Salon estaban creando actualmente. 'Creo que el color rosa intenso de la seda me quedará muy bien, ¿no crees?'

'Sí, estoy segura de ello'.

''Vi tu vestido en mi última visita y la esmeralda te luce perfecta'..' Stella se asomó por la ventana. 'El color de tu vestido es un contraste adecuado al mío. Aunque el mío tiene más encaje'.

Victoria se desconectó cuando Stella destacó las virtudes del encaje irlandés en comparación con el italiano cuando el taxi del coche pasaba por High Ousegate.

'Deseo pararme y comprar algunas cosas para los Fellings', dijo Victoria repentinamente.

'¿Qué?' Stella parpadeó, sin seguirla.

Victoria llamó al taxista para que frenara el caballo. 'Necesito parar y comprar algunas cosas'.

'¿Como qué?'

Al final de Parliament Street, el coche se detuvo y Victoria bajó. 'Quédate aquí, no tardaré mucho'.

'¡Victoria!'

Ignorando a su prima, corrió por los puestos del mercado. Lo primero que compró fue una canasta grande. En ello colocó una manta que compró impulsivamente, no de gran calidad, pero que era mejor que la que tenían los niños ahora.

Luego, compró algunos fósforos, velas, tazas y platos de otro puesto, y del siguiente puesto compró frascos de mermelada, cebollas en escabeche, huevos duros y una cuña de queso.

Regresando al coche, hizo una pausa y compró dos hogazas de pan y un cuchillo decente a un hombre que vendía trozos de una vieja maleta.

Con la canasta abultada y pesada, se las arregló para comprar una botella de ginger ale y arreglándosela como pudo finalmente regresó a Stella.

'Dios mío, ¿por qué no me dejaste ir contigo?' Advirtió Stella mientras se subía al coche.

'Fue más rápido hacerlo por mi cuenta'. Victoria sonrió para no ofenderla con sus palabras. 'Sabes cómo eres, te habrías alejado y hecho tus propias compras'.

'¿Por qué has comprado tanto? ¡Espero que estas personas sean agradecidas!' Stella buscó en la canasta. 'Podríamos habernos llevado esto de casa, nadie se habría dado cuenta.

'Lo sé, pero bueno ... No lo pensé. Y no quiero que el señor Hubbard se dé cuenta porque se lo mencionaría a la tía y luego tendríamos problemas.

Stella agitó una mano desdeñosa. El señor Hubbard es lo suficientemente maleable si sabe cómo manejarlo.

Una vez que viajaban por Fossgate, el estómago de Victoria se revolvió. No sabía a qué se enfrentaría en la casa de los Felling y tener a Stella con ella solo aumentaba su ansiedad.

Su prima era lo suficientemente amable con los que creía estar en condiciones de recibir su benevolencia, pero tener la compasión necesaria para una familia en una región podría significar pedir mucho de su parte y Victoria no tienen la energía para preocuparse por ella, así como centrarse en los Fellings.

Una vez en la entrada del callejón, Victoria llamó al taxista para que se detuviera.

Al bajar, Stella miró a su alrededor con disgusto apenas disimulado. 'Victoria, no creo ...'

Habiendo pagado al taxista, Victoria la miró. 'Escúchame, si no quieres hacer esto, vuelve al taxi ahora. Puedo hacerlo sola'.

Enderezando los hombros y levantando la barbilla, Stella respiró hondo. 'No. Necesito saber lo que estás haciendo. Además, me hará ver encomiable ante los ojos del doctor Ashton.

'Entonces sígueme'. Victoria ignoró la mención de Ashton y se hizo camino a través de los callejones y patios.

Mientras más profundo caminaban en los barrios bajos, más comentaba Stella sobre la suciedad y la degradación. Se quejaba de la suciedad en sus botas, el limo en el borde de su vestido. Ella saltaba cada vez que alguien gritaba, o un bebé lloraba, o una mujer vaciaba un balde de agua sucia en el suelo.

'Victoria, de verdad, esto es terrible…'

'No lo digas, Stella, te lo ruego,' dijo ella, levantando la pesada canasta de un brazo al otro.

'Pero-'

'No! Te advertí esta mañana lo malo que es. Por favor, cállate o vete a casa.

Victoria subió las escaleras y luego llamó a la puerta de los Felling. Esperó unos momentos, pero nadie respondió. Tocó nuevamente. Frunciendo el ceño, giró la manija y abrió la puerta.

Al entrar, la habitación estaba a oscuras. En la esquina se lograba escuchar tosidos. La luz filtrada de la ventana y la puerta mostraba a los niños acurrucados en la cama de trapos como de costumbre. La estufa de hierro no tenía fuego, la habitación estaba fría y húmeda.

'Victoria ...' Stella susurró desde la puerta.

'Niños, ¿me recuerdan del otro día?' Preguntó Victoria al grupo de cuerpos. Cuando no le respondieron, se volvió hacia su madre que yacía en las mantas. 'Señora Felling. He vuelto'.

La mujer enferma levantó la cabeza. '¿Té?'

Victoria se apresuró al estante, pero la botella ya no estaba. '¿Polly ha ido a buscarle un poco más?'

Al no recibir respuesta, fue a la canasta y sacó las velas. Después de encenderlos, colocó uno en el estante y otro encima de la estufa. Al abrir la pequeña puerta de la estufa, descubrió que las cenizas estaban frías. Había pasado ya algo de tiempo desde que el fuego había estado encendido. En ninguna parte de la habitación podía encontrar periódicos o madera. Frustrada, se volvió hacia Stella. 'Sirve a la señora Felling un poco de ginger ale. Está en la canasta'.

'Oh, no, no creo que pueda'. Stella no había puesto un pie dentro de la habitación.

'Stella, ¡solo hazlo!' le ordenó.

'Es una barbaridad de tu parte hacerme entrar. Me contagiaré de algo, estoy segura. ¡Si muero, todo será culpa tuya!

Ignorándola, Victoria agarró la manta de la canasta y se la dio a los niños. Mientras se acurrucaban debajo de él sin decir nada, ella comenzó a cortar el pan y usar el mismo cuchillo para untar mermelada en cada porción. Los niños aceptaron el pan en asombrado silencio.

'Señora Felling'. Victoria se arrodilló junto a la mujer mientras Stella se sacudía sosteniendo la taza.

'Ella no se despertará'. Mencionó Stella. '¿Está muerta? Oh dios, está muerta, ¿cierto?

'¡No, no lo está y baja la voz!' Victoria levantó la cabeza de la mujer. 'Ayúdame a levantarla. Ella necesita comer'.

'¡No la tocaré!' Dejándole todo en manos de Victoria. 'Ha de estar llena de enfermedades y piojos'.

'¡Por el amor de Dios!' Queriendo Victoria sacudir a su prima.

La puerta se abrió y el doctor Ashton entró solo para no verlos. 'Señorita Carlton. Señorita Dobson'.

'Oh, Doctor Ashton'. Stella parecía lista para desmayarse. 'Estoy muy contento de verlas aquí. Debe decirle a Victoria lo peligroso que es estar aquí. ¿Quién sabe qué enfermedad podría tiene esta mujer?'

'Cálmese señorita Dobson. La señora Felling se está recuperando del parto. No tiene ninguna enfermedad, pero sufre de desnutrición y ha perdido un tanto el espíritu. Se arrodilló junto a Victoria. '¿Trajo esas cosas?'

'Sí. ¿Son adecuadas?'

'Cualquier cosa es mejor que nada, señorita Carlton. El viejo Jimmy me contó lo que había hecho el otro día.

'Lo del fuego ...'

'Sí' Él sonrió amablemente y luego dirigió su atención a su paciente. Después de un rápido examen, se acercó para levantar a la señora Felling. 'Señorita Carlton, ¿puede ayudarme a sostenerla, por favor?'

Victoria levantó las mantas inmundas sobre las que la señora Felling estaba acostada para usarlas como apoyo para mantener a la mujer erguida. El hedor desagradable del olor corporal casi la hizo vomitar, pero aún así lo aguantó.

'Señora Felling'. La doctora Ashton se tocó las mejillas. Tomó la taza de Stella y la acercó a los labios pálidos y agrietados de la pobre mujer. 'Bebe, señora Felling'.

Lenta y apenas sensible, la mujer sorbió, aunque la mayor parte del líquido se derramó por su barbilla.

'Eso es, siga bebiendo', alentó Ashton.

'Le he traído huevos, huevos cocidos', susurró Victoria, no queriendo que los niños oyeran. 'Para darle fuerza'.

'Excelente.' El doctor Ashton volvió a tocar la mejilla de la mujer. 'Señora Felling. Quiero que coma algo ahora. ¿Entiende?'

Los ojos tristes de la mujer lo miraron.

Ashton miró a Stella. '¿Señorita Dobson, ¿puede traerme la cesta, por favor?'

Stella gruñó, pero hizo lo que se le pidió, y luego se paró cerca de la puerta abierta, sosteniendo un pañuelo blanco de encaje en la nariz.

'Mire lo que tenemos aquí señora Felling'. Ashton rompió un poco del huevo en su mano y se lo metió en la boca. '¿Apoco no es una buena sorpresa?'

'Cómalo ahora señora Felling'.

Dijo Ashton exigiendo y empujando más en su boca. 'Todo. Necesita recobrar su fuerza. Los niños la necesitan. La señorita Carlton ha sido muy generosa al traerle esta comida. Cómalo al menos hágalo por ella'.

La señora Felling parpadeó rápidamente, hundiéndose en sus brazos, pero Ashton la obligó a retroceder y le dio más de beber.

'Todo, por favor señora Felling,' persuadiendo.

Después de lo que parecía una eternidad, se había comido los dos huevos con otra taza de ginger ale.

'Necesitamos un fuego en este lugar', dijo Victoria mientras ella y Ashton la recostaban.

'Iré a prepararlo. El viejo Jimmy debería estar aquí pronto. Le diré que compre un poco de carbón. Dura más que la madera'. Ashton la miró fijamente. 'Me impresionan mucho sus habilidades señorita Carlton'.

Ella se sonrojó, feliz de haberlo complacido, aunque esa no era su intención. 'No es mucho'.

'Es más de lo que cree, y estoy impresionado de que haya hecho tanto esfuerzo.'

Sus palabras deleitaron enormemente a Victoria mientras cortaba un poco más de pan y untaba mermelada en cada rebanada. Le dio una segunda porción a cada uno de los niños mientras Ashton los examinaba. En silencio, los niños le permitieron mirar sus pequeños cuerpos frágiles, contentos de poder masticar la comida.

Cuando terminó, tomó el cubo junto al fuego y salió de la habitación.

'Quiero irme a casa', siseó Stella desde la puerta de Victoria.

'Entonces vete. No te estoy deteniendo'. Victoria cortó las cebollas en escabeche.

'No puedo dejarte aquí'.

'Por supuesto que puedes'.

'Esto es demasiado, Victoria. No puedes hacerme esto. Deja que el doctor Ashton los atienda, a las organizaciones benéficas o a alguien que no seas tú. Mamá y papá se horrorizarán por todo esto'.

'¡No les dirás!' Mostrándole Victoria el cuchillo. 'Me lo *prometiste*'.

'¡Eso fue antes! ¡Nunca imaginé que pudiera ser tan desagradable como esto!' Burlándose Stella de la suciedad a su alrededor. 'No me quedaré callada'.

'Confié en ti.'

'Señorita Dobson'. Ashton estaba de pie detrás de ella en la puerta, con una cubeta de agua en la mano.

Stella saltó a un lado como si llevara algo que iba a derramarse. Las lágrimas se juntaron en sus ojos. '¡Doctor Ashton, le *ruego* que me ayude a hacer que mi prima recobre el sentido!'

'¿Sentido?'

'Debe hacer valer su autoridad aquí y exigir que se retire de este lugar'.

'¿Por qué haría eso señorita Dobson?' Frunciendo el ceño, mientras vertía agua en una jarra. 'La señorita Carlton es extremadamente útil. Sería la última persona en pedirle que renuncie a sus servicios'.

'Victoria se está poniendo en peligro y a nuestra familia al mezclarse con estas personas. ¿Quién sabe qué tengan?'

'Llevan la pobreza señorita Dobson'. Ashton se volteó un tanto despectivo.

Mientras Stella pisoteaba su pie. '¡Ella no está calificada para estar aquí!'

'La única calificación que uno necesita es la compasión'. Mirándola de arriba abajo, dejando en claro que no tenía nada.

Victoria cerró los ojos porque la cara de Stella se había tornado feroz y sabía que Ashton estaba metiéndose en sus casillas. Stella podía amar y odiar en cuestión de segundos, y una vez en contra tuya, le costaría mucho poder ganársela.

Suspirando, Victoria inclinó la cabeza. Tendría que irse y llevarse a Stella a casa, calmar sus plumas rizadas y rogarle que no le dijera una palabra a sus tíos.

Sonriéndole al Doctor Ashton le dijo, 'Debo irme'. Ella no lo miró al salir de la habitación y tomando el brazo de Stella, la escoltó fuera de los barrios bajos.

Capítulo seis

Añadiéndose un poco de perfume floral ligero, Victoria miró su reflejo en el espejo. El vestido verde manzana pálido que llevaba le quedaba bien. Dora se había lavado y cepillado el cabello y lo había recogido en la parte superior de su cabeza. Zarcillos de cobre colgaban de sus orejas. Se había aplicado un polvo ligero y una pequeña cantidad de rubor en las mejillas. Quería verse mejor esta noche para la cena porque el doctor Ashton se iba a presentar. No lo había visto desde que estaba en Walmgate la semana pasada.

Durante días, Victoria había estado ocupada en la casa y con llamadas que hacer. Ella estaba segura de que Stella lo hizo a propósito.

Cada llamada, cada invitación la aceptaba Stella con gusto e incluía a Victoria en todo lo que organizaba.

Stella alentaba a tía Esther a llevarlas a excursiones e incluso logró obligar al tío Harold a llevarlos a un picnic después de la iglesia el domingo.

En ningún momento Victoria se sintió lo suficientemente segura como para escapar y regresar a ver a la señora Felling. Así que, por su parte, ella sonreía fingiendo que no quería estar en ningún otro lugar. Sin embargo, todo el tiempo se sentía culpable por no regresar a Walmgate.

Victoria esperaba que Stella la reprendiera o no le hablara de Walmgate. Sin embargo, ella no esperaba que fuera demasiado amigable y actuara como si nada hubiera pasado.

La consecuencia fue que Victoria estaba constantemente nerviosa, esperando que Stella les mencionara la choza de Felling a sus padres y lo que había estado haciendo allí.

La actuación de Stella la confundía y le preocupaba. No sabía dónde estaba parada.

El reloj dio las siete en punto. Respirando profundamente, salió de su habitación y bajó las escaleras. Mientras los invitados charlaban. La tía Esther iba de persona en persona, mientras que el tío Harold mantenía una conversación profunda con un miembro del Parlamento visitante de Londres.

Después de besar a Mimi, Victoria le dio las buenas noches a viejos amigos de la familia como los Smith y los Osborns, pero siguió caminando, buscando al médico. Lo encontró junto a la chimenea hablando con la horrible señorita Rachel Stephens, hija de una de las amigas de su tía. Su corazón dio un vuelco cuando se acercó a él. Cuando la miró, ella sonrió ampliamente, feliz de verlo.

'¡Señorita Carlton!' Inclinándose ligeramente con sus ojos cálidos.

'Buenas noches, doctor Ashton'. Buenas noches Rachel.' Ella continuó sonriendo, aunque no le gustaba lo cerca que estaba Rachel de él. Tomó una copa de champán de la bandeja que Jennie hizo circular.

'Tu vestido es muy bonito, Victoria', dijo Rachel, aunque sus ojos fríos contaban una historia distinta. 'Un color básico hecho sin esfuerzo'.

'Gracias Rachel'. Victoria podría haber comentado sobre el vestido de la otra mujer, un dorado suave y brillante, pero se contuvo porque eso era lo que quería y Victoria estaba cansada de tener que complacer a la gente. Además, ni siquiera le agradaba la mujer. Rachel Stephens hizo que Stella pareciera una niña cuando se trataba de insultos y poner a las personas en su lugar. Durante años, Victoria y Stella habían hecho todo lo posible para mantenerse alejadas de ella en los eventos sociales.

Rachel se apoderó de la conversación y le contó a Ashton sobre su último viaje al extranjero a París y Roma. Después de diez minutos seguidos de hablar, Victoria quería arrojarle una copa de champán, cualquier cosa que la callara.

Ella y el doctor Ashton intercambiaron miradas y compartieron una pequeña sonrisa llena de significado mientras Rachel continuaba hablando.

De la nada, Stella apareció en su grupo, con los ojos muy brillantes mientras los miraba a los tres. '¿De qué estamos hablando?'

'No estamos discutiendo nada' , le dijo Victoria. 'Estábamos escuchando a Rachel hablar sobre su último viaje a París y Roma'.

'Qué encantador'. Stella sorbió su champaña. 'Creo que ambas ciudades estarán en mi lista de luna de miel'.

'¿Te vas a casar?' Rachel la miró sorprendida.

'No.' respondió Stella mientras se reía. 'Al menos no todavía. Estoy esperando que el médico me pregunte'.

El doctor Ashton se atragantó con su champán mientras Victoria parpadeaba rápidamente para procesar sus palabras. ¿Qué era lo que estaba jugando su prima?

'Sí bromeo'. Stella se echó a reír de nuevo, luego le dio al doctor una sonrisa coqueta. 'Pero si quiere, doctor Ashton, lo consideraré'.

Victoria se sintió aliviada cuando habían anunciado la cena. Esperaba estar sentada al lado del doctor Ashton, pero en cambio, la colocaron al lado del señor Osborn por un lado y el señor Smith por el otro.

Se dio cuenta de que Stella se colocaba firmemente entre el doctor Ashton y el señor Stephens y se preguntó por qué. Seguramente el médico era la última persona con la que querría sentarse después del día con los Fellings.

Se habían colocado extensiones en la mesa del comedor para los demás invitados y desafortunadamente para Victoria, ella estaba en un extremo de la mesa y Stella y el médico estaban en el otro. No podía escuchar una palabra de ellos, pero durante el primer y segundo curso hablaron en voz baja todo el tiempo. Durante el tercer curso, Stella se volvió para hablar con el Sr. Stephens, pero cuando le trajeron el postre, su atención volvió una vez más al médico. La escuchó atentamente mientras Victoria estaba llena de envidia.

Al final de la comida, Victoria felizmente dejó la mesa para unirse a las damas en el salón y apenas cerró la puerta detrás de ellas, agarró el brazo de Stella y la empujó hacia un lado. '¿De qué hablaron tú y el doctor Ashton tan íntimamente durante toda la cena?'

Stella le dio una sonrisa maliciosa. 'Muchas cosas'.

'¡Stella!' Victoria siseó entre dientes.

'¿Por qué te interesa tanto?'

'Cautivaste su atención durante toda la noche'.

'Estaba siendo la anfitriona perfecta hacia un invitado'. Los ojos de Stella se entrecerraron. '¿Por qué te molesta tanto?'

'El doctor Ashton y yo…' vaciló. ¿Qué hay entre ella y el doctor Ashton? Nada. Simplemente un objetivo común por ayudar a los demás.

'¿Tiene algún sentimiento por él?' La voz de Stella era un susurro áspero. '¿Tienes sentimientos por él verdad?'

'No.'

'¡Mentirosa! ¿Crees que puedes capturar a un doctor? ¿Con la historia de tus padres?'

'¿A qué te refieres con la historia de mis padres?' Ella no tenía idea de lo que Stella quería decir con eso. ¿Por qué demonios tenía que traer el tema sobre sus padres?

'No importa'. Stella sacudió la cabeza. '¿Por qué estás tan interesada en el doctor?'

Victoria pensó rápidamente. 'Solo quería saber de qué hablaron, ya que tu última reunión no fue agradable'.

'Me quiero disculpar por mi comportamiento del otro día'. Stella agitó una mano desdeñosa. ''Le dije que era la conmoción de ver circunstancias tan terribles y que no estaba preparada para eso. Él me perdonó naturalmente. ¿Sabes que quiere construir su propio hospital para mujeres? Es un área en la que quiere especializarse'.

Los celos se apoderaron de Victoria. Ella quería ser a quien él le dijera esas cosas, no a su prima a quien no le importaba un comino.

Stella se acomodó sus rizos. 'Mencioné que mi familia sería muy generosa con las donaciones para financiar este esfuerzo suyo cuando llegara el momento. Estaba muy agradecido. Es un caballero muy atento, lleno de ideas y ... pasión'.

'¿Te mencionó de mí', odiando haber preguntado, pero necesitaba saber si él hablaba de ella.

'¿Tú?' Dijo Stella frunciendo el ceño. 'No. ¿Por qué hablaríamos de ti?

'Por haber ayudado a la señora Felling'.

'Querida, ni siquiera pensó en ti. Teníamos cosas mucho más importantes que discutir aparte de una familia de barrios marginales en particular'. Stella sonrió dulcemente, aunque falsamente, y Victoria lo sabía.

'Por supuesto.'

'No todo se trata de ti, ya sabes', dijo Stella. 'Y antes de que se te ocurran ideas, recuerda que *Ashton* no es *tuyo*. Verá más allá que una huérfana que vive en la casa de su tío. Stella se alejó cuando trajeron el carrito de café.

Victoria podría haberse reído si no hubiera sido tan trágico.

Nunca había nada en ella, ni nada había sido suyo. Ella había llegado a esta familia sin nada. Todo lo que tenía le fue entregado por sus tíos. No le pertenecía a nadie y nada le pertenecía a ella. Ella lo había sabido por mucho tiempo.

Una hora después, los hombres se le unieron, y Victoria vio que Stella inmediatamente tomó el brazo del doctor Ashton y lo alejó de los demás. Stella se rio alegremente de algo que dijo y él le devolvió la sonrisa. Victoria captó la sonrisa cómplice de su tía hacia su tío Harold y su asentimiento de regreso.

La sangre corrió fría en sus venas. Estaban felices de ver a Stella y al médico juntas. Una profunda tristeza brotó en su pecho. ¿Cuán tonta era esperar que el médico la buscara solo porque había ayudado a una familia pobre? Obviamente no fue suficiente. Necesitaba tener la belleza y el equilibrio de Stella. Stella tenía una confianza que los hombres disfrutaban, sabiendo que una mujer así podría dirigir su hogar y ser la anfitriona perfecta para avanzar en su carrera. Y ella no tenía ninguna de esas cualidades.

El tío Harold se unió a Stella y al doctor Ashton y su risa contagió la habitación.

'El doctor Ashton es un hombre muy encantador,' dijo Mimi, sentándose a lado de ella. Se quitó el vestido de color burdeos y luego se alisó los volantes de encaje en el corpiño. '¿Tú también lo crees, ¿verdad, querida?'

'Sí, Mimi, es muy encantador'.

Mimi se inclinó cerca. 'Deja de mirarlo niña, o toda la habitación conocerá tus sentimientos hacia él y no solo yo'.

Horrorizada, se giró para mirarla. 'Yo-'

'Te quedaste viéndolo con Stella durante toda la cena. Si me hubiera sentado más cerca de ti, te habría empujado debajo de la mesa. Mi vista ya no es como antes y sin mis lentes, no puedo ver mis manos frente a mi cara, pero desde lejos puedo ver tan agudamente como un zorro. Sé que es extraño'. Mimi acarició la mano de Victoria. '¿Acaso no te he dicho siempre que tu cara es demasiado expresiva?'

Victoria asintió, sintiéndose enferma por dentro.

'Aprende a controlar tus expresiones. A veces, debes engañar incluso a las personas más cercanas. Stella te vio mirándolos'. Mimi miró por la habitación, asimilando todo, pero sus palabras fueron solo para Victoria. 'Amo mucho a mi nieta, pero no siempre es agradable, y sabes a lo que me refiero con eso'. Ella apretó su mano, pero mantuvo su mirada en las otras personas en la habitación. 'Stella puede leer a la gente. Ella es buena en eso, así es como siempre puede salirse con la suya. Ella es la mejor que he visto haciéndolo, en realidad. Ella es mejor que yo y eso sería admitiendo mucho'. Mimi la miró. 'Ella te conoce. Recuérdalo'.

Mimi se alejó y Victoria conversó con la señora Smith, que tenía mucho que decir sobre el sermón de la iglesia del domingo pasado. Cuando Victoria finalmente se liberó, el doctor Ashton se despidió de las personas más cercanas a él. Ella se dio la vuelta, decepcionada porque ni una sola vez había tratado de buscarla después de la cena.

A la mañana siguiente, Victoria llegó temprano a la mesa del desayuno. Comió tocino y arenques con rebanadas de pan tostado y se preguntó cómo podría llegar a Walmgate hoy sin que Stella lo supiera.

El tío entró y sacó su silla. 'Buenos días querida'.

'Buenos días tío'. Ella jugueteó con el mantel y lo enderezó. '¿Dormiste bien?'

'Muy bien'. Se sirvió una taza de té mientras el señor Hubbard traía huevos revueltos.

El tío se llenó un plato con comida y se sentó en la mesa. Abrió su periódico, dándole a Victoria una idea de pedirle al señor Hubbard todos los periódicos viejos.

'¿Puedo compartir el carruaje contigo, tío? preguntó ella.

'Claro que sí aunque ya saldré pronto'. Mientras leía y comía a la vez. 'Si Stella viene contigo también debe apresurarse'.

'No, iré sola. Quiero hacer algunas compras y Stella se tarda mucho donde quiera que vayamos.

'Sí, eso es cierto', se rio entre dientes, 'por eso me niego a acompañar a cualquier mujer de compras'.

'Estoy lista cuando usted lo decida'.

'Bueno. Será en cinco minutos. Tengo una reunión esta mañana'. No levantó la vista mientras hablaba.

Aprovechando su interés en el periódico, Victoria salió del comedor y corrió hacia el pasillo.

Se puso el sombrero y luego se puso el abrigo y los guantes, antes de caminar rápidamente por el pasillo y bajar las escaleras hasta la cocina.

'Buenos días, señorita'. Dijo la señora Norman sonriendo, amasando pan en la gran mesa de pino.

'Buenos días señora Norman. Iré a visitar a una familia que descubrí recientemente que sufre algunas dificultades financieras. No deseo ir con las manos vacías ...'

'Esa es una noticia triste señorita, y dios bendice tu corazón por tu caridad. Y por su puesto que no puedes irte con las manos vacías'. —se despidió con la mano hacia la joven sirvienta que estaba pelando un montón de manzanas—, detén eso por un minuto y ve a buscar las sobras de pastel de carne y papa de la despensa, y hay una olla de sopa de zanahoria, sella la tapa'. La señora Norman miró a Jennie mientras entraba a la cocina desde la puerta trasera. 'Ah, Jennie, ve y busca una de nuestras cestas de compras y pon el pan de grosellas en ella y dásela a la señorita Victoria. Lo iba a usar hoy, pero he cambiado de opinión'.

En cinco minutos, Victoria tenía en sus manos una gran canasta llena de delicias, así como un paquete de periódicos y más velas. Era pesado y tendría que cargarlo, pero valdría la pena ver las caras de los niños.

Le pidió al señor Hubbard que pusiera la canasta en el carruaje y se unió a su tío mientras él subía.

Tío Harold frunció el ceño ante la canasta. '¿Para quién es eso?'

'Visitaré a una familia pobre tío. No puedo presentarme sin nada. No te importa que tome comida no desea de la cocina, ¿verdad?

'Cielos, no, para nada. Es muy amable de tu parte ser tan considerada'. Acariciándole la mano.

'Visitar a los necesitados es algo que estoy ansioso por seguir haciendo. Siento que es mi deber'.

'Las buenas obras son una cualidad admirable en una dama. Naturalmente, desearía hacer todo lo que pueda. Tienes una bondad en ti que te hace valer la pena'.

'Tío, ¿tengo tu apoyo para ayudar a las personas menos afortunadas?'

'Por su puesto, así como apoyo totalmente a tu tía en sus generosos esfuerzos. Si necesitas mi ayuda, házmelo saber.

'Gracias'. Se recostó contra el asiento de cuero y se felicitó por revelar su secreto. Stella ya no tenía con qué acusarla ahora. Si bien es cierto que su tío no conocía todos los detalles y probablemente esperaba que visitara buenas familias en áreas respetables de la ciudad, quienes quizá solo estaba pasando por un mal momento. Las buenas obras como las que hacía ña tía Esther todos los días eran encomiables. Sin embargo, estaría consternado al saber que ella había visitado los barrios bajos.

Para no levantar sospechas, Victoria dejó el carruaje al final de Parliament Street, y el tío Harold fue a su reunión sin saber sobre su verdadero destino. La canasta era demasiado pesada para que ella la llevara por las calles y contrató a un coche para llevarla el resto del camino.

El sol brillaba intensamente cuando salía del taxi en la entrada del callejón. Walmgate estaba lleno de personas dedicadas a sus deberes cotidianos. El fuerte olor a lúpulo que se cocinaba provenía de la cervecería, y los carruajes entraban y salían del patio de madera. El propietario de una casa pública hizo rodar barriles vacíos a lo largo del camino mientras un cartero hacía su ronda.

En eso, recibió una mirada extraña al entrar en el callejón cargado de bienes. El día cálido dio lugar para que las mujeres pudieran salir a lavar. Se podía ver ropa y sábanas colgados entre los edificios sobre la cabeza de Victoria. Niños corriendo, gritando por nada como lo hacen los niños.

El patio parecía lleno hasta el borde de gente. Un hombre clavando una suela en la parte inferior de una bota asintió con la cabeza cuando la vio pasar. Varias mujeres se inclinaron sobre las tinas de lavado detenidas en su tarea para mirarla. Un viejo anciano estaba sentado al sol en un taburete de madera cerca de la entrada del siguiente callejón. Victoria le sonrió y siguió adelante.

Una mujer grande, golpeando alfombras contra la cerca, se detuvo para mirar a Victoria. Muchos de los residentes que no había visto antes estaban bajo el clima cálido.

Sintiendo como si fuera una exhibición en un espectáculo, aceleró sus pasos y llegó a la escalera, con los brazos doloridos por la canasta pesada.

La puerta en la parte superior estaba abierta y ella se asomó, preguntándose si el doctor Ashton estaba adentro, pero él no estaba y respiró hondo para calmar sus latidos rápidos. Tenía que sacar al doctor de su mente. ¡Stella tenía la intención de que fuera suyo y lo que Stella quería siempre lo obtenía!

Una vez que sus ojos se acostumbraron a la penumbra, distinguió a los niños sentados en el colchón, pero para su sorpresa, la señora Felling estaba sentada entre ellos.

'Señora Felling!' Se llenó de alegría al ver a la mujer de pie.

'Señorita Carlton, ¿cierto?' Preguntó la señora Felling un tanto callada.

'Sí soy yo'. Agradecida colocó la canasta en el piso cerca de la mesa, con los brazos quemados por la tensión del peso.

'Gracias'. La señora Felling sonrió, con la cara sucia, el pelo lacio y desordenado. 'Me salvo la vida'.

'Oh no, no fui yo. 'Fue el doctor Ashton'.

'El doctor Ashton es un buen hombre, pero me han dicho que usted vino con frecuencia a traer comida'.

'No fue nada'. Victoria se detuvo al abrir la canasta. El sentimiento y la vez que expresaba la señora Felling era suave y para nada como la gente de los barrios. Intrigada, sacó el rollo de periódicos y los colocó cerca del fuego, que nuevamente estaba apagado.

'También me dijeron que trató de arreglar el lugar y que le pagó al viejo Jimmy para que arreglara la estufa'. Dijo la señora Felling mientras veía a Victoria a los ojos. 'Gracias'.

'Hice muy poco'.

'Hiciste mucho. Más de lo que nadie ha hecho por mí'. Dijo la mujer mientras una lágrima corrió por su mejilla.

Avergonzada, Victoria continuó buscando en la canasta. 'Le he traído algo de comida. Sopa y pie. Ah, y algunas velas y una caja llena de fósforos'.

Débil, la señora Felling se levantó y los niños la ayudaron a levantarse. Dio un paso hacia la mesa y se tambaleó tanto que Victoria corrió a su lado y la mantuvo erguida.

'No creo que deba levantarse de la cama', dijo Victoria.

La señora Felling le dirigió una lenta sonrisa. 'No tengo una cama'.

Al ver el lado divertido del comentario, Victoria se echó a reír y cuando la señora Felling se rio, comenzaron a reír aún más. Pasaron varios momentos antes de que pudieran hablar.

Limpiándose las lágrimas, la señora Felling suspiró. 'Lágrimas de risa. ¿Quién lo hubiera pensado?'

'Siéntase y le serviré un poco de sopa'. Victoria la acomodó en la única caja que quedaba en la habitación. Mientras los demás se alimentaba a lado de la estufa.

'¿Estás de regreso entonces?' Annie Weaver estaba parada en la puerta.

Victoria la miró por encima del hombro. 'Los he estado visitando'.

'Los he estado cuidando'. Annie asintió hacia los niños.

'¿A petición del doctor?' Victoria vertió un poco de sopa en una taza y se la pasó a la señora Felling.

'Sí, el médico me pidió que' como buena vecina lo hiciera'. Annie dio un paso más cerca hacia la mesa.

Victoria les dio rebanadas de pan tostado frío y tocino a los cuatro niños que se encontraba en el colchón. Se abstuvo de decirle nada más a Annie porque la mujer solo había ido a visitar a la señora Felling porque el doctor Ashton le había pagado. Victoria la habría respetado más si lo hubiera hecho por amabilidad.

'Eso se ve delicioso'. Señalando Annie la canasta de comida.

'Así es'. Victoria, con las manos en las caderas, la miró. '¿Tienes comida en casa?'

'No, no mucho. Gachas de avena'. El estómago de Annie retumbó. 'Es para mi esposo'.

Victoria vació la canasta. '¿¿Tienes platos?'

Frunciendo el ceño, Annie respondió. 'Así es'.

'Ve por los platos y podré darte un poco de pastel. No pensé en ir por platos'.

Annie bajó corriendo las escaleras antes de que Victoria terminara de hablar.

Suspirando, la señora Felling respondió: 'Annie no es una mala persona. Su esposo la golpea y ella ha perdido a todos los bebés que empezaba a tener en su vientre.

Al instante un tanto arrepentida, Victoria se pasó una mano por la frente. Nunca entendería este mundo que existía justo al lado del suyo.

'Lo siento, no tengo muchas cosas', dijo la señora Felling. 'Tuve que vender todo por comida desde que dejé de trabajar'.

'Le traeré algunos platos'. Comenzó a cortar el pastel cuando Annie regresó con cuatro platos limpios y dos tazones.

'Esto es todo lo que tengo', dijo Annie, colocándolos sobre la mesa, sin dejar de mirar el pastel.

'¿Tienes agua?' Victoria examinó la habitación y vio la cubeta junto a la estufa.

'Sí, pero no lo suficiente para dos familias', murmuró Annie a la defensiva.

'No traje nada para beber'. Victoria les sirvió porciones de pastel a los niños y a la Sra. Felling, dándole el último pedazo a Annie.

'Prepararé una tetera en un minuto'. Annie olió el pastel y dio un gran suspiro de satisfacción.

'Necesitamos un fuego en este lugar'. Victoria miró alrededor de la habitación vacía. La comida no era suficiente, necesitaban más.

'Necesitas más que un fuego en este lugar´, dijo Annie mientras se metía el pie en la boca. 'Esto es delicioso, ¿no?'

'Lo mejor que he probado en mucho tiempo', coincidió la señora Felling.

Victoria sonrió, feliz de traer un gusto tan simple a la gente, y todo lo que había hecho era pedirle comida a la señora Norman. Si eso fue todo lo que tomó, entonces ella podría hacer mucho más.

¿Qué hacen?' La joven Polly entró y los miró a todos con recelo. Mientras sostenía un conejo muerto por las orejas.

Victoria miró a la chica, cuyo vestido sucio y desgarrado era demasiado corto, mostrando la mayoría de sus muslos. No llevaba botas ni medias y su cabello colgaba en largos enmarañados. '¿Eres Polly?'

'Así es'. La niña se acercó a su madre. '¿Estás bien, mamá?'

'Sí, mi amor, lo estoy. ¿Mira lo que nos ha traído la señorita Carlton?'

Polly miró la comida en la mesa y las velas en la canasta. 'Entonces tendremos luz esta noche'.

'Puedo leerles el periódico a todos ustedes'. Su madre señaló el rollo de periódicos que Victoria dejó junto a la estufa.

Polly levantó el conejo. 'Si puedo conseguir encender el fuego, podré cocinar esto'.

'Ya se nos acabó el carbón'. La alegría se le había acabado al rostro de la señora Felling.

Victoria sacó su bolso pequeño de su bolsillo. 'Toma Polly, ve y compra algo de carbón'. Le dio unos chelines a la niña sin saber cuánto costaría.

Con los ojos emocionado, Polly agarró el dinero y el cubo vacío y salió corriendo de la habitación.

'Estaría muerta sin esa chica', dijo Annie, raspando las últimas migajas de su plato. 'O en el asilo para pobres'.

'Lo sé. Todos estaríamos ahí', susurró la señora Felling, mirando a sus hijos en el colchón. 'Y no sé qué sería peor'.

Conmovida por las inquietantes palabras, Victoria ordenó la mesa. 'No debes temer eso ahora. Te ayudaré'.

'Solo necesito recuperar mi fuerza y encontrar trabajo, entonces estaremos bien'.

Un gritó se escuchó desde abajo.

'Señor, ese es mi esposo. ¿Qué hace en casa en este momento?' Annie retiró sus platos sucios y salió corriendo de la habitación.

'¿No debería estar en el trabajo?' Le preguntó Victoria. '¿Tan siquiera tiene algún trabajo?'

'Sí, él trabaja en los barcos que viajan desde York a Hull', respondió la señora Felling, lentamente comiendo más de su pastel.

'Es impredecible en sus movimientos y temperamento'.

'¿Annie estará bien?' Le preguntó Victoria.

'Esperemos que sí'.

Las dos mujeres compartieron una mirada que fue interrumpida por las riñas de los niños.

¿Me puedes llamar de Mercy? La señora Felling le dijo a Victoria una vez que los niños se habían calmado.

'Sí, eso me agradaría, y yo soy Victoria'. Dijo sonriendo. ¿Cómo se llaman los niños?

'Polly es mi hija mayor, y luego le sigue...', Mercy se enderezó y señaló al mayor de los cuatro sentados en el colchón, 'Jane, luego Bobby, luego Emily y finalmente la pequeña Seth'.

'Polly debería estar en la escuela'. Victoria observó a los otros niños, que tenían sueño después de haber comido más alimentos de lo que habían comido en semanas.

'Necesito que ella cuide a los niños. Le enseñaré lo que debe saber'.

'Puedes leer', afirmó. 'Mencionaste que les leerías el periódico'.

Mercy asintió con la cabeza. 'Fui educada. Mi familia es cuáquera. Mi padre creía en la educación para todos'.

'¿Dónde está tu familia ahora?'

'Se han ido a América'. Mercy se rascó la cabeza.

'América? Cielos, eso queda lejos'.

'Me rogaron que fuera con ellos, pero pensé que estaba enamorada. Elegí quedarme y casarme con el hombre que confesó amarme y querer cuidarme por el resto de mi vida. Me mintió'.

'Lo siento mucho'. Ella no tenía idea de lo que se siente amar a un hombre y perderlo, pero sintió que pronto lo haría. No es que pudiera comparar su situación con Ashton de la misma manera que Mercy podía sentir que su marido la abandonaba.

Mercy suspiró profundamente. 'Se ha ido. Otra mujer lo tiene ahora y ella está con él. No me sirve cuando no puedo confiar en él. Dijo Mercy. 'Ya lloré por lo que he perdido. Primero mi familia, luego él y finalmente mi bebé.

'Sí, estuve aquí ese día, cuando tu bebé ... murió ... aunque quizá no recuerdes que estaba'.

'No, por favor perdóname'. Dijo Mercy mirando al suelo. Estoy segura de que fuiste muy útil.

'No, no hice nada. 'Fue el doctor Ashton'.

'Ahora me siento mejor, y el amable médico dejará de visitarme, lo cual es una pena'.

El corazón de Victoria se aceleró cuando se lo mencionaron. 'Quizá sea así, pero no me detendré. Claro, si me deja continuar visitándola'.

'Oh, sí, por favor. Me encantaría'. Mercy sonrió y debajo de la suciedad y la desesperación, Victoria pudo ver que era una mujer bonita.

Victoria recogió la cesta vacía. 'Debo irme. Si mi familia se percata que he estado ausente no le gustará.'

'Gracias por todo'. Mercy se levantó y le tendió la mano.

Victoria lo estrechó suavemente. 'Volveré pronto, con suerte mañana, pero no estoy segura'.

'Entiendo. Tienes una vida que vivir'.

Con un último adiós, salió de la habitación y se encontró con Polly en la escalera, levantando el cubo lleno de carbón. '¿Puedes arreglártelas, Polly?'

'Sí, señorita, gracias'.

Victoria caminó hacia el patio y levantó su rostro hacia el sol que brillaba alto en el cielo. Sábanas se sacudían por la brisa. El patio no parecía tan intimidante cuando el sol brillaba y la ropa limpia colgaba como pancartas.

'¡Señorita Carlton!' El doctor Ashton apareció detrás de una línea de ropa en la entrada del callejón.

Ella se detuvo abruptamente, odiando que su tonto corazón se saltara un latido ante su presencia. 'Buenos días Doctor'. Obligó a que sus pies se movieran.

'No esperaba verla aquí'.

'No les daré la espalda', dijo con más dureza de lo que quiso decir, pero aun así sufría después de su falta de atención en la cena.

Sus ojos azules la miraron, su expresión era ilegible. '¿Ya se marcha?'

'Sí'

'Señorita Carlton—'

'Debo irme Doctor'. Ella lo rodeó y siguió por el callejón.

~ ~ ~ ~

Joseph observó su figura retirarse por el callejón hasta desaparecerse de su vista. No quería estar en desacuerdo con ella, sino todo lo contrario, ella había construido una defensa contra él y él no sabía cómo comunicarse con ella.

Se giró y subió la escalera y entró en la habitación de los Fellings. Inmediatamente pudo ver una diferencia en la escuálida casucha. Polly se arrodilló ante la estufa, prendiendo fuego, mientras los otros niños tenían comida manchada en sus caras y por una vez parecían estar vivos, en lugar de mirarlo sin interés. Quien parecía haberse mejorado más era la señora Felling.

Le sonrió amablemente. 'Se ve bien señora Felling'.

'Estoy mejor, gracias a usted y a la señorita Carlton. Ella sigue trayéndonos comida y con lo que Polly encuentra, nos las arreglamos.

Joseph miró al conejo muerto sobre la mesa. 'Tienen que colocarlo en una olla pronto de lo contrario se echará a perder'.

Mercy asintió con la cabeza. 'Lo haré en un minuto.'

Joseph bajó la voz para que los niños no lo escucharan. '¿Está segura de que todo está bien? ¿Su cuerpo se está curando del parto?'

'Sí' Sin poder verlo a los ojos. 'Creo que los días difíciles se han ido doctor'.

'¿A qué se refiere?'

'Supongo que es mi instinto'. La señora Felling se encogió de hombros. 'Haber conocido a la señorita Carlton ha sido algo maravilloso. Dios la ha enviado del cielo'.

'¿Dios?'

'Puede que no sea una cuáquera practicante, o tan devota como mis padres, pero creo que la señorita Carlton fue enviada aquí para ayudarnos'.

'Ella es una buena persona'. Joseph sonrió, orgulloso de que la señorita Carlton hubiera hecho una diferencia en una familia.

'Me consideraría afortunado de llamarla mi amiga, si ella me lo permite'.

'Estoy segura de que lo hará'.

La señora Felling hizo un gesto hacia los niños. 'Ella no trae lo único que realmente necesito ... comida para mis hijos, pero siempre me habla como un igual y no como tenerme lástima o como un perro sin hogar'.

'Debe comer bien también, necesita recuperar su fuerza. No se lo de todo a los niños. No los podrá cuidar si les da todo a ellos'. Joseph miró con atención a los niños y observó sus cuerpos desnutridos.

Ella asintió y observó a Polly soplar sobre el fuego que hizo que las llamas saltaran y se balancearan. 'Sí, porque debo volver a trabajar tan pronto como pueda'.

Cambió su bolsa médica a la otra mano y flexionó los dedos. 'Y tal vez podamos llevar a la joven Polly a la escuela'.

'¡Ni lo piense!' Polly se levantó de un salto y cerró la puerta de la estufa. 'No iré a ninguna escuela'.

'¡Cuida lo que dices niña y permanece quieta'. Respondió la señora Felling.

'¿Cómo puedo ganar dinero si voy a la escuela?' discutió la niña.

'Encontraré trabajo y cuidarás a los pequeños'. Su madre la miró seriamente.

'¡Claro que no!' Polly salió corriendo de la habitación.

'¡Polly!' La señora Felling la llamó, pero ella se había ido. 'Lo siento, doctor'.

'No se disculpe, señora Felling'. Haciendo un movimiento hacia la puerta. 'Me alegra de verla mejor'.

'Lo estoy'.

'Bueno, si sientes que ya no requiere de mis servicios entonces seguiré mi camino. Me esperan en el asilo para pobres'. Mientras bajaba las escaleras, asintió con la cabeza a las mujeres que estaban parados charlando.

Una de las mujeres se rio de él. 'Hoy salió rápido joven, se está cansando de ella ¿verdad?'

Sabía a qué se referían y se estremeció. Tenían una mala opinión de él si pensaban que visitaba a la señora Felling solo por placer sexual. Suspiró y continuó por el callejón. Sabía que los caballeros iban a estas partes a visitar los burdeles, pero él no era uno de ellos. No era un santo en la universidad, y disfrutaba las noches de beber y divertirse con sus amigos, y en Londres había tenido una amante durante unos meses antes de que ella encontrara a alguien mucho más entretenido que él. Su trabajo siempre fue primero, pero ¿fue suficiente? La imagen de Victoria Carlton llenaban sus ojos. No, su trabajo no lo consumió por completo como antes.

Capítulo siete

En su cumpleaños, Victoria se despertó con el cielo azul y el calor en el aire. El mes de mayo trajo días soleados dándole la excusa perfecta para decir que iba por una larga caminata. Aunque pasaba la mayor parte de sus días en Walmgate con los Fellings.

No había pedido ninguna fiesta especial para su cumpleaños, porque su relación con Stella se había vuelto fría desde aquella cena. Victoria no preguntó qué hizo Stella con su tiempo, aunque sabía que estaba involucrada en las obras de caridad de la tía Esther, y Stella no parecía preocuparse por Victoria. Sin embargo, el nombre del doctor Ashton se dejó escuchar en muchas conversaciones alrededor de la mesa y Victoria tuvo la sensación de que Stella estaba haciendo todo lo posible para estar en contacto con él.

La tía Esther estaba tan ocupada que apenas notó la ausencia de Victoria de la casa. Siempre y cuando estuviera ella ahí para la comida, nadie tenía idea de dónde estaba.

Sospechaba que Stella lo sabía muy bien, pero por ahora mantenía su secreto, y Victoria no entendía por qué cuando apenas se hablaban.

Al bajar a desayunar, Victoria esperaba ver a su familia esperándola como era tradición en su cumpleaños. Siempre hacían mucho ruido en el desayuno, pero hoy solo su tía y su tío se sentaron a comer.

'Mi querida Victoria. Feliz cumpleaños'. La tía Esther la abrazó y su tío la besó en la mejilla.

El tío Harold le dio unas palmaditas en el hombro después de sacar su silla. 'Hoy cumples veintiún años. ¿A dónde se fueron todos esos años?' Moviéndose la cabeza. 'Después de comer, me gustaría hablar contigo en mi estudio'.

'Podemos hablar ahora tío, si desea'.

'Bueno, si estás segura de ello'. La llevó por el pasillo hasta su estudio, una habitación tapizada de rojo oscuro que era solo para él.

Fue detrás de su escritorio y abrió un cajón. De allí tomó una carpeta y se la entregó. 'Es la voluntad de tu padre. Me dejó instrucciones de que no te la entregara hasta que cumplieras veintiún años'.

'¿Mi padre?' El hombre que ella apenas recordaba. 'Nunca me esperé un testamento. Supuse que no tenía mucho que dejar...'

'No tenía mucho, algo así como una finca'.

Con el corazón en la garganta, Victoria la abrió y comenzó a leer. Leyó las dos páginas dos veces antes de mirar a su tío. '¿Estoy leyendo esto correctamente? ¿Tengo la mitad de una casa?'

'Sí, tienes la mitad de acciones de una casa'. El tío asintió, pero su expresión no era para nada entusiasta. 'Sin embargo, no es una casa adecuada para ti. No es una casa en la que te gustaría vivir, pero podemos venderlo.

'No puedo creerlo'. Y no lo podía creer. Ninguna palabra de lo que decía. Tenía media participación en una casa. Nunca antes había poseído algo. '¿Acaso no era esta mi antigua casa?', le preguntó esperanzada.

Suspirando, el tío Harold dejó su cuerpo caer detrás del escritorio y le señalo una silla para que se sentara también. 'No, esa la vendimos después de la muerte de tu madre. A tu padre le quedaba muy poco. Lo ayudé a comprar esta casa, pero vivió en ella solo un mes antes de fallecer.

'Nunca dijiste alguna palabra'. Ella quería enojarse con él, pero descubrió que estaba demasiado feliz de tener este regalo como para estar molesta con su tío.

'No lo mencioné antes porque no tenía sentido. No podías heredarla hasta cumplir los veintiún años. No quería darte falsas esperanzas'.

'¿Falsas esperanzas?'

'Victoria, querida, esta casa no es algo de lo que estarías orgullosa. Era todo lo que tu padre podía permitirse comprar...'

'¿Permitirse? Teníamos una casa hermosa en Escrick'. Recordó que la casa tenía un gran jardín.

El tío Harold cruzó las manos sobre su estómago redondo. 'Tu padre estaba muy endeudado cuando murió tu madre.

Si tu madre no hubiera muerto cuando lo hizo, te habrías mudado de Escrick a York, probablemente a una de mis casas.

Dijo su tío mientras jugueteaba con el borde de un libro de contabilidad en el escritorio.

'Muchas veces saqué a tu padre de situaciones financieras durante su matrimonio con mi hermana'.

'Nunca lo supe'. No sabía que sus padres habían tenido problemas financieros.

'Buenos, nosotros, tu tía y yo, decidimos que no necesitabas saberlo. Después de todo, solo eras un niña'.

Mientras ella alzó las cejas. 'Pero ahora me gustaría saberlo'.

Dijo mientras su tío se encogía los hombres. 'Ahora eso tiene poca diferencia. Ya es cosa del pasado'.

'Pero es un pasado del que no estoy al tanto. *El pasado de mi* familia'.

Respirando hondo, el tío asintió. 'Me parece bien. Tu padre cometió errores, invirtió en los esquemas equivocados. Perdió mucho dinero con los años. No podía ver a mi hermana y su familia así. Lo ayudé para ayudarla'.

'Eso fue muy generoso de tu parte'.

'Después cuando ella y tu hermano murieron, tu padre te trajo aquí, ya que otra de sus empresas había fracasado y no podía cuidarte. Había perdido en todos los sentidos, mental, física, y económicamente. Él adoraba a tu madre y su muerte lo llevó a beber en exceso, y luego, cuando su última empresa financiera fracasó lo destruyó'.

Victoria miró el documento que tenía en la mano. Ella no tenía idea sobre nada de esto. 'Mi pobre padre'.

'Tenía que vender su casa y pagar sus deudas. Con mi ayuda, logró comprar una pequeña casa aquí en York.

'¿Tu ayuda?'

'No tenía suficiente dinero para comprarlo, así que compré la mitad con él para que tuviera un lugar donde vivir'.

'Estoy tan sorprendida. Ojalá lo hubiera sabido antes'. Pero ella tenía la sensación de que Stella lo sabía, de ahí las palabras de púas que a veces pronunciaba sobre sus padres.

'Tu tía y yo queríamos protegerte de eso. Eres inocente de todos los problemas en los que tu padre se metió en su vida. No queríamos que tu futuro se viera empañado...'

'¿Como murió? Nunca se me ha dicho la historia completa. Sé que está enterrado en Escrick con mamá y mi hermano'. Miró al tío Harold y notó que no podía mirarla a los ojos. '¿Tío Harold?'

'Es tu cumpleaños, es una celebración, ¿te parece si dejamos de hablar de esto por hoy?'

'Prefiero saber si no le importa. Mi padre me ha dado este regalo, pero aún así me siento tan distante de él. i Siento que realmente nunca lo conocí, y debería saber más sobre él, ¿no?

'Cariño…'

'Has hablado de mi madre a lo largo de los años, cuánto la amabas y cuán hermosa era, qué bien tocaba el piano y que podía cantar como un pájaro. Ninguno de esos rasgos las he heredado, así que posiblemente soy más como mi padre, el hombre del que nunca hablas.

'No, no eres como él', dijo el tío rotundamente.

'Por favor dígame cómo murió'. Él le estaba ocultando algo y ella no descansaría hasta que supiera de qué se trataba.

'¿En verdad quieres saber los detalles?'
Asintiendo.
'Se quitó la vida'.
Las palabras entraron en su cerebro y se filtraron hasta su corazón.

Por su gran tamaño, el tío Harold rápidamente rodeó el escritorio para tomar sus manos. 'Victoria, eras demasiado joven para saber la verdad en ese entonces. Ya era muy difícil perder a toda tu familia en seis meses. Y no podría agobiarte con la verdad'.

'Entiendo'. Ella entendió su razonamiento para no decirle cuándo tenía doce años, pero debería haberlo sabido antes. Tenía sentido por qué ella siempre sentía que pertenecía y no a esta familia. Un parte sí y otra no. Su padre se suicidó. El escándalo tuvo que mantenerse callado. No se podía difundirse a la sociedad porque dañaría la reputación de la familia.
'¿Quién más sabe la verdad?'

'No mucha gente. Lo mantuvimos en silencio, dentro de la familia, obviamente'.

'¿Stella lo sabe?'

'Hasta hace poco. Tu tía le dijo porque le estaba haciendo preguntas sobre tu padre. El por qué no lo entiendo, a ella nunca le importó antes'.

No hasta que el doctor Ashton comenzó a llamar y fue desde entonces cuando Stella comenzó a cambiar su actitud hacia ella. Victoria cerró los ojos. Ahora todo tenía sentido.

El tío Harold besó la parte superior de su cabeza. 'No es así como quería que fuera esta reunión. Es tu cumpleaños. Regresemos con Esther y—'

'¿Dónde está ubicada la casa' preguntó de repente.

'Oh, no está en una buena zona. Como dije, no querrás vivir en ella. Pero podría venderlo por ti e invertir el dinero, lo cual sería más beneficioso. Le sonrió amablemente.

'Quizá, pero primero me gustaría ver la casa'.

'¿Por qué? No significa nada para nadie. Fue una compra desesperada de tu padre. A él nunca le hubiera gustado que te quedaras ahí'.

'¿Quién ha estado viviendo en la propiedad?'

'Ha sido alquilado por distintas personas desde que murió tu padre y yo me hice cargo del mantenimiento. Para ser honesto, me alegraría deshacerme de esa casa. A veces resulta una carga. No tengo tiempo para lidiar con ello, tengo otras casas en mejores áreas cuyos rendimientos son mucho mayores.'

'Me gustaría ir a ver la casa antes de que la vendan'.

'Victoria, confía en mí en esto, ¿sí?' El tío Harold caminó hacia la puerta. 'Regresemos con Esther'. Salió de la habitación y recorrió el pasillo hasta el comedor.

Victoria no tuvo más remedio que seguirlo.

En la mesa del comedor, Stella se había unido a la tía Esther y estaba comiendo un plato de huevos y tocino. Viendo a Victoria le dijo, 'feliz cumpleaños'.

'Gracias'.

Stella sonrió, pero no mostró sinceridad. 'Oh papá, ¿puedo compartir el carruaje contigo a la ciudad por favor? Debo ir a comprarme un sombrero nuevo para el té de la tarde con el doctor Ashton.

'Por supuesto.' El tío Harold parecía preocupado mientras vertía té fresco en su taza.

La tía Esther se limpió la boca con una servilleta. 'Victoria, ¿cómo te sientes acerca de tu herencia?'

'Oh si'. Stella miró a Victoria con ojos de gato. 'Debes estar emocionada de finalmente tener algo propio ahora, incluso si es solo la mitad de una casa'.

Victoria la miró fijamente, odiando que se metiera. ¿Cómo fue que todo sucedido tan rápido? Stella ya no intentó ser civilizada.

Ella ignoró la forma en que se sentía al Stella mencionar que se encontraría con el doctor Ashton. '¿Sabías de la casa?'

'Mamá me acaba de decir'. respondió Stella mientras se reía. 'Una casa en *ruinas* en *Fossgate*. ¡Qué regalo! ¡Qué irónico!

'¿Fossgate?' Victoria miró a su tío. '¿La casa está en Fossgate?'

'Si cariño. Sin embargo, lo venderemos y eso será el final del asunto. El tío le dedicó una sonrisa comprensiva.

Stella resopló. 'Dudo que te den mucho por ello'.

'¡No seas ridícula!' Dijo el tío frunciendo el ceño.

'¿Cuál es el número es la casa?' Dijo Victoria apretándose las manos. Fossgate. Una de las peores zonas de la ciudad, cerca de Walmgate. Y qué irónico bromeó Stella.

~ ~ ~ ~

Después de compartir el carruaje con su tío y Stella, Victoria esperó en el banco mientras el tío Harold reacio encontró la caja que contenía las escrituras de la casa de Fossgate y las llaves. No podía negar sus deseos de ver la casa en su cumpleaños.

Stella había continuado su camino sin despedirse y Victoria se alegró de verla. Su prima había conversado en el viaje a la ciudad sobre los planes de la tía y ella para el día, que por supuesto incluían trabajo de caridad, visitas a amigos y el tan esperado té de la tarde con el doctor Ashton y algunas otras mujeres que estaban dispuestas a donar su tiempo y el dinero de sus maridos a buenas causas.

La tía Esther le había pedido a Victoria que se uniera a ellos, pero ella se negó cortésmente. Por mucho que quisiera ser parte de los esfuerzos de su tía para ayudar a los pobres, las reuniones le parecían largas y tediosas y no se lograba hacer mucho. Sentía que visitando a los pobres como los Fellings y ayudándolos personalmente, podía lograr más. No es que lo mencionara en voz alta, porque su tía y su tío pronto pondrían fin a sus viajes a los barrios pobres. Aún le sorprendía que Stella no les hubiera dicho la verdad. ¿Por qué no lo había hecho?

Ahora, caminando por Fossgate, miraba la calle estrecha con nuevos ojos.

Muchas casas públicas se alineaban a ambos lados de la carretera y pequeñas tiendas con sus ventanas geminadas, vendían casi cualquier cosa que una persona pudiera desear.

El camino siempre estaba ocupado, aunque era un distrito pobre, también un tanto laborioso.

Se podían presenciar patios de madera y ladrillos en diferentes callejones, el olor a cerveza rancia provenía de la cervecería.

Pasó la entrada del Salón del Comerciante a su izquierda y otra casa pública. Luego, a solo veinticinco yardas del Puente Foss, Victoria encontró su casa a la derecha. Era de ladrillo rojo con una ventana y una puerta que daba directamente a la calle.

Tomando la llave de la puerta de su retícula, miró a su alrededor. Al otro lado del río se encontraba el Hospital de mujeres de Wilson, donde había ido a visitar hacía solo unas semanas, y desde donde había seguido al doctor Ashton hasta la choza de los Fellings.

Ese día había sido el comienzo de su educación sobre cómo vivían algunas personas pobres. Levantó la vista hacia la casa, los tres pisos. Había pasado por ahí en numerosas ocasiones en sus visitas a Walmgate, y todo este tiempo había sido suyo.

Emocionada, giró la llave y abrió la puerta. La humedad le golpeó la nariz. Se paró en la pequeña entrada y cerró la puerta detrás de ella.

El tío le había mencionado a los últimos inquilinos que se mudaran hasta hace dos días.

Frente a ella, se encontraba una empinada escalera estrecha que conducía al siguiente piso.

Un pasillo se extendía junto a las escaleras. Entró en la sala delantera, una pequeña habitación cuadrada, con su ventana que daba a la calle y una chimenea en la pared del fondo.

Tablas de madera y papel pintado despegado completaron la habitación. Al caminar por el pasillo, notó otra habitación pequeña, tal vez lo suficientemente grande como para sostener una pequeña mesa de comedor. Al final del pasillo, un escalón conducía a una gran cocina con un rango. Detrás de una puerta había una despensa poco profunda y junto a ella, otra puerta revelaba escaleras que conducían a un sótano negro.

En el exterior había dos pequeñas dependencias y un retrete, además de una bomba de agua en medio del patio empedrado.

Ella caminó hacia la puerta de madera y miró por encima. Un camino de tierra corría detrás de la casa bajando hasta el río y hacia la cervecería.

Había casas cercadas en el camino. Por todas partes que miraba había casas y edificios anexos, feos, y descuidados. Los niños jugaban en uno de los patios y un perro ladraba continuamente. El martilleo prevenía desde otra dirección y se dio cuenta de que una fundición no debía estar muy lejos.

Una vez de regreso, subió la escalera. Dos pequeñas habitaciones vacías se abrían al pequeño rellano. Una escalera aún más empinada y estrecha daba lugar al siguiente piso. En esta parte encontró una habitación grande, completamente vacía. Ventanas abuhardilladas daban a la calle.

Hizo otro recorrido por la casa, antes de salir y cerrar la puerta principal. Su mente giraba con pensamientos mientras caminaba por el puente y a lo largo de Walmgate. Se estaba formando un brote de una idea, pero aún no podía comprenderlo.

Se giró hacia el callejón y se dirigió a la habitación de los Fellings.

Se escuchar gritos en el patio mientras caminaba. Disminuyó la velocidad y miró alrededor. Un grupo de mujeres estaba de pie en medio del patio, sus hijos callados y acurrucados se encontraban cerca. Reconoció a dos de las mujeres que le habían hablado anteriormente.

Victoria saltó cuando otro grito atravesó el aire seguido de los gritos de un hombre. Arraigada al lugar con miedo, no pudo avanzar y subir las escaleras hasta la señora Felling o retroceder por el callejón.

'Bienvenido a un pequeño pedazo de paraíso, señorita', dijo una de las mujeres.

'¿Quién está gritando y por qué?' preguntó acercándose a la mujer, recordando su nombre como Betsy.

'Annie está siendo maltratada por su esposo'.

'¿Annie?' Victoria miró hacia lo alto de las escaleras cuando Mercy salió, los niños se agruparon a su alrededor. '¿No deberíamos hacer algo?' dijo mientras la llamó.

'¿Qué puedes hacer?' dijo otra mujer, cruzando los brazos. 'Es asunto de ellos'.

'¿Dónde vive?' Victoria preguntó cuando algo se estrelló detrás de la puerta a su derecha. '¿Ahí?' Señaló a la puerta cerrada.

Mercy asintió con la cabeza. '¡No le agradecerá por interferir'.

'Señorita Carlton, no creo que deba entrar', dijo Mercy desde arriba.

'¡No puedo ignorar el hecho de que la están golpeando!' Victoria abrió la puerta sin llamar y entró.

El cuarto oscuro era un desastre. La mesa se volcó, una silla de madera rota, tazas y platos destrozados estaban en el suelo. El grito vino de nuevo desde la habitación contigua, luego todo lo que se escuchó fue a Annie rogando.

Enfurecida, Victoria se apresuró y se detuvo bruscamente para ver a un hombre enorme inclinado sobre Annie que yacía acurrucada en una bola en el suelo. '¡Detén esto de una vez!'

Sorprendido, el hombre se dio la vuelta, con un puño levantado, y el otro jalando a Annie del cabello. '¿Quién diablos eres?'

'¡Aléjate de ella ahora!' La furia la hizo entrar en valor. Al lado de la cama había una jarra y un lavabo de porcelana. Levantó la jarra y la sostuvo en lo alto. '¡Déjala sola!'

'¿O qué? ¿Me golpearás con eso estúpida mujer? se burló, avanzando hacia ella, arrastrando a Alice detrás de él.

'¡Llamaré a la policía!' Victoria dio un paso atrás con miedo. El hombre era grande, con la cara roja de ira y los ojos inyectados en sangre.

Él se rio, pero soltó el cabello de Annie. 'Puedo hacer lo que me plazca con mi propia esposa'.

'No puede golpearla mientras esté aquí'.

Se subió los pantalones sobre el estómago redondo y se hinchó el pecho. 'Bueno, señora, ¡no siempre estará aquí, sí! ¡Ahora váyase!' Tropezando borracho, le dio un puñetazo a Victoria en el hombro lo que la hizo caer contra la puerta.

'Señorita, por favor váyase' , gritó Annie, el corte en el labio le sangraba por la barbilla. Un ojo se le cerró rápidamente.

'Ven conmigo, Annie.' Victoria extendió su mano, mientras aún sostenía la jarra. Le palpitaba el hombro. Nunca había estado tan asustada en su vida, pero algo la hizo mantenerse firme.

'No, estoy bien, señorita. Anda váyase'.

'No me iré sin usted'.

'¡Por el amor de Dios, malditas mujeres! Necesito una trago'. El esposo de Annie empujó a Victoria y salió de la habitación.

Sin estar convencida de que la amenaza había terminado, Victoria esperó hasta que oyeron que la puerta se cerraba antes de volver a colocar la jarra temblorosamente y correr al lado de Annie. '¿Puedes pararte?'

'Por supuesto que puedo'. Annie sonrió y luego hizo una mueca cuando su labio se partió un poco más. Con la ayuda de Victoria, se puso de pie, gimiendo. 'Ay, mis costillas. No puedo respirar. ¿La lastimaron mucho señorita?'

'No, estoy bien', dijo mintiendo. 'Le estoy llamando al médico y a la policía'.

'¡No!' Dijo Annie mientras la tomaba de las manos. 'A la policía no. Solo lo hará enojar aún más'.

La puerta del dormitorio se abrió y Victoria se dio la vuelta para defender a Annie, pero Mercy Felling se quedó allí. Su vestido irregular colgaba de su delgado cuerpo y su cabello estaba enredado en sus hombros.

'¡Mercy! ¿Qué hace?' No te has recuperado del todo para estar afuera'. Victoria no sabía a quién ayudar primero. Mercy parecía lista para desmayarse, estaba muy pálida.

'Tenía que venir a ver si me necesitaba'. Mercy se aferró al marco de la puerta. 'Todo el patio podía escucharlo. Pensamos que esta vez la iba a matar o quizá a usted'.

'Estoy bien, claro que lo estoy'. Annie descartó sus preocupaciones, a pesar de que casi acababan con ella. 'He estado en peores situaciones, ¿o no? Al menos esta vez no tenía un bebé ... dijo con la voz quebrantada.

'Ven', Victoria puso su brazo bueno alrededor de Annie y la ayudó a salir de la casa. Junto con Mercy, las tres pasaron junto a las otras mujeres, quienes murmuraban y murmuraban mientras pasaban cojeando.

Betsy dio un paso adelante. 'Annie, esta vez si te hicieron daño, ¿verdad?'

Dijo Annie mientras se encogió de hombros. 'Viviré'.

Victoria se detuvo al pie de la escalera. 'Mercy sube y ve por los niños'.

¿Por qué?

'Te llevaré lejos de aquí. Ustedes, los niños y Annie'.

'¿Lejos?' Los ojos de Annie casi se le salían de la cabeza.

'Tengo una casa en Fossgate'.

'¿Y podemos vivir ahí?' Preguntó Mercy en asombro.

'Sí. Ve a buscar a los niños y deja todo atrás'. Con eso no trató de decir que lo que tenían no valía, pues estaba implícito.

Mercy no necesitó una segunda oferta y lentamente subió las escaleras llamando a los niños.

'Yo no señorita. No puedo irme'. Dijo Annie regresando. Soy una mujer casada.

'Con un monstruo que te pega Annie'.

Ella se encogió de hombros, sosteniendo su costado. 'Me dejará solo por un tiempo ahora. Puede que no seas más que un resbalón, pero lo asustaste. No querrá que la policía husmee'.

'Por favor Annie. Ven conmigo. Te mantendré a salvo - rogó Victoria.

'No puedo señorita'. Annie se volteó y regresó cojeando a su casa cuando Mercy y los niños bajaron de las escaleras.

Victoria observó a Annie cerrarles la puerta y luego se volteó hacia Mercy. '¿Dónde está Polly?'

'No lo sé. No la he visto en dos días'. Mercy se pasó la mano por los ojos con cansancio. 'Esa chica nunca está aquí'.

Victoria le pidió a Betsy que le dijera a Polly que fuera a Fossgate cuando regresara y, si el doctor Ashton llamaba, que viera por Annie.

'¿Por qué debería hacer caso?' Argumentó Betsy.

'Porque como mujeres, deberíamos ayudarnos mutuamente, ¿no te parece?' Dijo Victoria.

En lo que Betsy asintió. 'Sí, tienes razón entonces. Te enviaré a la chica contigo'.

'Gracias'. Victoria retiró algunos chelines y se los entregó a Betsy. 'Para tus necesidades. Quizás a Annie le vendría bien un poco de ungüento'.

Betsy se embolsó el dinero con un resoplido. 'Annie necesita una botella de ginebra, ¡eso ayudará con el dolor mejor que cualquier cosa!' Dirigiéndose a Mercy. Cuida de los tuyos, muchacha.

Con un último saludo a las mujeres reunidas, Victoria condujo al grupo fuera del patio.

'¿Annie no vendrá o sí' Preguntó Mercy

'Ella no lo dejará'.

Suspirando de tristeza ante la lealtad de Annie, Victoria tomó una de las manos sucias de los niños y los condujo por el callejón hacia la calle.

'Encontraré trabajo, señorita Carlton, para pagar nuestro mantenimiento', resopló Mercy mientras caminaban lentamente hacia Fossgate.

'Esas son tonterías Mercy. Apenas siquiera y puedes pararte, ¿cómo diablos puedes trabajar?

'Obtendré trabajo de una fábrica o lavar ropa en casa'.

Victoria la miró. 'No harás tal cosa, incluso si pudieras hacerlo, lo cual claramente no puedes'.

Deteniéndose frente a una tienda de artículos para el hogar, Victoria les dijo que esperaran mientras ella entraba.

Encontró al tendero detrás del mostrador y le sonrió. 'Soy Victoria Carlton, sobrina de Harold Dobson del Banco Dobson'.

'Oh sí, señorita, ¿cómo puedo ayudarla?'

'¿Tienes lápiz y papel? Tendrás que hacer una lista'. En lo que echó un vistazo a los productos en venta. '¿Puede hacer entregas hoy?' Ella le dio el número de la casa.

'Sí, señorita, está solo calle arriba'.

'Excelente'. Se acercó a un estante que vendía ollas y sartenes. Agarró tres y se los dio al tendero.

'Ahora, necesito seis de todo lo que veo aquí'. Señaló otro estante que contenía platos, cuencos y tazas de porcelana blanca. Más abajo en la tienda, seleccionó tres jarras de diferentes tamaños, un tazón grande de barro, una bandeja de madera y una pequeña losa de mármol. Caminando hacia el mostrador, señaló la selección de cestas de mimbre en el piso. 'Dos de esos por favor. ¿Tiene una tienda de carne o un cofre frío?

'Sí señorita'. El comerciante asintió y escribió rápidamente en su hoja de papel.

'Gracias. Envíale la cuenta a mi tío'. No estaba segura de cómo iba a explicarle la compra a su tío, pero cruzaría ese puente cuando llegara. Ella salió de la tienda y le sonrió a Mercy. '¿Como se siente?'

'Libre. Agotada, pero libre. Muchas gracias'. Mercy tenía lágrimas en los ojos. Miró a sus niños harapientos que estaban de pie, indiferentes, mirando a su alrededor como si nunca antes hubieran visto personas enérgicas y ocupadas, y tal vez no lo habían hecho en sus cortas vidas.

Victoria caminó hacia la siguiente tienda, una ferretería. En el interior, se sintió un poco abrumada por la variedad de artículos que veía. Un joven alto y delgado que llevaba un delantal de cuero acudió a ayudarla y la ayudó a encontrar lo que necesitaba. Pidió dos cubos, una tetera grande, una cuchara de carbón, un juego de herramientas para la chimenea, tres camas familiares con marco de hierro, un baño de lata y una tina para lavar la ropa.

De hecho, descubrió que disfrutaba este tipo de compras, algo que nunca había hecho antes.

'Señorita Carlton, está gastando mucho dinero', susurró Mercy mientras continuaban caminando lentamente por la calle. Se podrían apreciar expresiones de fatiga en el rostro de Mercy.

Ella le sonrió para tranquilizarla. 'Mi casa está vacía, Mercy. Necesitamos todas estas cosas. No puedo esperar a que usted lo compre, ¿o sí?

Los niños dieron un pequeño chillido cuando un perro de pelo duro se les acercó y le lamió la mano de Jane.

Mercy luchaba por ponerse de pie cuando cuatro niños agarraron su falda, alejándose del perro. Seth, el más joven, lloró de terror.

'Son como niños fantasmas y no niños'. Victoria se inclinó para acariciar al perro y mostrarles a los niños que era amable. 'Mira, solo quiere que les des una palmadita'.

Mercy abrazó a los niños hacia ella. 'Es mi culpa. Casi no han salido de la habitación desde que llegamos aquí. Antes, siempre estábamos moviéndonos, huyendo de los acreedores. Solo Polly es fuerte. Solo ella podría mantenernos vivos'.

'Vengan conmigo'. Victoria los condujo sobre el puente Foss y hacia la puerta principal de la casa. Las largas desapariciones de Polly la preocuparon. ¿A dónde fue la niña? 'Necesitaremos comida'. Le dio las llaves a Mercy. 'Entra y mira a tu alrededor. Volveré pronto'.

Al cruzar la calle, entró en una pequeña tienda de artículos de mercería. Podría haberse reído de la ironía de todas las veces que había pasado por estas tiendas sin esperar nunca en sus sueños que algún día iría a comprarlas.

'Buenos días señorita'. Una pequeña mujer agradable le sonrió para darle la bienvenida a Victoria. 'Soy la señora Drysdale. ¿Cómo puedo ayudarle?'

'Soy Victoria Carlton. Recientemente me hice de una propiedad al otro lado de la carretera y necesito amueblarla. Se volteó y señaló la gran ventana delantera. 'Esa es mi casa'.

'Sí, la vi esta mañana entrando allí. Me preguntaba qué hacía ahí'.

'Una familia se mudará ahí hoy. Necesito algunos artículos señora Drysdale'.

'Por supuesto. ¿Qué le gustaría?'

'Ropa de cama para tres camas grandes. Toallas, cortinas, manteles ... ¡oh, se me olvidaba la mesa! Victoria hizo una pausa en su lista mental.

Los muebles de Gilforth en Parliament Street, le darán un buen precio señorita Carlton.

'Gracias'. Ella notó un estante de ropa colgando en la parte trasera de la tienda. '¿Estas son prendas de niños?'

'Tiene un poco de todo. Algunas faldas de mujer. Cosas que cosí para clientes que no han vuelto por ellos'.

''Necesito ropa para dos niños, tres niñas y su madre, pero sus tamaños se me escapan'.

'¿Cuántos años tienen los niños?'

La mente de Victoria se quedó en blanco. 'No podría decirle'.

¿Están viviendo en la casa ahora? Tal vez podría ir con usted y tomarles sus medidas.

'Oh, aún no ...' tratando de encontrar diplomacia en sus palabras. 'Necesitan bañarse primero y aún no contamos con fuego para agua caliente.

Tengo que conseguir carbón y jabón. Y así de dejó de hablar, consciente de que estaba divagando. De repente se tornó abrumador comprar todo lo que necesitaba. No lo había pensado bien. Había estado tan ansiosa por salvar a los Fellings de esa horrible choza, que no se había dado cuenta de que los estaba llevando a una casa sin nada de comodidad para ellos.

'Acomodar una casa es una gran tarea, señorita Carlton. No puede hacerlo todo en un día. Dijo la señora Drysdale sonriendo amablemente. 'Iré allí en un momento y le tomaré algunas medidas a los niños y también de las ventanas. Tengo la ropa de cama que necesita'.

'Ni siquiera he comprado colchones'. Sus hombros se desplomaron con la enorme misión que tenía por delante. '¿De qué sirve una cama sin colchón?'

'Vaya con Gilforth. Es un buen hombre y lo ayudará'.

Extendió la mano y estrechó la mano de la señora Drysdale. 'Es usted muy amable'.

Al salir de la tienda, Victoria se apresuró hacia el final de Fossgate y giró a la izquierda a lo largo de The Pavement. Una de las amigas de su tía la llamó, pero ella simplemente saludó y se apresuró. Las nubes cubrían el cielo azul y parecía lluvia.

Girando a la derecha en Parliament Street, vio a Gilforth a la izquierda y entró en la gran tienda. Un hombre mayor, inclinado sobre un sofá, se enderezó y le sonrió. 'Buen día, señorita. ¿Puedo ayudarla en algo?'

Dos horas después, Victoria entró a la casa en Fossgate totalmente exhausta. La lluvia azotó afuera y los truenos rodaron en la distancia.

'¡Oh, señorita Carlton!' Mercy corrió hacia ella mientras entraba a la habitación delantera. 'Esta empapada'.

'Solo un poco, Mercy'. Miró fijamente el fuego rugiente en la parrilla y los niños se acurrucaron a su alrededor. '¿Cómo consiguió carbón para el fuego?'

'La señora Drysdale del otro lado de la carretera nos dio un poco. Ella lo trajo y lo encendió, luego midió las ventanas por cortinas y los niños por ropa'.

'¿Y usted?' También necesita ropa nueva'.

'Sí' Se notaron lágrimas brillar en los ojos de Mercy. '¿Cómo se lo voy a pagar?'

Antes de que Victoria pudiera responder, le llamaron a la puerta principal. Un gran carruaje se había detenido frente a la ventana.

'¡Le venimos hacer una entrega!' Victoria abrió la puerta e indicó a los dos hombres que llevaran las camas arriba.

La carreta de los ferreteros acababa de salir cuando llegó la carreta de la tienda de comestibles y un niño llevó dos cajas llenas de verduras y frutas y las llevó a la cocina.

Otro niño, mojado por andar en bicicleta, trajo los paquetes de carne que Victoria había comprado.

Mercy estaba de pie en la entrada, observando cómo transportaban las mercancías. 'Todo es tan increíble'.

Cansada, Victoria deseó que el carruaje de Gilforth llegara pronto porque necesitaba descansar. Pero aún no tenían un sofá, una silla o un taburete para sentarse. Mirando alrededor de la habitación delantera si nada, sacudió la cabeza. 'Todavía queda mucho por hacer'.

'Tengo hambre', exclamó Jane.

Victoria fue a la cocina y vio lo poco que había. '¿Puedes cocinar, Mercy?'

'No del todo bien. Algunas cosas básicas'. Mercy se apoyó contra la pared, con círculos oscuros magullados debajo de los ojos. Parecía incapaz de estar de pie. 'He tratado de aprender desde que me casé, pero no pude dominarlo. Mi madre tenía una cocinera y era una habilidad que nunca aprendí'.

'Yo tampoco lo he hecho. Cielos, eso es un pepinillo, ¿cierto? Victoria agarró una bolsa de manzanas y se la pasó a Jane. 'Llévalo a los demás'.

Ya a solas, Victoria y Mercy desempacaron la caja de verduras en los estantes de la despensa, aunque la energía de Mercy pronto se disipó y tuvo que descansar.

'Tenemos que encender ese fuego para poder cocinar'. Victoria miró la gran cocina negra contra la pared.

Mercy abrió una de las pequeñas puertas de la estufa. 'Solo tenemos una cubeta de carbón que la señora Drysdale nos dejó'.

'He estado en el depósito de carbón y pedí carbón, pero no lo entregarán hasta la mañana'.

La puerta trasera se abrió de repente y Polly entró corriendo, luciendo húmeda, salvaje y como había salido de caza.

'¡Polly!' Mercy sonrió cansada. 'Nos has encontrado'.

'¡Debo esconderme!' La niña se escondió como si buscara escaparse.

¿Por qué? Victoria frunció el ceño.

'¡No pueden encontrarme o estaré muerta!'

Un escalofrío de miedo recorrió la espalda de Victoria. '¿Quién no puede encontrarte?'
'¡La policía!'

Capítulo ocho

Victoria se despertó tarde a la mañana siguiente más cansada que cuando se había acostado. Le dolía el hombro, pero trató de ignorarlo lo mejor que pudo. Apenas había dormido un minuto durante la noche, se había quedado dormida hasta el amanecer. Una tranquila cena de cumpleaños la había recibido al regresar de la casa en Fossgate. El estado de ánimo se había moderado, porque Mimi estaba enferma y no podía asistir. El tío y la tía habían hablado en voz baja y Stella la ignoró por completo.

Aún preocupada por la casa en Fossgate, Victoria apenas había comido mientras repasaba lo que le había pasado durante el día. Después de que llegaran todas las entregas, ella había arreglado las camas mientras Mercy había puesto las papas en las brasas del fuego de la sala delantera, ya que ninguno de los dos podía usar la estufa, incluso si tenían carbón extra. Gilforth, un hombre decente, había enviado una mesa y sillas, un sofá de crin verde oscuro y tres buenos colchones.

Volver a casa con la belleza y la riqueza de la casa de su tío en Blossom Street le mostró claramente la gran diferencia entre las dos viviendas. Había dejado a Mercy y a los niños con comida, fuego y camas para dormir, más de lo que habían tenido durante años. Pero fue solo el comienzo de un largo viaje para hacer la casa presentable, y luego también había que lidiar con el drama adicional de Polly.

La niña había sido acusada de robo y un policía la había perseguido por las calles. Lo había perdido de vista en los callejones, solo para que le dijeran que su familia había ido a Fossgate.

Corriendo hacia la casa para encontrar a su familia, literalmente se topó con el agente mientras doblaba una esquina. Había corrido con fuerza a lo largo del río Foss, agachándose y zambulléndose en los almacenes hasta llegar a la casa.

En eso, Dora tocó la puerta, interrumpiendo sus pensamientos y entrando en la habitación. 'Buenos días, señorita'. Llevaba un vestido azul recién lavado y un vestido de día de lino color crema intenso, que colgó en el armario. 'Todos ya han salido de la casa, señorita, ¿puedo traerle una bandeja de desayuno si así lo prefiere?'

'Sí, por favor, eso dejará a Jennie recoja las cosas del desayuno del comedor'. Victoria apartó las mantas y se sentó en el borde de la cama.

'¿Qué desea ponerse hoy, señorita?'

'La falda azul marino y la blusa blanca con el estampado azul moteado'.

'¿Se quedará en casa hoy, señorita?' Preguntó Dora, seleccionando las prendas.

'No, iré a visitar la casa que mi padre me dejó en su testamento'.

'¿En esto señorita?' Sorprendida, Dora levantó la falda lisa.

'La casa requiere un poco de limpieza y no está en condiciones para que luzca lo mejor'. Vertió agua de la jarra en el lavabo y se lavó la cara.

'¿Querrá bañarse esta tarde, señorita, antes de asistir al Teatro Real?'

'¿El teatro?'

'¿Se le ha olvidado señorita?' Dijo Dora riéndose. 'Por eso he estado trabajando en el vestido azul, ¿recuerda? Tenía una rasgadura en el encaje en la espalda.'

'Oh ... sí'. Una noche en el teatro era generalmente una de sus tardes favoritas, pero después de casi no dormir, ¿cómo iba a sobrevivir?

'Necesito un carruaje, Dora, y olvídate del desayuno, tengo mucho que hacer'.

Dentro de media hora, ella estaba montando en un cochecito por la ciudad, en dirección a Fossgate. La iglesia de monasterio y otras campanas de la iglesia dieron las diez.

Cuando el carruaje se detuvo afuera de su casa, le pagó al conductor y entró por la puerta principal. 'Mercy, soy yo'.

Se detuvo abruptamente en la sala al ver al doctor Ashton parado frente a la chimenea, Mercy llorando a su lado y los niños silenciosos sentados en el sofá en una fila. No había señal de Polly.

'¡Señorita Carlton!' El doctor Ashton se inclinó rígidamente, con sus ojos azules hermosos. 'Veo que ha estado muy ocupada'.

Su corazón dio un vuelco al verlo, pero su fría indiferencia la hizo centrar su atención en Mercy. '¿Qué sucede?'

Polly ha sido arrestada'. Mercy se secó los ojos, con su rostro pálido y manchado. 'La policía vino hace una hora'.

Victoria jadeó. 'Oh no'.

El doctor Ashton le dio unas palmaditas en el hombro a Mercy. 'Iré a la cárcel ahora. Iré a ver qué puedo averiguar'.

'Lo acompaño'. Victoria no esperó su respuesta y salió corriendo.

Había un carruaje más arriba en la calle, afuera de la casa pública de Queen's Head. Ashton lo paró y pronto se dirigieron hacia la prisión.

Después de varios momentos de silencio, Victoria decidió que hablaría primero. '¿Cómo supo dónde encontrar a la señora Felling?

'Por casualidad me encontré a Annie Weaver. Ella me dijo. Ella no se mantiene en secreto por esos rumbos'.

¿Cómo está Annie?, le preguntó ella, tratando de estabilizar su pulso acelerado mientras se sentaban uno frente al otro en el carruaje.

'Ella tiene moretones, posiblemente costillas rotas junto con otras heridas menores'.

'Pobre mujer. Su esposo es un bruto. También quería llevarla a mi casa, pero ella se negó'.

Él la miró fijamente. 'No le corresponde a usted decidir si una esposa deja a su esposo señorita Carlton'.

Poniéndose un tanto rígida. ¿Por qué estaba siendo tan severo? ¿Espera que la deje allí para que pueda sufrir más abusos?

'Sería un asunto de la policía, involucrarse haría llevar los problemas a su propia puerta'.

'¡Pero pude haber evitado que la matara!

'¿Y que hay de usted? ¡Annie me dijo que su marido la golpeó!

'Estoy bien'. Olvidando el recuerdo de ese horrible hombre golpeándola.

'Esta casa suya ... veo que los Fellings están felizmente instalados, pero ¿cuánto durará?'

'¿Qué quiere decir?'

'La señora Felling no tiene la fuerza para mantener un trabajo por mucho tiempo. ¿La cuidará a ella y a sus hijos durante todo estos días? ¿Acaso está pensando en convertir la casa en un lugar para los desesperados?

Ella lo miró confundida. No había pensado en el futuro. Todo lo que quería era llevarlos a un lugar para que pudieran vivir mejor. Su tono la hizo dudar de sus acciones y eso la enfureció.

'¿Acaso piensa intentar salvar a todas las familias pobres de los barrios bajos? ¿Tiene un ingreso tan grande para darles un hogar?' Sus ojos azules la veían fijamente.

'Me esta insultando señor'. En ese momento sentía enojo hacia él.

Suspiró profundamente mientras el carruaje pasaba por Castlegate y disminuía la velocidad para retumbar a través de las puertas de la pared interior del castillo. Rodearon el monte alto sobre el que se alzaba la imponente Torre de Clifford, antes de detenerse frente al gran edificio de piedra impresionante que era la prisión femenina.

Descendiendo primero, Ashton extendió la mano para ayudar a Victoria a bajar. Él dudó en dejar ir su mano. 'Perdóneme por favor. Hablo sin rodeos. Tiene una amabilidad refrescante, pero también me preocupa usted. Se enfrentó contra un hombre bruto por Annie. ¡Tienes suerte que no la haya atacado!

'No podía ignorar lo que estaba sucediendo'.

'Y le da crédito, realmente la admiro por eso, pero señorita Carlton no debe ponerse en peligro de esa manera nuevamente'.

'Actué por impulso. No fue planeado'.

'¿También fue un impulso llevarse a los Fellings? No podía creer que le hubiera ofrecido a los Felling un lugar para vivir. Estas personas son distintas a usted'.

'La misericordia no es diferente. La criaron en la casa de un cuáquero. Vivió una vida respetable hasta que tomó una mala decisión y se casó con el hombre equivocado.

'Pero ella ha vivido una vida que no puedes imaginar'.

'Las condiciones la han deprimido, pero eso no significa que nunca pueda volver a levantarse'.

'No todos son como la señora Felling. La mayoría de esas personas se encuentran en un estado de desesperación. Harán cualquier cosa para mantenerse con vida. No quiero que se involucre en algo que esté más allá de su comprensión. Weaver y su clase no dudarían en lastimarla igual que ha lastimado a Annie. Debe tener cuidado.

'No puedo girar y mirar para otro lado. Esas personas necesitan ayuda y yo puedo darles esa ayuda'. Le gustaba que él aún le tomara de la mano, aunque era inapropiado y si alguien los llegara a ver, sería sobre de ella de quienes hablarían en los salones.

'Puedo intentar'.

He visto las obras de caridad de mi tía y lo poco que hacen en la calle. Las organizaciones se estancan con detalles y cuentas. Preferiría ver por mí misma de primera mano los problemas y brindar ayuda donde pueda'.

'Ya lo ha hecho con los Felling'.

'Y no me detendré allí. Mi tío apoyará mis actividades'.

Él le dirigió una mirada dudosa y luego le pidió al carruaje que esperara. Subieron los escalones y pasaron las altas columnas. Ashton se apartó del ruido de las celdas principales.

Victoria nunca antes había estado en la cárcel y se estremeció ante la frialdad que se filtraba debajo de su abrigo. '¿Sabe a dónde ir?'

'He estado aquí solo una vez. Me dieron un recorrido por la prisión, no fue una experiencia agradable, se lo puedo asegurar. Las condiciones aquí son sombrías'. Él puso su mano debajo de su codo mientras subían los dos tramos de escaleras hacia las oficinas en el piso siguiente.

Un hombre mayor, con largos bigotes grises que caminaba hacia ellos, se detuvo antes de abrir una puerta. '¿Tiene algún asunto aquí señor?'

'Sí' Ashton extendió su mano para que el otro hombre la estrechara. 'Soy el doctor Joseph Ashton y esta es la señorita Victoria Carlton. Nos gustaría hablar con alguien sobre el arresto de una niña, Polly Felling. Ella tiene diez años. No estábamos seguros en dónde la tendrían'.

'No aquí, al menos hasta que la hayan sentenciado. Estaría en una de las celdas de detención de la ciudad'.

'¿Celdas de retención? Pero ella es solo una niña'. Ashton frunció el ceño. 'Supuse que la trajeron aquí con las otras mujeres'.

'No hasta que sea sentenciada. Estará en la celda de una estación'.

'¿Cómo sabemos en cuál está detenida?' Victoria preguntó, alarmada de que una niña fuera colocada en una celda con adultos.

El hombre sacó su reloj de bolsillo y lo consultó. 'Debo irme'

'¡Por favor!' Suplicó Victoria.

Frunció el ceño y luego suspiró. '¿Dónde la recogieron?'

'¿Recogieron?' Victoria miró a Ashton en busca de aclaraciones.

'Detenida'. Respondió el señor.

'Fossgate,' respondió Ashton.

Entonces probablemente estaría en St. Andrewsgate. Buen día'. El hombre asintió con la cabeza y se fue a la oficina y cerró la puerta.

Salieron rápidamente de la prisión y le ordenaron al carruaje que los llevara a la estación de policía de St Andrewsgate.

Victoria contempló los edificios que pasaban, incluido el molinero que ella y Stella frecuentaban, y se preguntó qué pensaban los médicos sobre su prima. ¿Va a ir al Theater Royal esta noche, doctor Ashton? Parecía una pregunta ridícula considerando la gravedad de la situación de Polly.

Asintiendo. 'Sí, estoy organizando una de las fiestas de tu familia a instancias de tu tía'.

'Ya veo ...' ¿La fiesta de su familia?

Esta noticia la conmocionó, pero en estos días apenas estaba en casa para saber qué estaba organizando la familia. Probablemente, Stella estaba detrás de la invitación también.

El caballo disminuyó la velocidad y Victoria miró hacia afuera. Este fue un día de varias novedades para ella. Nunca antes había estado en una estación de policía y se imaginó a su tía desmayándose ante la idea de que lo hiciera ahora.

Ashton le pidió al carruaje que esperara nuevamente y entraron.

Al instante les llamó la atención los ruidos y un olor horrible. Un aluvión de abusos llegó desde el interior de otra habitación y una puerta de hierro se cerró de golpe. Policías y delincuentes acusados ocuparon la pequeña habitación. Una mujer sentada en un taburete llorando, rogando que le permitieran ir a casa con sus hijos mientras la ignoraban.

Un hombre se tambaleó hacia un lado del joven policía que lo sostenía y vomitó sobre el piso. Victoria saltó hacia atrás y Ashton la protegió detrás de él.

Victoria se sintió enferma y débil al mismo tiempo. Había sido una tonta por no desayunar, pero pensó que compartiría una taza de té con Mercy mientras discutían sobre qué más le faltaba a la casa.

Nunca se esperó visitar una prisión y, en segundo lugar, una celda rodeada de hombres borrachos.

Ashton fue al alto mostrador de madera y habló con el agente que se encontraba sentado allí.

'¿Sí señor?'

Ashton hizo la presentación y le dijo el motivo de la visita mientras el agente hacía girar un lápiz en sus dedos.

'No puedo dejar que la vea, señor. Va en contra de las reglas hasta que sea llevada ante el tribunal'.

'¿Y cuándo será eso?'

El agente consultó un libro mayor delante de él. 'Dos semanas en un viernes'.

'¡Dos semanas!' Victoria sintió que el aire dejaba sus pulmones. 'No, eso no puede ser. Ella no es más que una niña'.

'Una niña que cometió un delito grave'. El agente empujó sus lentes hacia arriba de su larga nariz.

Enfurecida, ella empujó hacia adelante. 'Mi tío es Harold Dobson, del Banco Dobson. También es concejal de la ciudad. *¡Insisto en* que me deje ver a Polly en este instante o le diré el estado de este lugar!

'Señorita, las celdas no son aptas para que usted esté allí'.

'Entonces tráemela de inmediato', exigió cuando un hombre borracho comenzó a cantar una ruidosa canción sobre poner a una mujer sobre sus rodillas.

Ashton le tocó el brazo. 'Señorita Carlton, creo que debería esperar afuera'.

'No. Quiero ver a Polly'. Se volvió hacia el agente. 'No me iré hasta que tú lo haga. ¿Puedes ir a resolverlo, por favor?'

'Espere, señorita'. El agente suspiró, su expresión era de una dolorosa tolerancia cuando salió por una puerta detrás del mostrador y desapareció por un tiempo.

Cuando finalmente regresó, tenía a Polly por el cuello de su vestido.

'¡Polly!' Victoria corrió hacia ella. La niña estaba sucia, más sucia de lo que jamás había visto a una niña.

Desafiante, Polly se levantó y la miró fijamente. '¿Esta bien mamá?'

'Sí. Se están quedando en mi casa. Yo me encargaré de ellos. No te preocupes por ellos. ¿Y qué has de ti? ¿Te lastimaron?'

'No, señorita'. Polly miró al suelo y no volvió a levantar la vista.

'Te sacaremos tan pronto como podamos'. Victoria sintió que sus palabras estaban vacías, pero tenía que decirlas. No tenía poder en los tribunales y no estaba segura de si el tío Harold lo tenía.

'A ella la conocen en este lugar'. El agente asintió con la cabeza hacia Polly. 'Ha guiado a mis hombres a un alegre baile durante meses. Resbaladizo como una anguila'.

'¿De qué ha sido acusada?' Preguntó Ashton.

'Robar. Un reloj de bolsillo caro. No es la primera vez, apostaría. Ella es una ladrona'. El agente se balanceó sobre sus talones.

'Sin embargo ella sigue siendo una niña', dijo Victoria.

'Sigue siendo una ladrona. Debería estar trabajando por un salario honesto, no hostigando a las personas decentes que se dedican a sus propios negocios'.

'¿Le encontraron el reloj?' Miró a Polly, mientras piojos recorrían su pelo.

'No, pero el hombre que le robó dijo que era ella esta mañana cuando entró a identificarla'.

'¡No robé nada!' Polly murmuró, rascándose el brazo lleno de manchas rojas.

'Quiero que la liberen bajo mi cuidado, ¿es posible eso?' Le preguntó Victoria.

'No, no es posible, señorita, lo siento'.

Detrás de ellos, otro hombre en voz alta hizo saber que también era inocencia.

El agente agarró a Polly. 'Ella tiene que estar abajo'.

Ashton dio un paso adelante. 'Quiero que tenga una comida decente, no la chatarra que le sirven aquí'. Rebuscó en su bolsillo y sacó el dinero que le dio al agente. 'Veré si puedo hacer eso y estaré con ustedes'.

El agente tomó el dinero rápidamente. 'Muy bien señor. 'Buen día a ambos'.

Descartada y sintiéndose miserable, Victoria, afortunadamente, abandonó el edificio y, una vez afuera, tomó aire fresco. 'Nunca pensé en darle dinero'.

'Así es, desafortunadamente'. Dijo Ashton suspirando.

¿Hará lo que le pediste?

'Solo podemos esperar que sí. Estuvo maravillosa allí, señorita Carlton'. Preocupado en su voz, Ashton se paró cerca de ella, sosteniendo su codo. 'Sin embargo, déjame llevarla a casa. Esto ha sido demasiado para usted'.

'Soy más fuerte de lo que parezco, doctor. Además, tengo que ir a Fossgate y ver a Mercy'.

Puedo hablar con la señora Felling'.

'No, ella es mi amiga'.

'¿Su *amiga*?'

Dijo mirándola. 'Así es, es mi amiga. La única que tengo. ¿Eso le sorprende?'

'Su prima seguramente debe ser la primera a quien quiere, ella es ...'

'Stella es mi prima. Vivimos en la misma casa, pero ya no somos amigas'.

¿Por qué?

'No estoy muy segura doctor Ashton, pero siento que tiene algo que ver con eso'.

'¿Yo?' Dijo frunciéndose el ceño, dejando ver sorpresa en su rostro. '¿A qué se refiere?'

Ella se apartó de él y se subió al coche, cerró la puerta y *lo* dejó afuera. El conductor empujó al caballo y ella se recostó contra el asiento de cuero. Había revelado demasiado. Mimi siempre dijo que ella hacía eso. ¿Cuándo aprendería?

Capítulo nueve

'¡Victoria!' A la mañana siguiente, la voz angustiada de tía Esther llenó el salón.

Sorprendida de escucharlo, Victoria se detuvo en la escalera, donde estaba considerando qué excusa podría usar para escapar de la casa hoy para ir a Fossgate. Había llegado tarde dejando a Mercy angustiada, intentando ofrecerle consuelo a Polly. Su tardanza había disgustado a todos los que esperaban que ella se preparara para ir al teatro. Afortunadamente, el doctor Ashton había enviado una nota diciendo que no los acompañaba, lo que la complació y la decepcionó.

Apresurándose en el salón, Victoria frunció el ceño cuando enfrente de ella estaban la tía Esther, el tío Harold y Stella. ¿Qué pasa, tía?

'Cierra la puerta y ven a sentarte'. La tía Esther se puso rígida, sus mejillas revelaban su enojo. 'Tienes que darnos una explicación'.

'Querida,' le dijo el tío con una sonrisa tranquilizadora. 'Nos han llegado informes de tus actividades
recientes y nosotros—'

¡Ayer fuimos a la estación de policía de St. Andrewsgate! Dijo la tía Esther. ¿Por qué?

Victoria permaneció en el medio de la habitación.
'Fui allí porque una niña necesitaba mi ayuda'.

'¿Quien es esta niña?' Dijo la tía.

Stella levantó la barbilla altivamente. 'Será uno de
los hijos de las familias de los barrios bajos, sin duda.
Victoria se ha vuelto extremadamente amigable con
los pobres, una familia en particular'.

'No entiendo'. Las cejas de su tía se juntaron. '¿Qué
quería decir Stella con que era amiga de los pobres?'

'He estado ayudando a una mujer que está ...'

'¿Una mujer?' Tía Esther miró a su esposo. '¿Qué
mujer? ¿Dónde?'

'En Walmgate, tía'. Victoria ignoró la sonrisa astuta
de Stella.

'¿Walmgate? ¿Esa zona transcurrida?' Preguntó la
tía agarrando el brazo del tío Harold. '¡Ha estado en
Walmgate, Harold, *Walmgate*!'

'Tía, por favor, si tan solo escucharas lo que tengo
que decir ...'

'¿Escuchar? ¿Qué debo escuchar? ¿Cómo estás va-
gando por las calles de un barrio pobre?'

'¡Tía, usted ayuda a los pobres todo el tiempo! dijo
defendiéndose.

'Sí, a través de las organizaciones benéficas que se
crean para ese propósito. ¡No me presento frente a los
pobres miserables en su propio entorno! Hay límites,
Victoria. ¿Creí que lo entendías?'

Stella tocó ligeramente el brazo de su madre. ''Mamá, otras personas que conocemos la han visto salir de los callejones en Walmgate.

El doctor Ashton me dijo que está muy preocupado de que Victoria se llegue a involucrar demasiado. Que pueda lastimarse. Se enfrentó a un hombre que *golpeaba a* su esposa en los barrios bajos'.

'Ah, ya veo'. El tío Harold se balanceó en estado de shock. '¿Victoria?'

La tía Esther parecía estar por desmayarse. 'No! ¿Eso no puede ser cierto? ¿Victoria? Dime que Stella esta mintiendo. ¿No te enfrentaste a un hombre que golpeaba a su esposa?'

'Lo hice, pero ...'

'No puedo creerlo. Esto es indignante'. La tía colocó sus manos sobre su pecho. 'Un miembro de mi familia humillándose de esta manera es intolerable. La gente debe estar pensando que no puedo manejar mi propio hogar'.

'Tía, por favor.' Con cada momento que pasaba, se sentía más bajo fuego y lastimada del corazón. La expresión de asombro en sus caras era difícil de aceptar. 'Lo siento si mis acciones los han molestado a todos'.

'Dejarás todas tus actividades y permanecerás en esta casa. Dile eso Harold'. La tía Esther miró a su esposo como si fuera culpa suya.

'No.' Victoria sacudió la cabeza.

Stella jadeó y los ojos de tía Esther se abrieron.

'Victoria, querida—'

'Lo siento, tío', dijo interrumpiéndolo, 'pero no abandonaré a los que necesitan mi ayuda'.

'¡Ruego que me perdones!' Los labios de tía Esther se adelgazaron. 'Harás lo que te decimos jovencita. No te rodearás con los pobres del distrito.'

'No lo hago. Los ayudo con lo que puedo'.

'¿Cómo? ¿Unos centavos cada cuanto? Eso no ayuda a la gente. Solo los estás avergonzando al mostrar tu buena fortuna. Es cruel'.

Dijo con ira. Victoria enderezó la espalda. '¿Cómo te atreves a decir algo así, tía? ¿Cómo puede ser cruel ayudar a aquellos que tienen una gran necesidad? Se lo dices a cualquiera que escuche cómo todos debemos cumplir con nuestro deber'.

'No faltes al respeto a mi madre después de todo lo que ha hecho por ti', gritó Stella.

'No le falto al respeto, tía', dijo con los dientes apretados.

Dijo Stella riéndose burlonamente. 'Hay límites, reglas sobre cómo lidiar con los menos privilegiados y tú lo sabes. ¿Crees que esas personas quieren verte con tus elegantes vestidos, repartiendo comida o dinero? No quieren enfrentarse a lo que nunca pueden tener. ¡No te quieren en sus hogares como un santo!

Victoria perdió los estribos. '¡No sabes nada, Stella, así que cállate!'

'No levantes la voz en esta casa', exigió la tía, casi por llorar. 'No entiendo cómo está sucediendo esto en mi propio hogar y yo sin enterarme'.

'Es fácil, mamá, su comportamiento es de esperarse con un padre como el suyo'. Dijo Stella burlándose ya sin ocultar su disgusto.

'¡Es suficiente!' Dijo el tío Harold. 'Stella sale de la habitación'.

¿Por qué? El acto de inocencia de Stella se había perdido.

'¡Solo vete!'

Con un resoplido, Stella hizo una pausa a lado de Victoria susurrándole: 'Ahora Ashton nunca será tuyo'.

Con esas palabras rencorosas resonando en sus oídos, Victoria se enfrentó a su tía y tío.

'Pido disculpas si mis actividades han causado ofensa y vergüenza a esta familia. Sin embargo, continuaré haciendo todo lo posible para ayudar a quienes más lo necesitan'.

'¡Claro que no lo harás!' Dijo la tía sacudiéndose la cabeza. 'Díselo, Harold'.

'Mi querida niña'. El tío Harold se rascó los bigotes. 'Solo queremos lo mejor para ti, y aunque aplaudimos tu empatía ...' Parecía no tener otras palabras qué decir. 'Verás, querida, eres joven, y esas personas podrían tomarse libertades'.

'Ya no soy una niña tío. Puedo cuidar de mi misma'.

La tía Esther se sentó en el sofá con un profundo suspiro. 'Nos preocupa que hayas hecho todo esto sin hablarnos sobre ello Victoria. Defiendo muchas causas y organizaciones benéficas y estaría encantado de llevarte a cada reunión a la que asista. Esa es la forma correcta de hacerlo'.

'Pero no es así como *quiero* hacerlo, tía'.

¿Quieres estar entre ellos? No hay necesidad. Las buenas obras pueden hacer de otra manera'.

'Tía, por favor', Victoria se inclinó frente a las rodillas de su tía y tomó su mano. 'He ayudado a una familia, una mujer decente y sus hijos. Ella era una cuáquera, bien educada, pero tomó las decisiones equivocadas, y ha pagado un precio caro'.

'¿Un miembro de la familia Rowntree?'

'No, no lo creo.'

'Entonces deja que los cuáqueros traten con ella..'

'Le han dado la espalda'.

'Entonces deja que otros la ayuden'.

'¿Como tu organización?' Dijo Victoria en tono de burla. 'Tus numerosas organizaciones benéficas ni siquiera sabían de ella. Casi estaba por morirse. ¿Dónde estaban tus organizaciones benéficas?'

'No podemos ayudar a todos, Victoria'.

'No, pero hice mi parte. He estado allí para apoyar su recuperación y para poner comida en la boca de sus hijos'.

'Bueno, ya que has hecho todo eso, ahora puedes dejar tus visitas. Ya no te necesita y toda la ciudad no estará hablando de tus esfuerzos en los barrios bajos'.

'La he instalado en la casa de Fossgate'.

'¿Has hecho qué?' Tío Harold jadeó, con la cara roja. 'No, Victoria, esa casa se venderá'.

Dijo mirándola. He cambiado de opinión, tío. Deseo darle un buen uso'.

La tía Esther retiró las manos de Victoria y se alejó de ella. 'Esto es demasiado'.

'Victoria, tenemos que discutirlo'. El tío se sentó en la silla con respaldo cerca de la chimenea. 'No podemos considerar esa decisión sin conocer todos los hechos'.

'Tío, la mitad de la casa es mi casa, ¿no? Tengo la mayoría de edad. Por lo tanto, puedo hacer lo que quiera, ¿estás de acuerdo?

'¿Qué pensará la gente?' La tía Esther se puso rápidamente de pie y marchó hacia la puerta, donde se volteó y miró a Victoria. ¡Ningún miembro de mi familia alojará gente de los barrios bajos! ¿Qué le diremos a la sociedad? Has llevado esto demasiado lejos, Victoria, y estoy muy disgustada contigo'. Dijo saliendo de la habitación.

Victoria se sentó lentamente en el sofá, exhausta. 'La tía Esther es una hipócrita'.

'Ahora, Victoria, no quiero que hables de ella de esa manera'.

'Pero es verdad. También pensé que era una mujer de principios y simpatía, pero parece que es solo cuando le conviene. Ella es una líder en la comunidad y preside comités, pero no es suficiente. Recaudar dinero no es la única forma de ayudar a estas personas'.

El tío juntó las manos sobre su estómago redondo mientras escuchaba. 'Tu tía es una dama. Ella hace su mejor esfuerzo dentro de los límites de lo que la sociedad espera. Las damas no están destinadas a ser prácticas, querida. No deberías esperarlo de ella, y tampoco deberías ser tan volátil en tus esfuerzos. La reputación lo es todo'.

'¿Acaso la reputación es más importante que salvar vidas?'

'Estás siendo dramática. Tu papel no es salvar vidas porque no eres médico'.

''Continuaré haciendo esto, tío. No puedo darme por vencida'.

'Debes hacerlo querida. Recorrer los callejones de los barrios pobres no te traerá nada más que daño y les prometí a tus padres que te mantendría a salvo. Por lo tanto, te prohíbo que continúes tus esfuerzos de este modo. Encuentra otras formas más seguras de ayudar a los desafortunados.

Ella se puso rígida ante sus palabras. 'No puedes prohibírmelo, soy mayor de edad'.

'Victoria, por favor. No seas terca. Me recuerdas demasiado a tu madre'.

Ella no recordaba que su madre fuera obstinada. Los pocos recuerdos que tenía eran de una mujer gentil, con manos suaves y palabras amables. '¿En qué momento fue mi madre testaruda?'

En lo que el tío escuchaba. '¿Cuándo no lo fue? Ella desafió a nuestro padre y se casó con Carlton, cuando claramente no era para él.

'¿Por qué? ¿por qué no era adecuado para ella?'

'Porque le gustaba apostar. A tu madre le prohibieron casarse con él, pero se fugó y se casó. Se fue por varios meses y cuando regresaron estaba embarazada de ti. Ella no renunció a tu padre, a pesar de sus formas inestables. El hombre se hizo de enemigos donde quiera que fuera.

Dijo el tío suspirando tristemente. 'La veo mucho en ti y eso me asusta. No quiero que termines como ella, excluida de la familia y la sociedad'.

El silencio se extendió entre ellos por unos momentos, cada uno perdido en sus propios pensamientos.

Victoria deseaba haber sido mayor cuando murieron sus padres para poder saber más sobre ellos. Todo lo que tenía eran algunos recuerdos de su infancia, pero como adulta habría sabido más en lugar de confiar en lo que sus tíos le tenían que decir.

'Arreglaré la venta de la casa a primera hora de la mañana', dijo el tío. 'Ya no tendrás que preocuparte por ello'.

'No por favor. No quiero venderlo'.

'¡Pero debes hacerlo!' Parecía estupefacto. 'Tu tía no te aceptará dirigiendo una especie de casa de beneficencia'.

'Insisto que así sea. Por favor, trata de entender que esto es lo que siento que debo hacer'. Ella tomó sus manos juntas, desesperada por hacerlo entender.

Se frotó los ojos. 'Entonces, de ser necesario, puedo hacerme cargo de ello. Puedo asignar a un gerente para supervisarlo todo'.

'Quiero hacerlo yo misma tío. Es importante para mí'.

'¡Es imposible!' Dijo el tío golpeando la mesa.

Ella estaba angustiada por hacerlo que de disgustara. 'Pero tan solo si intentaras darte cuenta que esto me hace feliz'.

Stella apareció de repente en la puerta y resopló con disgusto. 'Entonces tendrás que salir de esta casa. Mamá está muy molesta contigo, Victoria. Me niego a esperar y ver cómo avergüenzas a esta familia con tus acciones.

'Stella, esto no tiene nada que ver contigo', dijo el tío Harold.

'Lo siento, papá, pero tiene todo que ver conmigo cuando llega a molestar a mamá'.

'Solo regrese arriba, estaré allí pronto'.

Mientras Stella pisoteaba su pie. '¿Deseas que mamá sea humillada delante de sus amigos porque ella', señalando a Victoria, 'se niega a comportarse como debería hacerlo un miembro decente de nuestra sociedad? Mamá está arriba muy angustiada que no puedo soportarlo'.

El tío se levantó de la silla y suspiró. 'Iré a verla'.

Victoria también se levantó. 'Tío. Mañana me iré de la casa.

'¡No!'

'Sí. Es lo correcto. La tía Esther ha sido buena conmigo, como tú, pero no me quedaré bajo tu techo cuando obviamente estoy disgustando a todos.

E tío jaló a Victoria contra su pecho y la sostuvo allí. 'No habrá precipitaciones, querida. Lo resolveré todo'. La besó en la frente y salió de la habitación.

Victoria, ahora que había tomado la decisión, se sintió mejor.

Miró a Stella.

Desde que vino a vivir aquí, ella había soportado las costumbres egoístas de su prima, sus demandas, su necesidad de ser la primera, su creencia de que tenía que tener lo mejor de todo, mientras que Victoria debería tener todo lo secundario.

'Creo que has tomado la decisión correcta', dijo Stella, entrando en la habitación. 'Dejar la casa, es a lo que me refiero'.

Victoria la miró, esperando.

Stella recogió un libro dejado en la mesita junto al sofá. 'Antes de que te vayas, debes saber que estoy esperando que el doctor Ashton declare su interés en mí a papá en cualquier momento'.

Con el corazón palpitante, seguía mirando a su prima, viéndola por la persona desagradable que era. Stella nunca había querido a Ashton hasta que supo que Victoria lo admiraba. 'Entonces les deseo lo mejor'.

Los ojos de Stella se entrecerraron. 'Pensaste que él te quería, ¿no?'

'De ningún modo'.

'No me mientas. Te conozco bien'. La sonrisa presumida de Stella la despojó de toda belleza. 'Querías al médico para ti desde el primer momento en que lo viste. Podía verlo claramente e hice todo lo posible para aprovechar cada oportunidad para que se fuera contra ti.

'¿Por qué?'

'Porque no puedes casarte antes que yo. Porque no puedes tener al único hombre en la ciudad que sea guapo e inteligente. Porque él es demasiado *bueno* para ti'.

'¿Demasiado bueno para mí?' Victoria frunció el ceño. '¿A qué te refiere con eso?'

'Sin mi padre, serías una don nadie, quizá en un asilo para pobres. Tus padres vivieron solo por la buena voluntad de mi padre, como *tú lo* has hecho durante todos estos años. ¿Cómo podrías creer que mereces a alguien con la posición como Ashton? Especialmente ahora, cuando has demostrado tanta *pasión* por los desafortunados de esta ciudad'.

'Admiro al doctor Ashton por su trabajo y dedicación. Eso es todo'. Dijo mientras la odiaba por sus palabras hirientes. Nunca perdonaría a Stella por ser una amiga espuria.

Stella se prendió. 'Seré una esposa maravillosa. Llegará a la cima con el apoyo de nuestra familia'.

'Puede que el doctor crea que ya está bien posicionado, y que no necesite del respaldo de esta familia'.

'Pero siempre puedes ir más alto. Podría ser director médico o servir a la familia real. Nunca se debe ignorar la ambición. Y yo lo ayudaré a impulsarlo a alcanzar ese éxito. Seremos muy felices'.

Victoria levantó una ceja. No creo que sepas qué es la felicidad, Stella. Siento pena por ti'.

¿ Sientes pena por *mí*? Stella la miró boquiabierta.

'Sí. Te veo caminar por la vida sin saber cómo es vivir realmente. Sonriendo un poco, Victoria salió de la habitación.

La sonrisa se congeló en su rostro cuando un grito rasgó el aire.

Stella fue tras de ella en el pasillo. '¿Qué fue eso?'

Otro grito se escucho de las habitaciones de arriba.

'¡La tía Esther' Recogiéndose las faldas, Victoria subió corriendo las escaleras seguida de Stella.

Entró corriendo a la habitación que pertenecía a su tía y tío y se detuvo. El tío Harold yacía en el suelo con la tía arrodillada junto a él, rogándole que despertara.

'¿Mamá?' Stella gritó desde la puerta.

'¡Él está muerto!' La tía Esther gimió desesperada.

'¿Estás segura?' Victoria se arrodilló al otro lado de su tío. '¿Acaba de desmayarse?'

'Se agarró el brazo y luego el pecho, y cayó ...' tía Esther se lamentó.

Con las manos temblorosas, Victoria colocó sus dedos por el cuello del tío Harold tratando de sentir el pulso, pero temblaba tanto que no podía determinar.

El señor Hubbard se apresuró a entrar en la habitación. Se inclinó al lado de Victoria y acercó la oreja al pecho del tío. 'Un espejo'.

Victoria se puso de pie, recuperó el espejo de mano del tocador de su tía y se lo dio.

Lo sostuvo frente a la boca del tío. Ningún aliento empañó el cristal.

La tía Esther volvió a llorar y Stella la levantó del suelo y la abrazó.

El señor Hubbard se levantó y corrió hacia la puerta. 'Iré a buscar al médico yo mismo'.

De pie mirando a su tío, Victoria supo que estaba muerto. Una profunda tristeza brotó en su pecho. Ella recuperó una almohada de la cama y la colocó suavemente debajo de su cabeza, deseando que repentinamente abriera los ojos.

¡Tú hiciste esto! Stella gritó, señalándola con un dedo.

Miró a su prima como si hubiera perdido la cabeza. '¿Yo?'

'¡Sí tú! ¡Hiciste que se preocupara por ti!' Stella gruñó como un perro peleando por un hueso. 'Todas estas tonterías sobre mezclarte con los pobres, y esa estúpida casa donde has guardado la suciedad de las alcantarillas. Fue demasiado para él. ¡Tú lo mataste!'

'Stella eso es absurdo. Estas molesta'. Victoria tembló. ¿Acaso lo había matado? ¿Se preocupó demasiado ocasionándole la muerte? ¿Quizá? Esto era su culpa.

'¡Sal!' El chillido de Stella resonó por la habitación. 'Sal y nunca regreses. No eres bienvenida aquí'.

Con el corazón apretado en el pecho, miró a su tía. 'Tía Esther, por favor, yo ...' Sus palabras vacilaron cuando su tía la miró llena de odio.

'Estaba hablando de ti, tratando de convencerme de que aceptara tu independencia ...' dijo la tía Esther tragando saliva. 'Estaba agitado ... *Tu* nombre fue la última palabra que dijo'. Ella se derrumbó y lloró en el hombro de Stella.

'Saldrás de esta casa inmediatamente y nunca regresarás'. La voz de Stella era fría y dura.

Angustiada, y con una última mirada al tío Harold muerto en el suelo, Victoria se volvió y salió de la habitación.

Capítulo diez

Victoria bajó del carruaje de su tío y miró el frente de su casa en Fossgate. Era todo lo que tenía. Nunca se había sentido más sola en su vida.

La puerta se abrió y Mercy se quedó allí, terriblemente delgada con su vestido harapiento, su cabello lacio y sin lavar. '¿Nos acompañará señorita Carlton?'

Victoria vaciló, luego se volteó y agarró su gran bolso del interior del carruaje, mientras Thornberry, el conductor, saltó para desabrochar el maletero de la parte trasera. '¿Puedes llevar eso adentro, por favor?'

'Sí señorita'.

Una vez dentro de la casa, Victoria se puso a llorar. Echó un vistazo a la habitación del frente. Un pequeño fuego ardía en la parrilla y los niños se encontraban sentados en el suelo. Mercy había usado carbón para escribir números en un pedazo de cartón.

'Les he estado enseñando a contar.' Mercy hizo un gesto hacia el tablero.

Asintiendo, Victoria no pudo hablar. La emoción le tapaba la garganta. Thornberry dejó el sombrero con ella al salir y pronto el carruaje de su tío estaba subiendo por la carretera, de regreso a la casa que había sido su hogar ...

'¿Señorita Carlton?'

'Mercy, yo ...' Las lágrimas se le brotaron, y no pudo detenerlas.

'Ven y siéntate'. Mercy la guio al sofá y envió a los niños fuera de la habitación. '¿Qué ha pasado?'

'Mi tío Harold murió hoy, hace solo una hora'.

'¡Lo siento mucho!'

'Me expulsaron de la casa'

'¿Expulsado? '¿Por qué?'

'Porque se enteraron de lo que he estado haciendo, ayudándote, visitando los barrios bajos'.

'Entonces debes dejar de hacerlo. Ve a casa. Diles que dejarás de hacerlo'. Dijo Mercy mientras paseaba por el suelo. 'Puedo volver a la habitación ... ponerme a trabajar ...'

Ella sacudió la cabeza y se limpió las lágrimas. 'No. No, no puedo regresar. No sin mi tío allí. Mi tía me culpa por su muerte, y también mi prima. No puedo enfrentarme a ellas'.

'¿Tal vez fue el dolor lo que los hizo actuar con tanta dureza? Estoy segura de que cambiarán de opinión una vez que la conmoción se haya calmado'.

Respirando hondo, Victoria suspiró. 'No quiero estar ahí. No podría vivir allí sabiendo que me culpan en secreto'.

'¿Pero, Cual es la alternativa?'

'Viviré aquí'. Es mi casa, o la mitad es mía.

'¿Aquí?' Los ojos de Mercy se abrieron. 'Pero esto es muy distinto a cómo estás acostumbrada a vivir'.

Sacó un pañuelo de su retícula y se secó los ojos. 'Tendré que adaptarme entonces, ¿o no?'

'Oh, señorita'. Mercy se retorció las manos. 'Reuniré a los niños y volveré a nuestra habitación en Walmgate'.

'Quizá ya lo hayan tomado'.

'Encontraré otro lugar si ese es el caso pero debes regresar a casa'.

'No, no, Mercy. Debes quedarte aquí'.

'No está bien, señorita Carlton. Por mi culpa te han dejado, rechazado por tu familia'.

'¿Y crees que puedo dejarte a un lado ahora? No. Viviremos juntos. Aquí'.

El alivio hizo que los hombros de Mercy se hundieran. 'Señorita Carlton, ¿está realmente segura de eso?'

'Sí. No podría pedirte que te vayas, no después de traerte aquí en primer lugar'.

'Gracias señorita. Conseguiré trabajo, saldré adelante'.

Contempló la habitación, el papel de la pared despegado, las manchas en el suelo de madera, las sucias ventanas sin cortinas. Parches de moho crearon patrones en las paredes y el techo. A pesar del fuego, la frialdad aún penetraba en la habitación. Toda la casa necesitaba reparación, mucha reparación, lo que costaría dinero. Dinero que no tenía ahora que su tío estaba muerto.

Las lágrimas ardieron detrás de sus ojos nuevamente. ¿Cómo podría ella vivir aquí? No había comodidad, ni alegría en esta casa.

'Todos dormimos juntos anoche por calor y porque los niños estaban asustados. El cuarto de arriba más grande tiene la otra cama.

No lo necesito Estaría contenta de dormir con los niños. De hecho, anoche dormí mejor que en mucho tiempo. Estábamos calentitos'.

Victoria asintió, sin importarle realmente en ese momento. 'Estoy seguro de que saldremos adelante'.

'Podemos usar parte del carbón para encender un fuego en su habitación y calentarlo'.

'No, no necesito un incendio en el dormitorio. Necesitamos guardar el carbón para cocinar. ¿Conseguiste encenderlo?'

'Sí. Oh, será mejor que lo revise'. Mercy salió corriendo de la habitación.

Lentamente, sintiéndose deprimida de espíritu, Victoria la siguió a la cocina en la parte trasera de la casa.

Esta era otra habitación que estaba helada y en un estado poco habitable. El único mueble que tenía era la mesa y las sillas de madera que había comprado en Gilforth's.

Mercy juntó las brasas del fuego y agregó más carbón. 'Puedo intentar cocinar algo'. Su expresión era dudosa. '¿Tienes hambre?'

'No, solo un poco de té me haría bien'.

'Puedo ir a prepararlo'. Mercy se ocupó de poner la tetera sobre la estufa y midió las hojas de té en la tetera de barro marrón.

Victoria miró por la pequeña ventana sucia que daba al pequeño patio.

El día nublado gris coincidía con su estado de ánimo.

Sin embargo, ella evitó pensar en su tío, o en el futuro, porque ambos sentimientos eran demasiado tristes como para reflexionar. Su mente estaba entumecida, su corazón pesaba. En tan solo un día había perdido todo, su familia, su hogar, el doctor Ashton ...

'Creo que subiré y me acostaré un rato.' Se levantó de la silla y subió las escaleras, con los pies cargados a cada paso.

En la habitación más grande, ella miró fijamente la cama. No había nada más en la habitación, ni cajones, armario, lavabo o jarra, ni cortinas, alfombras ni cuadros en la pared.

Su pecho se encogió. Sofocó un grito y cayó sobre la cama. Enterrando la cara en la almohada fría, lloró por todo lo que había perdido.

Al despertar con frío y dolor de cabeza, la habitación estaba gris con una tenue luz del amanecer. Afuera llovía y parecía más a invierno que la primavera.

Temblando, se deslizó de la cama, su ropa arrugada y su cabello suelto.

De su baúl, sacó un chal azul pálido y lo envolvió alrededor de sus hombros.

La casa estaba extrañamente silenciosa mientras ella se arrastraba escaleras abajo, haciendo una mueca cada vez que las tablas del piso crujían.

En la cocina, las brasas de la cocina parpadeaban entre montones de ceniza espesa.

Los juntó con las pinzas y agregó más carbón, ocasionando más humo.

Tosiendo, miró a su alrededor en busca de inspiración y vio un montón de piezas de cajas rotas y, recogiéndolas, las empujó contra las brasas.

Al cerrar la puerta de la estufa, esperaba lo mejor.

'¿Señorita?' Mercy estaba parada en la puerta, despeinada y pálida.

'Por Dios, Mercy, tenemos que conseguirte algo de ropa'. Victoria sacudió la cabeza ante el estado del vestido irregular y manchado de la otra mujer. Ella suspiró, abrumada por la enormidad de la situación en la que se encontraba.

'La señora Drysdale me está encontrando una falda de su antiguo stock'. Mercy llegó al campo y sacudió la tetera. Estaba vacío. De la cubeta de agua, llenó la tetera y luego la regresó a la estufa. 'Iré a freír un poco de jamón'.

Victoria se sentó en la mesa. '¿Tenemos algo de agua? Necesito lavarme y cambiarme.

Mercy señaló e la cubeta. 'Tómala. Lo mejor de esta casa es que tenemos una bomba en la parte trasera. Nunca nos faltará agua. ¿Apoco no es maravilloso?

'¿Maravilloso?'

'Sí' Mercy colocó una sartén sobre la estufa y le añadió lonchas de jamón del suministro de carne que Victoria había comprado.

'Si le hace feliz, entonces me hace feliz'.

'Donde vivíamos, había un grifo para todo el patio y tres callejones. Solo se encendía por la mañana durante un par de horas. Tener agua cuando uno quiere es un lujo que no he tenido desde que me fui de casa.

Victoria frunció el ceño. 'Nunca consideré no poder tener incluso agua'.

Mercy sonrió con tristeza. 'Habrá tantos cambios para usted, señorita, que le resultará difícil adaptarse a este tipo de vida, para empezar'.

El estómago de Victoria retumbó cuando el olor a jamón se esparcía por la cocina. '¿Alguna vez se arrepiente de las decisiones que tomó? ¿Sobre dejar a su familia?'

'Ahora, sí, por supuesto que sí. Pero en aquel entonces, no. Sentí que estaba haciendo lo correcto. Amaba a Stephen. Pensé que era decente y amable. Y lo fue, al principio'. Mercy se encogió de hombros y añadió hojas de té frescas a la tetera. 'Mi padre era ... fanático de las enseñanzas de su iglesia. No estuve de acuerdo con él. Siempre tuve problemas por eso'.

Sobre sus cabezas oyeron los pasos de los niños.

Mercy continuó moviendo el jamón alrededor de la sartén. 'Cuando Stephen me ofreció la oportunidad de otra vida lejos de la severidad de mi padre, me alegré demasiado y acepté. Sería una mujer casada, más allá de la hija de un comerciante en un hogar gobernado por Dios.

La puerta se abrió y cuatro caritas se asomaron a su alrededor.

Victoria les sonrió. A pesar de estar sucios y delgados, eran unos niños adorables. 'Vengan. Su madre está preparando el desayuno'.

Tímidos, se acurrucaron junto a la puerta.

'Vengan y siéntase en la mesa si quieres comer'. Mercy tomó una barra de pan y comenzó a cortarla.

'Déjeme hacerlo'. Victoria era capaz de cortar pan y lo demás lo tenía que aprender.

Después de una humilde comida de pan, jamón y té, Victoria subió a su habitación y se lavó de un cubeta.

Se puso ropa interior limpia y se puso una falda y un corpiño negro.

A pesar de no estar en casa, todavía estaba de luto por su tío. Su cabello lo recogió con peines de carey pálidos. Ahora sentía que podía enfrentar el día.

En la cocina, Mercy se sentó a la mesa, lavando los platos en una cubeta. '¿Su tío fue un buen hombre?'

'Uno de los mejores. No sé qué habría hecho sin él. Me amaba como a una hija y lo extrañaré muchísimo'.

'Eso es bonito. Tener a alguien que se preocupa por usted. Yo ni siquiera sé dónde está mi familia. Lo último que supe fue que habían navegado a América'. Inclinándose hacia atrás en la silla, Mercy se recogió el cabello de los ojos.

Victoria miró el baño de hojalata en la esquina de la habitación. 'Creo que tú y los niños deberían bañarse hoy. Nunca he tenido piojos en mi vida y me niego a tenerlos'.

'Los niños más pequeños nunca se han bañado antes. Mi esposo lo vendió hace años, junto con todo lo demás, para pagar sus deudas.

'¿Lo extrañas?'

'Extraño la versión antigua, el hombre sonriente que me dijo cosas tan encantadoras y que me prometió que tendríamos una buena vida'.

'¿En qué momento cambió eso?'

'Poco después del nacimiento de Polly, perdió su trabajo. Él cambió, se llenó de deudas y desesperación y el viejo Stephen fue reemplazado por un hombre borracho y malvado que no reconocía. Se fue la Navidad pasada cuando le dije que estaba teniendo otro bebé, el que murió. No lo he visto desde entonces'.

Victoria se levantó y puso la tetera al fuego. '¿Crees que vendrá a buscarte?'

'No. ¿Por qué lo haría? Aparentemente no le traigo más que miseria'. Mercy apiló los platos sobre la mesa. 'Necesitamos estantes aquí'.

Victoria se rio sin humor. '¡Necesitamos muchas cosas aquí!' Luego se puso pensativa. 'Mercy, te confesaré esto ahora. No tengo mucho dinero. Ahora que mi tío ha fallecido, no tendré el dinero que me asignaban antes. Una vez que mi dinero se haya agotado ... bueno ...

Mercy sonrió levemente. 'Señorita, estaremos bien'.

'Ojalá tuviera su confianza'.

'Creo que he llegado a lo más bajo que una persona puede llegar.

No quería vivir y el mes pasado habría muerto felizmente dando a luz. ¡Solo míranos ahora! Mis hijos tienen comida, un techo sobre sus cabezas y están lejos de esa horrible habitación. Una vez que Polly esté libre, sé que las cosas seguirán cambiando para mejor. Si no creo en nada más, creo en eso'. Salió por la puerta trasera de la bomba en el patio y llenó las cubetas con agua.

Victoria la miró por la ventana, escuchando a los niños que jugaban en la sala y de repente se sintió mejor. Nada le devolvería a su tío, pero no todo estaba perdido.

Mercy regresó, llenó las tres sartenes que tenían con agua y las puso al fuego.

Resoplando por el esfuerzo, miró a Victoria. 'Recuperaré mi salud y mi fuerza. Encontraré trabajo. Vamos *a* estar bien'.

Un pensamiento terrible entró en la cabeza de Victoria. 'También tendré que encontrar trabajo'. El darse cuenta de ello la dejó sin palabras.

'Déjeme trabajar primero señorita. Me adaptaré más fácilmente que usted'.

'¿En qué podría ayudar Mercy?'

'No te preocupes. Le encontraremos algo adecuado'.

Desanimada se sentó en la silla. 'Ya no creo que tenga lugar en la sociedad. No soy nadie. Solo estoy a la deriva'.

'Es usted una dama. Seguirá siendo una'.

Escuchaba Victoria mirando alrededor de la cocina sucia. Las damas no vivían en lugares como este. Las lágrimas volvieron a brotar de sus ojos, pero ella luchó para contenerlas.

Un golpe en la puerta la hizo ponerse de pie y apresuradamente limpiarse los ojos. '¿Y qué podría ser?'

'Quizá la señora Drysdale?'

'¿Los domingos?'

'¿Voy y contesto?'

Victoria asintió y entró en la habitación delantera, calmó a los niños con una mano levantada, pero se relajó cuando la señora Drysdale entró con una bolsa grande llena de ropa. 'Señora Drysdale, es un placer verla'.

'También es un gusto verla señorita Carlton'. La otra mujer colocó la bolsa en el suelo.

'¿Qué tiene ahí?'

'Encontré algo de ropa para los niños, no mucho, pero tenía algunas piezas viejas en un baúl en el ático, que alteré anoche'.

'Eso es muy amable de su parte'.

'Sin embargo, lo principal que tengo son cortinas'. Sacó gruesas cortinas verdes de damasco.

'Vivo arriba de mi tienda y pude ver por sus ventanas anoche.

No quieres que la gente la vea en su casa, ¿verdad? ¿Se quedó aquí anoche, señorita Carlton?'

'Sí. Viviré aquí de ahora en adelante'.

'¿Vivir aquí?' Las cejas de la señora Drysdale se alzaron. 'Ya veo'.

Victoria percibió su sorpresa. Tocó la tela. 'Son perfectas. ¿Cuánto te debo?'

'¿Está de luto?' La otra mujer miró la ropa negra de Victoria.

'Sí, mi tío murió ayer'. El nudo en su garganta se hizo más grande.

'Lamento escucharlo. Hablaremos sobre dinero otro día. Primero, déjeme colgar estos por usted. No podemos tener otra noche donde toda la gente nos vea por las ventas. También he traído cortinas de encaje blanco, así que durante el día la gente no podrá mirarlos mientras pasan.

Mercy reunió a los niños con ella. 'Los llevaré a la cocina y lo lavaré bien antes de que se coloquen su ropa nueva'.

Al quedarse sola, Victoria ayudó a la señora Drysdale a colgar las cortinas y al instante la habitación lució mejor, más acogedora.

'¿Todavía te faltan cosas aquí, ¿verdad?' Dijo la señora Drysdale, mientras clasificaba la ropa de los niños.

'Sí, mucho, pero tendré que tener cuidado en cómo administro mi dinero ahora'.

'¿No tiene ingresos por su cuenta?'

Sorprendida por lo directa que era la mujer, Victoria no sabía cómo responder.

'Señorita Carlton, soy algo franca, perdóneme, pero así soy. He sido viuda durante quince años y no tengo familia. Vivir sola todo este tiempo significa que me faltan los aires y las gracias que esperaría. La señora Drysdale jaló las cortinas para que colgaran derechas. 'Digo lo que pienso porque no hay nadie a quien amo que pueda ofender'. Ella sonrió con una sonrisa descarada que hizo que Victoria se sintiera cálida con ella.

'La respuesta es no. No tengo ingresos propios'.

'Hmm ... esto podría ser interesante entonces'.

'Tengo suficiente para pagarle', dijo Victoria rápidamente.

La señora Drysdale descartó sus preocupaciones. 'Los domingos no son el día para hablar de negocios'.

Sacó un par de cortinas más delgadas en azul oscuro. 'Para su habitación. Encontraré más para las otras habitaciones mañana'.

'Muchas gracias por todo'.

'Sería bueno tener a alguien decente viviendo en este lugar para variar'.

'¿Le gustaría algo de té?'

'Eso estaría bien. ¿Qué le parece si vamos a la cocina y ayudamos a esa pobre mujer a bañar a esos niños? Es muy delgada y nunca he visto niños tan sucios como ellos en mi vida. La señora Drysdale recogió toda la ropa de niños que había traído.

Victoria sonrió. 'Yo tampoco'.

En la cocina reinaba el caos. Mercy, sentada en el suelo al lado del baño, estaba tan húmeda como los niños. Sus huesos atravesaron el material húmedo y raído de su vestido. Se veía exhausta.

Jane se sentó en silencio temblando en el suelo frente al campo, desnuda y mojada de pies a cabeza.

Bobby estaba de pie junto a la puerta trasera, parecía listo para echarse a correr, mientras Emily y Seth estaban en el baño de hojalata chapoteando y riendo, por una vez parecían comportarse como niños normales.

'¡Oh, señorita Carlton!' 'Lo siento'. No puedo meter a Bobby en el agua.

La señora Drysdale cruzó los brazos sobre su amplio cofre. 'Tú, joven, ven aquí y báñate'. Del montón de ropa que había dejado sobre la mesa, levantó un par de pantalones grises y una camisa color crema. 'Una vez que estés limpio, mira la ropa nueva que puedes usar'.

Los ojos de Bobby se abrieron del asombro. '¿Para mí?'

'Sí, eres el hombre de la casa, ¿no?'

Bobby asintió, se quitó rápidamente los trapos sucios y empujó a Emily fuera del camino para meterse en el agua.

Ven aquí, querido. La señora Drysdale tomó una toalla y comenzó a secar a Emily.

¿Tenemos algo para Jane? Preguntó Victoria, su corazón estaba con la pobre niña temblando.

'Sí, hay algunos vestidos'.

Victoria buscó entre el montón y encontró un vestido azul y ayudó a la niña a secarse y ponerse la prenda.

'Una vez que estén limpios y vestidos, traeré mi olla de estofado de carne que he preparado para todos ustedes'.

'¿Estofado de carne?' Mercy levantó la vista, sosteniendo a Seth resbaladizo. '¿Para nosotros?'

'Así es'.

'Muchas gracias señora Drysdale'. Victoria casi lloraba por su generosidad. Respiró hondo. Tenía que reponerse. Llorar no resolvería sus problemas.

Capítulo once

Una semana después, Victoria caminó bajo la brillante luz del sol entre la multitud que bordeaba las calles cerca de York Minister. Como una marea negra, las personas de luto se reunieron alrededor de la iglesia del monasterio para presentar sus respetos y ver a muchos de los residentes importantes de la ciudad entrar lentamente para encontrar un asiento.

Victoria caminó por el amplio pasillo central, asombrada por el esplendor de las flores que cubrían cada superficie.

Miró hacia el techo abovedado, resultándole difícil de creer que su querido tío fuera enterrado hoy. La luz del sol que entraba por tantas ventanas de colores llenó de arcoíris a la cavernosa Catedral, haciéndola lucir brillante y alegre.

Si la gente no hubiera estado vestida de negro, podría haber sido una boda.

La música de órgano sonó para aquellos que esperaban que llegara el coche fúnebre y Victoria mantuvo el velo de encaje negro sobre su rostro cuando cruzó con amigos de la familia.

No quería explicar por qué no estaba en el carruaje familiar y mantuvo la cabeza baja hasta llegar a un banco vacío.

Los muchachos vestidos de negro ocupaban los puestos del coro, su maestro daba instrucciones en silencio.

Después de lo que pareció una eternidad, había llegado a la catedral. Victoria se arrastró por el banco mientras más personas se sentaban hasta que nadie más podía sentarse en su fila.

Finalmente, los portadores del manto llevaron el ataúd del tío Harold. Las lágrimas ardieron detrás de sus ojos al verlo. Su querido tío, se había ido para siempre. La familia lo siguió.

Su tía llevaba un velo similar al de Victoria, pero Stella, que sostenía su brazo, usaba solo un velo corto, su mirada aguda mientras observaba a los demás.

Laurence se paró al otro lado de tía Esther y Victoria lo miró fijamente. Había cambiado desde la última vez que lo vio; había engordado viviendo en Londres y ahora tenía unos bigotes largos impresionantes. Nunca habían estado cerca. Laurence siempre estaba en la universidad, luego en el extranjero y ahora en Londres.

Buscó a Todd, pero no pudo verlo y se preguntó si había ido a Italia. Tampoco podía ver a Mimi, y esto la preocupaba porque la anciana había estado enferma desde el cumpleaños de Victoria.

Detrás de su familia estaba el doctor Ashton, sostenía el brazo de una prima mayor al lado de tía Esther.

El pecho de Victoria se apretó mientras lo miraba. Ciertamente debe estar con la familia para caminar con ellos a la iglesia.

La música de órgano cambió para acompañar al coro mientras cantaban el primer himno maravillosamente. Victoria se paró junto con todos los demás y cantó en voz baja, consciente de que las personas a su lado eran amigas de tía Esther.

Cuando el decano comenzó a hablar, todos se sentaron. El tío era muy respetado y las bancas estaban lleno de ricos y poderosos de la ciudad y otros lugares. Viéndose torturada de la angustia, Victoria trató de escuchar sus palabras de consuelo, pero hicieron poco para tranquilizarla. Se sentía sola y no deseada en todos los sentidos.

'Fue un día realmente triste', la anciana sentada a su lado le susurró a su amiga al otro lado. 'Pobre Esther, por perder a un marido tan decente, y él era un buen hombre, era Harold Dobson, no dejaré que nadie diga nada diferente. Era un buen hombre que hizo mucho por esta ciudad'.

'Sí, estoy de acuerdo, nada mejor', respondió su vecina con un gesto serio.

'Y ahora Esther está a punto de perder a su querida madre, porque escuché que su madre está en su lecho de muerte. Será el próximo funeral al que asistiremos, solo espera y verás'.

Victoria se puso rígida ante la conversación. ¿Acaso estaba Mimi tan enferma? Sintió la necesidad de apresurarse desde la Catedral e ir directamente a la casa de Mimi y ver por sí misma.

'Y el hijo de la pobre Esther, el más joven, se rompió la pierna'.

'Nunca'.

'Lo juro. No pudo llegar al funeral de su propio padre. Aparentemente cayó de las escaleras borracho. Típico, ese chico nunca tuvo un propósito, nunca lo ha tenido. Desperdiciaba su vida en tragos y mujeres, etc.'

'Bueno, nunca se lo considerará responsable, no como el hijo mayor, ¿verdad?' El vecino asintió en dirección a Laurence. 'Él se hará cargo del banco de su padre y es el mejor para hacerlo'.

'Siempre hay una manzana podrida en el barril'.

Victoria escuchó atentamente. Mimi en su lecho de muerte y Todd con la pierna fracturada. Le angustió saber de extraños sobre su propia familia. El pobre Todd estaría devastado por no poder asistir al funeral.

La anciana continuó: 'Y lo que se dice es que la sobrina, Victoria, creo que se llama, se ha ido'.

Victoria apenas respiró.

'¿Se fue? ¿Dónde?' preguntó la otra.

'Lejos, obviamente, por eso no vino hoy'.

'Qué triste'.

'Aparentemente, se fue con un pariente lejano. Por lo que escuché, Esther Dobson estaba lista para echarla, ¡no era la chica que se mezclaba con las heces de los barrios pobres!

'¡No!'

'Tan cierto como estoy aquí. Aparentemente, a la sobrina le gustaba involucrarse en cosas que no tenían nada que ver con ella. Metiendo la nariz donde no le importa'. La mujer se inclinó más cerca hacia su amiga. 'Incluso se involucró con un hombre casado y su esposa no sabía nada. ¡Me dijeron que hubo una pelea!'

'¡Pobre de la señora Dobson, tener una persona así en su familia! La sobrina también fue criada como una dama. La señora Dobson debe estar fuera de sí, y después de todo lo que ha hecho por esa chica, acogerla'.

'¿Es sorprendente o no? La niña se parecía a su difunta madre, una salvaje'.

'Familias, ¿eh?' la anciana se rio entre dientes. 'Ya sea que tengan dinero o no, siempre hay drama'.

Victoria se sentó en silencio atónita ante el terrible chisme que sin duda estaría haciendo eco en la ciudad. ¿Cómo podría enfrentar a la gente si eso era lo que decían sobre ella? La música cambió y se obligó a concentrarse en el ataúd de su tío.

Cuando se pronunciaron las últimas palabras, y se cantó el himno final, la congregación salió a la cálida luz del sol. Las aves revoloteaban en los árboles alrededor de la Catedral. Cientos de personas se reunieron, y el murmullo general de voces impregnó el aire.

Victoria estaba feliz de que tanta gente hubiera venido a honrar a su tío y que el sol brillara e su último día. Sin embargo, la tristeza inundó su corazón.

Repentinamente, la tomaron del brazo.

¿Qué haces aquí?' Stella, con los ojos rojos por el llanto, le susurró al oído con dureza. '¿Cómo te atreves a asistir este día después de lo que hiciste?'

En eso, Victoria liberó su brazo. 'Vine a presentar mis respetos a un hombre que admiraba y amaba'.

'¿Creías que tu velo te escondería de mí?' Stella se sacudió el broche de chorro que llevaba Victoria. 'Conozco tu ropa y joyas. Usaste esto para el funeral del abuelo hace dos años'.

'Vete Stella. La tía Esther te necesita'.

'Sí, ella me necesita. Y no *te* necesitamos, sin duda,' siseó como una serpiente demente. 'No te acerques a la casa. No eres bienvenida. Le he contado a Laurence todo sobre tu comportamiento deplorable. Está de acuerdo conmigo en que causaste la muerte de nuestro padre con tus payasadas'.

'Eso no es justo, Stella'.

¿Crees que me importa lo que es justo? ¡Mi padre está *muerto*!

'Señorita Dobson, su madre la necesita'. El doctor Ashton llamó desde el otro grupo de personas. Miró directamente a Victoria con el ceño fruncido.

Victoria se preguntó si él sabía que era ella bajo el velo.

'Ya voy, Joseph'. Stella le sonrió dulcemente. Se volvió hacia Victoria. 'Afortunadamente, nadie sabe que eres tú bajo ese velo, pero yo lo sabía. ¡Te reconocería en cualquier lugar disfrazada! Ella fue a darse la vuelta, pero se detuvo. 'Le he dicho a Joseph que te has mudado'. Su sonrisa malvada apretada coincidía con sus ojos llenos de veneno. 'Espera ver un anuncio de compromiso en el periódico antes de que termine el verano. ¡Él es mío!'

Victoria se miró la cara engreída y se preguntó cómo había amado alguna vez a esta prima egoísta. '¿Cómo están Mimi y Todd?'

'Ya no te incumben'. Stella se alejó, con un pañuelo negro en la nariz como si estuviera llorando. El doctor Ashton estuvo a su lado al instante.

Angustiada, Victoria se escapó de la multitud y regresó a Fossgate.

En la casa, encontró a Mercy dormida en el sofá y a los niños jugando en el dormitorio de arriba. Fue a la cocina y comprobó que el fuego aún brillaba lo suficiente como para poner la tetera a preparar una taza de té.

Había terminado. Su vida como una vez lo había conocido había terminado. Ella ya no tenía una familia. Por un momento se sintió abrumada por la miseria. Su pecho se apretó con una profunda tristeza que dudaba que alguna vez la dejara.

Echó un vistazo a la cocina fea. Todo lo que tenía era media participación en una casa en ruinas.

'¿Señorita Carlton?' Mercy estaba en la puerta. No la escuché regresar'.

'Acabo de regresar. No quería despertarla, ya que todavía está recuperando su fuerza.

'Pensé que se había ido la mayor parte del día'. Mercy agregó hojas de té frescas a la tetera.

'No. No soy bienvenida allí.

'¿Te dijeron eso?'

'Mi prima, Stella, lo hizo, sí.' Victoria se dirigió a la puerta trasera y la abrió para mirar el pequeño patio sucio.

'¿Pero tu tía? Ella debe necesitarte en este momento terrible'.

'Incluso si lo hiciera, Stella se aseguraría de que mi tía pronto pensara distinto. Mi primo Laurence también habrá sido engañado por sus mentiras. Todos creen que maté al tío por mi comportamiento'.

'Debes visitarlos y contarles tu versión'.

'Están afligidos. No me creerán'. Dijo tragándose las lágrimas.

'Señorita Carlton, ¿cierto?'

'Mercy, por favor llámame de Victoria. Estamos viviendo juntos ahora. Somos amigas. Creo que podemos dejar a un lado las formalidades'.

'Si así lo desea'. Mercy aplastó el té, suspirando profundamente. 'Me siento responsable. Si no fuera por mí, estarías en casa con tu familia'.

'Eso no es cierto. Hubiera ayudado a otra familia, sin duda, fue a ti a quien el doctor Ashton me llevó ese día'.

'¿Pero el doctor Ashton no puede hablar en tu nombre?' Mercy le pasó a Victoria una taza de té.

'No, Stella también ha logrado meter sus garras en él. Me ve como alguien que está interfiriendo. No está de acuerdo conmigo en traerte aquí. No es algo que una señorita hace. Ella se encogió de hombros, sin entender al hombre que creía que era diferente a todos los demás. Al final, él era igual que todos los demás en su sociedad.

'Bueno, nos las arreglaremos'. Sonrió Mercy.

Victoria no respondió. Ella no tenía la fe de Mercy. Ya que tenía que pagar las cuentas del hogar para alimentar a una familia. ¿Cómo iba a hacerlo?

~ ~ ~ ~

Al día siguiente, Victoria y Mercy estaban ocupadas fregando la casa. Victoria no podía soportar otro día de ventanas sucias y con el sol brillando, habían comenzado la enorme tarea de limpiar la casa.

También puso a trabajar a los niños. Su trabajo consistía en quitar todo el papel de la pared. Pensó en pintar la cocina, pero no podrá comenzar con el estado en que se encontraba. Las paredes requerían rasparse y lavarse, y después compraría pintura para la habitación.

Mercy había fregado la estufa, pero con su poca energía, Victoria le había dicho que se sentara y se encargara de la cocina, así que hizo una sopa de cebolla y papa.

Cuando sonó la puerta, Victoria pensó que era la señora Drysdale, quien dijo que podría llamar para entregar algunas sábanas viejas.

Limpiándose las manos con una toalla, Victoria abrió la puerta principal con una sonrisa de bienvenida, que se congeló en su rostro mientras miraba a Laurence.

'Buen día Victoria'. Se quitó el sombrero y miró calle arriba y abajo como si esperara ser abordado en cualquier momento.

'Laurence. Esta es una hermosa sorpresa. 'Por favor entra'. Victoria lo condujo a la sala principal, consciente de lo poco que había en el lugar. '¿Te gustaría algo de té? No sabía que podrías dar conmigo'.

'He estado revisando las inversiones comerciales de mi padre. Vi el testamento de tu padre y el nombre en la escritura'.

Asintiendo. '¿Te gustaría sentarte?'

'Esto no es una visita social'. Se puso de pie alto e imponente y completamente fuera de lugar en la habitación. Su traje y abrigo eran de la más alta calidad, sus guantes grises hechos para un chico suave y su sombrero de copa costaría lo suficiente para alimentar a Mercy y a los niños durante un mes.

Victoria sostuvo sus manos juntas, esperando que tocara el tema de su visita.

Laurence olisqueó y ella esperaba que le gustaría utilizar un pañuelo. La casa olía a humedad, rancias y un aroma persistente del mercado de cerdos a lo largo del camino.

Él tosió discretamente y del bolsillo de su abrigo sacó una carta doblada, que le pasó a ella.

'¿Que es esto?' Ella abrió la carta pero no, pudo entender las palabras.

'He venido para decirte que he venido para vender esta casa. Esta es una carta sobre mis intenciones'.

Perpleja, ella lo miró fijamente. '¿Vender esta casa? No puedes. Es mi casa'.

'Solo la mitad'. Sin mirarla. 'Venderé mi mitad'.

'¿Cómo puede ser tu mitad?'

'Todo lo que era de mi padre ahora es mío y, por cortesía, te doy la oportunidad de comprarme esa mitad.

'¿Comprarla?' Ella estaba estupefacta.

'Sí. ¿Deseas hacerlo?'

'¿Cuánto, cuánto sería?'

'Trescientas libras, y eso es una ganga'.

'¡Trescientas libras!' Ella parpadeó ante la cantidad. 'No tengo tanto dinero'. Trató de pensar cuánto tenía, quizá unas pocas libras como máximo.

'Ese no es mi problema'. Él se encogió de hombros, su expresión no le importaba. 'Si no tienes esa cantidad, encontraré a alguien que sí la tenga'.

'¡Pero no puedes!' ella lloró. 'Laurence, por favor. Soy tu prima El tío Harold no querría esto'.

'¿Quién, el hombre quien le causaste que sufriera un ataque al corazón?' Su mirada era de absoluto odio.

'No lo hice'.

'¡Lo hiciste! Me han informado de todo lo ocurrido'.

¡Por Stella, supongo!

'Sí, por Stella, mamá y otros. ¡Lo sé todo y si necesitaba más evidencia de lo bajo que te has vuelto, estoy ante ello! Miró alrededor de la habitación como si en cualquier momento esperara ser atacado por una plaga de ratas o alimañas plagadas de mendigos o ambos.

'Laurence—'

'Mi padre solo hizo lo correcto por ti y tus padres. ¿Y cuál fue su recompensa?' La ira coloreó sus mejillas y sus ojos se redujeron a rendijas. '¡Todo lo que obtuvo de sus esfuerzos fue preocupación y estrés! Primero, sobre su hermana, luego su marido errante y ahora su sobrina, ¡a quien crio para ser una dama en su propia casa! Se lo arrojaste todo a la cara al asociarte con la suciedad de las alcantarillas. Has humillado a la familia y no hay cómo perdonarte'.

'Nunca quise hacer daño alguno'. Ella se retorció las manos.

'Ayer en el funeral, todo lo que escuchamos fueron susurros y especulaciones sobre por qué no estabas allí.

Ya era bastante malo que Todd fuera lo suficiente-mente imprudente como para romperse la pierna, ¡pero tú! *Debiste* haber sido un apoyo para mi madre, no un obstáculo y un nombre a quien susurraban por detrás'.

Lamento haber causado tanta molestia. Nunca fue mi intención. Iré a visitar a tía y ...

'¡Ciertamente no lo harás!' dijo. 'Nunca volverás a dar paso por esa puerta principal, ¿me oyes? Mi madre no ha dejado de llorar desde ese horrible día. Verte solo la molestaría aún más'.

'Yo no tengo la culpa—'

'Tienes la *culpa* en todos los sentidos, tal como lo fueron tu madre y tu padre antes que tú. Ya no eres miembro de la familia Dobson. No uses nuestro nombre para nada. No se pagarán facturas en las que incurras, y dado que no puedes comprar la mitad de mi casa, se la venderé a quien considere conveniente. Se puso el sombrero de copa en la cabeza. 'Que tengas un buen día'.

Cuando la puerta se cerró detrás de él, las rodillas de Victoria se apartaron de ella y buscó a tientas el sofá para sentarse antes de caerse.

Mercy entró en la habitación, con la cara pálida. 'Oh, señorita Carl ... Victoria'. Se arrodilló ante ella y tomó sus manos entre las suyas. 'Lo siento, pero lo escuché todo. Estaba gritando muy fuerte'.

Mirándola Victoria fijamente. '¿Qué debemos hacer Mercy? No tengo trescientas libras'.

Capítulo doce

Durante tres días, Victoria permaneció en estado de shock e incredulidad. Ella no tenía idea de qué hacer. Su cerebro estaba entumecido por tratar de planear una forma de recaudar dinero. No podía obtener un préstamo por las trescientas libras, no tenía forma de pagarlo. Si vendiera todas sus joyas y ropa, todavía no conseguiría dicha cantidad.

A la tercera noche después de la visita de Laurence, recibió una carta en la última publicación informándole que había encontrado un comprador y que se había completado la transacción.

'Victoria.' Mercy entró en la habitación principal. '¿Quieres comer algo?'

'No gracias'. Victoria había perdido el apetito. Había sobrevivido con tazas de té y rebanadas de pan tostado, lo que, teniendo en cuenta su situación, ayudó a ahorrar en comida.

'He acostado a los niños. Querían darte las buenas noches, pero les dije que te dolía la cabeza'.

Mercy tocó el fuego, que tenía que encenderse incluso en los días cálidos porque la casa nunca parecía estar tan terriblemente fría.

'Lo siento, subiré y les daré las buenas noches'.

'Se las arreglarán sin ello, no te preocupes'. Mercy volvió a colocar el póker en su lugar y se sentó en el sofá. 'Deseo hablar contigo sobre algo'.

'¿Oh?'

'Si algo me llega a suceder, me gustaría pensar que tú te encargarías de ellos, ¿verdad?'

'¿Qué podría pasarte?' Victoria frunció el ceño de preocupación.

'Nada si puedo evitarlo. Antes ... bueno, estaba muy deprimida, como pudiste ver. No quería seguir adelante'.

'Pero ahora estás mejor'.

'Lo estoy, gracias a ti, lo que me ha hecho pensar que si alguna vez me llegara a enfermar o me llegue a accidentar, ¿cuidarías a los niños?'

'Sí, por supuesto'. Fue una respuesta fácil de dar, porque ella disfrutaba de la compañía de los niños. Salían lentamente de sus conchas. Con buena comida y un mejor hogar, comenzaban a hablar y jugar más. Ya no miraban a Victoria como si fuera una visión irreal. En cambio, ahora le hicieron una pregunta extraña, especialmente a Jane. Mientras que Seth, el más joven y de solo dos años, trepaba a su regazo cada vez que tenía la oportunidad.

'Gracias'. Mercy se puso de pie. 'Tengo agua calentándose. ¿Pensé que te gustaría un baño?'

De repente, un baño parecía lo mejor del mundo. 'Me gustaría mucho eso, gracias'.

'Bien, iré y lo prepararé'.

'Y yo iré y les daré las buenas noches a los niños y conseguiré mi camisón'.

En menos de media hora, Victoria estaba sentada en el baño de hojalata en la cocina, enjabonándose las piernas.

Mercy estaba parada cerca, calentando más agua para que ella se bañara después de Victoria. 'Supongo que Polly requerirá de un buen baño cuando regrese'.

'Se presentará ante el juez por la mañana. Creo que deberías venir conmigo, o me quedaré aquí y me ocuparé de los niños mientras acudes. Le alegraría mucho verte, estoy segura de ello.

'No, no podría ...' Mercy suspiró. 'No soy lo suficientemente fuerte como para verla allí. Me rompería el corazón verla tan molesta'.

Mercy se limpió el cabello de los ojos. 'Pero debo ir, soy su madre. Pero ... verla ... allí ... no poder ayudarla ... '

'Debe ser difícil para ti'. Victoria sonrió tristemente con simpatía. 'Iré y con suerte regrese a casa con ella'.

'¿Crees que eso pase?'

'Si se trata de una multa, usaré el dinero que me queda para pagarlo'. Victoria se levantó del agua y comenzó a secarse.

'Puedes gastarlo todo. ¿Cómo viviremos?'

'Espero que la multa no sea muy alta. Siempre tengo algunas joyas que puedo vender'. Se puso el camisón y se envolvió con el chal.

'Oh, Victoria'. Desanimada, Mercy sacudió la cabeza. 'Es mucho'.

'No podemos dejarla allí un momento más, y tú lo sabes. La pobre niña ya ha sufrido bastante'.

De repente la puerta se abrió. Mercy gritó y Victoria saltó violentamente. Un hombre extraño estaba en la puerta de la cocina, sonriéndoles.

'Buenas noches señoritas'. Se inclinó y se quitó el sombrero.

'¿Quién es usted? ¡Y cómo se atreve a entrar a nuestra casa sin permiso! Victoria se envolvió firmemente con el chal, sabiendo que sus pies descalzos estaban aún permanecían descalzos.

'Ah, pero como verá, ahora también es mi hogar'. El hombre entró a la cocina y se sentó a la mesa, mirando alrededor. 'Soy Silas Finch, un placer conocerla a las dos'.

'¿*Su* casa?' Victoria susurró, un cosquilleo de terror temblando por su columna vertebral.

'Así es'. Mostró un trozo de papel frente a ella y lo colocó junto con la llave de la puerta en la mesa. 'Laurence Dobson y yo hicimos un trato y hoy firmé las escrituras'.

'No te da el derecho de entrar aquí sin avisar'.

'Sí lo tengo. Lee esas escrituras. Todo es legal'. El hombre se frotó la nariz, mirando las piernas de Victoria. 'Creo que disfrutaré viviendo aquí'.

'¿Qué?' Ella lo miró con incredulidad. '¡No puedes vivir aquí!'

'Es la mitad de mi casa, por supuesto que puedo'. Dijo sonriendo. 'Haznos una taza de té, muchacha.' Él asintió con la cabeza a Mercy. '¿Cuál es tu nombre?'

'Sal'. La ira ardía en el pecho de Victoria. '¿Cómo te atreves a venir aquí sin avisar? ¡Ese no es el comportamiento de un caballero!'

Dijo mientras se encogía los hombres. '¿Quién dijo que era un caballero?'

'Ven Mercy'. Victoria la arrastró fuera de la cocina. Subieron las escaleras a la habitación de Victoria, donde ella se vistió rápidamente con un turno, enagua, corsé, falda y blusa.

'¿Qué vamos a hacer?' Mercy se levantó, retorciéndose las manos. '¿Cómo viviremos con un completo desconocido y un hombre así?'

'No tengo intención de hacerlo'. Se puso las medias y se ató una cinta alrededor de los muslos para sostenerlas.

'¿Pero que podemos hacer?' Mercy miró hacia la puerta, como si esperara que el hombre entrara por la puerta en cualquier momento.

'No lo sé. Tiene una llave y conoce a Laurence, por lo que debe ser cierto'.

Envolviendo un chal sobre sus hombros, Victoria buscó sus botas, luego recordó que estaban en la cocina. Ella seleccionó un par de zapatos de la casa y se los puso. Completamente vestida, se sintió un poco mejor. 'Bajemos y hablemos con él'.

De vuelta en la cocina, Victoria y Mercy se enfrentaron al hombre. '¿Puede decirnos sus planes, señor?'

Finch levantó la vista de su plato de pan y queso al que se había servido en su ausencia. '¿Mis planes?' Tomó un sorbo de té. 'Mis planes son vivir aquí, en mi casa'.

'Pero vivimos aquí'.

'Entonces compartiremos la casa'. Se encogió de hombros y continuó comiendo. 'Estoy seguro de que nos llevaremos bien.' Mirando a Victoria. '¿Cuál habitación es mía?'

'Solo hay dos, las cuales ya tenemos ocupadas', espetó.

Se rio y se limpió la boca con el dorso de la mano. 'Parece que estaré compartiendo con una de ustedes dos, ¿no?'

El estómago de Victoria se revolvió. 'Eso simplemente no es una opción'.

Agitó un trozo de queso en el aire. 'Aunque vale la pena intentarlo'.

'Usted se está comiendo nuestra comida, señor', murmuró Victoria. 'Dejarás algo de dinero sobre la mesa para cubrir los gastos'.

Él sonrió y se rascó la barbilla. 'Claro que sí. Creo que me gustaría vivir aquí'. Terminó su té y se puso de pie. 'Me sentaré en la sala delante del fuego para calentarme los pies. Ha sido un día largo'.

'No, no lo harás, a menos que estés sentado en el suelo'. La ira la consumió nuevamente. 'Puede ser dueño de la mitad de esta casa, pero no es dueño de los muebles o la comida dentro de ella'.

Finch se echó a reír y dio un paso hacia ella. 'Tendré lo que quiera señorita y si fuera usted, mantendría la boca callada'.

'Por favor, ¿qué necesitamos para sacarte?'

'Nada. Nos guste o no, estamos juntos en esta casa y es mejor que nos acostumbremos a ello. Salió de la cocina y entró en la habitación delantera.

Victoria y Mercy se miraron. La situación era insoportable.

¡No puedo soportarlo! Mercy susurró, la luz desapareció de sus ojos y su rostro había perdido todo su color.

'No confío en él ni me gusta tampoco'. Victoria suspiró, su ira desapareció y fue reemplazada por tal desaliento que se sintió un tanto enferma. Ella trató de pensar y después de un momento asintió para sí misma. 'Todo lo que puedo pensar es en ir a la casa de Mimi. Con suerte, ella me reciba. Si puedo hablar con ella, si está lo suficientemente bien, entonces juntos podríamos resolver este desastre.

'¿Crees que ella te verá?'

'Honestamente no lo sé, pero vale la pena intentarlo'. Miró el reloj, que indicaba que eran pasado las ocho. 'Iré ahora antes de que haga más tarde. Sube y quédate en la habitación con los niños.

Se separaron al pie de las escaleras y Victoria salió de la casa y caminó calle arriba.

No había carruajes cerca, así que siguió caminando hasta llegar a la iglesia de St Crux en el cruce con The Pavement.

Cerca de la iglesia, un carruaje dejó a algunos pasajeros y ella hizo un gesto para llamar la atención del conductor.

En el trayecto a la casa de Mimi, ella miró por la ventana las sombras que se alargaban al caer la noche. Tenía miedo de que la rechazaran en la puerta. ¿Acaso Stella le había susurrado chismes desagradables a Mimi? ¿Estaba Mimi al tanto de lo que le había sucedido? ¿Creería lo que se contaba de la situación?

Su estómago estaba hecho un nudo cuando el coche desaceleró frente a la casa de Mimi. Ella le pagó, consciente del poco dinero que tenía. Si lograba ver a Mimi, le rogaría que usara el carruaje de Mimi de regreso a Fossgate.

Solo una ventana de la planta baja iluminaba, y se preguntó si Mimi se había retirado a pasar la noche. Tocando a la puerta, esperó unos minutos antes de que una criada que Victoria nunca había visto le respondiera.

'¿Puedo ayudarla, señorita?' La criada estaba de pie sosteniendo la puerta, una pequeña luz detrás de ella arrojó todo en una penumbra sombría.

'Pido disculpas por la tardanza de mi vista, pero necesito ver a mi abuela ...' Era consciente de que Mimi no era realmente su abuela, ¿será que ella aún me reconozca?

'¿La señora?' La criada la miró con los ojos muy abiertos.

'Sí.

'La señora falleció ayer por la mañana, señorita'. Las palabras fueron pronunciadas en voz baja pero retumbaron en la cabeza de Victoria como si alguien golpeara un tambor.

Se tambaleó hacia atrás desde la puerta, sacudiendo la cabeza. Mimi se había ido. Otra persona a la que había amado ...

Se dio vuelta y corrió por el corto camino a la calle y siguió corriendo.

Tiempo más tarde, desganada y abatida, regresó a la casa en Fossgate. Silas Finch roncaba en el sofá de la sala delantera. Ella lo ignoró y subió las escaleras.

Mercy se sentó y se alejó de los niños dormidos tan pronto como entró en la habitación. '¿Como te fue?'

'Mimi está muerta'. Las lágrimas corrieron por las mejillas de Victoria. 'Ni siquiera lo sabía'.

Mercy se bajó de la cama y la sostuvo contra su delgado cuerpo. 'Lo siento mucho por ti, de verdad que lo siento'.

'Ella siempre fue amable conmigo, como una verdadera abuela a pesar de que no tuviéramos parentesco'. Alejando sus emociones, Victoria se secó los ojos con el dorso de la mano. 'Se acabó. Llorar no nos ayudará a Mimi ni a mí'. Ella respiró profundamente y se estremeció. 'Estamos totalmente solas ahora. No hay nadie a quien recurrir'. Pensó fugazmente en el doctor Ashton, pero lo rechazó de inmediato. Él también se había ido.

~ ~ ~ ~

Joseph levantó la mano para tocar la puerta de los Dobson, pero el señor Hubbard la abrió antes de completar la acción. '¿Cómo está Hubbard?'.

'Buen día, joven'. El mayordomo tomó el sombrero de Joseph.

'Esta la familia en casa?' Joseph siguió a Hubbard al salón.

'No, señor, lo siento. Se han ido a la estación de tren para ver al señor Laurence en su camino de regreso a Londres.

'Las señoritas lo lamentarán'. Miró alrededor de la habitación, notando que el grabado de la señorita Carlton había sido removido de la parte superior del piano. ¿Ya ha regresado la señorita Carlton?

'No señor. Creo que ha decidido retirarse indefinidamente. Su habitación ha sido limpiada'.

Sorprendido, Joseph frunció el ceño. '¿Lo recogieron? '¿Por qué?'

'No regresará joven. Creo que se fue de viaje con un pariente del lado de su padre.

'Sí, me dijeron que estaba de viaje ... pero no me dijeron que no volvería ... Me parece muy repentino. Creo que la vi en el funeral, pero no estoy seguro. La señorita Dobson dijo que no había regresado para asistir'.

'No, ella no estuvo aquí señor, lo cual es triste porque amaba mucho a su tío. Creo que la señora habría estado feliz de verla, pero es difícil regresar a casa cuando se esta de viaje, ¿no?

'Sí, ciertamente'. Volvió a la puerta principal y Hubbard le dio su sombrero.1 'Entonces, ¿no hay forma de enviarle una carta a la señorita Carlton? '

'No que yo sepa, señor. Sin embargo, la señorita Stella podría saberlo'.

Joseph dio las gracias y se retiró de la casa. Al salir, él no podía más que pensar que era un poco extraño. ¿Por qué iría la señorita Carlton a viajar con un pariente lejano y perderse el funeral de su tío? ¿A dónde se había ido en tan poco tiempo que no podría regresar por unos cuantos días? ¿Y qué hay de Mercy Felling? ¿Acaso le había entregado una casa y las dejó allí? ¿Debería llamar a la señora Felling y averiguar? ¿Acaso la señora Felling podría saber algo? Todo era muy raro y se sintió ridículamente dolido de que la señorita Carlton no le hubiera dicho adiós.

~ ~ ~ ~

A la mañana siguiente, Victoria, que se había acostado con Mercy y los niños, se puso la falda y el corpiño negros y se arrastró escaleras abajo hasta la sala delantera, pero Silas Finch ya no roncaba en el sofá. Revisó la cocina y el patio, pero él no estaba allí.

El fuego de la hoguera se había convertido en cenizas, y rápidamente puso periódico y ramitas para encender el fuego para el desayuno.

'¿Donde se había ido?' Mercy susurró desde la puerta, sosteniendo a Seth en sus brazos.

'Ni idea. Con suerte, se dio cuenta del error de sus decisiones y nos ha dejado para siempre.

Mercy dejó escapar un suspiro y puso al niño en una silla en la mesa. 'Haré gachas. Los demás niños se están vistiendo. He pensado en lo que dijiste sobre visitar a Polly...'

Un grito se escuchó del piso de arriba.

Victoria y Mercy salieron corriendo de la cocina y subieron las escaleras solo para detenerse al ver a Silas Finch parado completamente desnudo.

Se inclinó y sonrió. 'Buenos días a todos'.

Mercy reunió a los niños con ella y los llevó escaleras abajo.

Victoria apartó los ojos de su desnudez y miró un punto en la pared sobre su hombro. '¡Llamaré a la policía!' Eres un grotesco'.

'Es mi casa y si quiero caminar sin ropa puesta, entonces no podrás hacer nada al respecto'. Se rascó y ella retrocedió.

¿Dónde te escondías? ¿Acaso deseas asustar a los niños pequeños?

'No me estaba escondiendo para nada. Me desperté y salí de la habitación para encontrarme algo de tomar'.

'¿Del dormitorio?' Ella frunció el ceño perpleja.

Señaló a la que estaba detrás de él, *su* habitación. 'Es una cama muy encantadora. Dormí muy bien'.

'Esa es mi habitación'.

'Podemos compartirlo querida, al igual que compartimos esta casa'. Le guiñó un ojo generosamente. ¡Esa cama es ciertamente lo suficientemente grande para ambos!

Ella dio un paso atrás. 'Señor Finch, ¿consideraría venderme su parte de la casa?'

Se frotó los ojos. 'Quizá. Digamos por ... seiscientas libras'.

Sorprendida, Victoria se tambaleó. 'No tengo esa cantidad de dinero'.

Finch se encogió de hombros y regresó a la habitación y cerró la puerta.

Indignada, golpeó sus nudillos con fuerza contra la puerta. '¡Señor Finch! ¡Esa es mi habitación!

Después de un momento, abrió la puerta usando solo su ropa interior. 'Señorita, ahora es mi habitación. Puede acostarse con los demás'.

'¡Esto es inaceptable!'

'No me importa.' Cuando salió a cerrar la puerta nuevamente, ella extendió una mano para detenerla.

'Mr Finch, consideraría comprar mi parte de la casa'

Su ojo se crispó. '¿Comprarte tu parte?'

'Sí. Así la casa puede ser sola suya'.

'Muy bien, te daré diez libras'.

'¡Diez!' Dijo odiándolo. 'Señor, usted sabe que vale más que eso. ¡Me acaba de pedir seiscientos por su parte!

'Quince. Esa es mi oferta final'.

'¡Claro que no!' Ella bajó las escaleras furiosa. En la cocina bebió la taza de té que Mercy le pasó. 'Me ofreció quince libras por mi mitad de la casa, o pagarle *seiscientos* para comprarle su parte'.

Mercy dejó de ayudar a Seth a usar la cuchara para sus gachas en lugar de sus dedos y la miró. '¿Quince? Ese hombre es un sinvergüenza'.

'No tenía nada de ropa puesta'. Jane se levantó desde el extremo de la mesa, con los ojos muy abiertos en su cara elfina. 'Él me asusto'.

'Lo sé, cariño'. Victoria se acarició la cabeza. Su mente daba vueltas con maneras de deshacerse del hombre, pero nada no se le ocurría nada.

'Todos iremos a la corte a ver a Polly', dijo Mercy, limpiando la comida de la barbilla de Emily. 'No me quedaré aquí solo con él'.

Victoria mordisqueó un trozo de pan y mantequilla. 'Si me diera un buen precio, me mudaría a otro lugar'.

'¡Pero esta es una casa decente! Tenemos agua y estamos cerca de todo. La señora Drysdale está cruzando la calle. ¿Por qué deberías venderlo?

'Hay otras casas'. Finch completamente vestido, entró en la habitación y se sirvió una taza de té. Miró a Victoria. 'Te daré sesenta libras. Puedo tener el papeleo escrito hoy para que lo firmes'.

'No es suficiente'.

'Podrás alquilar en algún lugar con esa cantidad de dinero'. Dijo Finch mientras se tomaba un sorbo de té. '¿Incluso tengo algunas propiedades en renta que puedes ver, si lo deseas?'

'Cien libras'. El corazón de Victoria latía con fuerza. 'No tomaré nada menos'.

'Ha hecho una buena oferta señorita Carlton'. Dijo sonriendo. 'Hecho. Iré a ver a mi abogado esta mañana y le pediré que haga el papeleo necesario. Volveré esta tarde'. Se inclinó y salió de la cocina.

No pudo respirar hasta que saliera de la puerta.

'¿Confías en él?'

'No firmaré nada hasta tener el dinero en mis manos'.

'Entonces, ¿qué haremos?'

'Después del juzgado, iré a buscar un alojamiento adecuado. Si el señor Finch posee algunas casas, puede que tengamos que aceptar su oferta y alquilar una.

'Ser propietaria de una casa a tener que alquilar una'. Mercy sacudió la cabeza con tristeza.

Victoria trató de no pensar cómo se habían dado los acontecimientos, ya que una hora más tardes, estaba parada en la sala del tribunal y escuchó el primero de los casos del día. No tenía idea a qué hora presentarían a Polly ante el juez, así que tuvo que sentarse y esperar. Afortunadamente, había convencido a Mercy de que se quedara en casa con los niños, porque tener cuatro niños pequeños sentados en la corte no hubiera sido lo idóneo.

Cerca del mediodía, Polly, sucia y muy delgada, fue retirada de las celdas subterráneas. Fue acusada de robo y, sin nadie que la defendiera, recibió una pena de prisión de dos meses como castigo. Polly había escaneado la sala del tribunal y encontrado a Victoria, simplemente la miró y luego la llevaron de regreso.

Sintiendo miedo por la pobre niña, Victoria cansadamente salió del edificio y salió a la calle. Debió haber vendido algunas joyas para contratar a un abogado para la niña, pero con la muerte de su tío y al abandonar su hogar para vivir en Fossgate, Polly había pasado a segundo plano y se sentía culpable por su falta de consideración.

Caminando por las calles hacia Fossgate, su mente pesaba mucho.

La situación en la casa era grave. ¿Debería vender su parte a Silas Finch? ¿Debería tratar de hablar con su tía? Un destello de ira hacia su padre quien había fallecido hace tiempo estalló. Si no hubiera gastado todo su dinero, habría podido comprar la casa directamente y su tío no habría tenido que ayudarlo. No podía hablar con Laurence, él estaba afligido y la culpaba por ese dolor. Todo era un gran lío.

Mercy lloró cuando Victoria le dijo la sentencia que Polly tenía que cumplir. 'Pero ella apenas es una niña'.

Victoria sirvió dos tazas de té. 'Hizo algo mal Mercy. No hay nada más que decir, pero cuando salga, tendremos que trabajar mucho para cambiar sus formas. Ella no puede seguir violando la ley. Ella necesita educación y disciplina'.

Los niños entraron a la cocina con Seth llorando porque se había caído y golpeado la cabeza, mientras Bobby empujaba a Emily para poder estar más cerca de Victoria.

'No empujes a tu hermana. Ella es más pequeña que tú —le reprendió Victoria. 'Discúlpate o hoy pasarás hambre'.

El chico se disculpó y luego le sonrió a Victoria.

Ella se apartó de él para ocultar su sonrisa. Él era un bribón, pero ella se estaba preocupando mucho por estos cuatro niños y Bobby se estaba convirtiendo rápidamente en su favorita.

La puerta principal se abrió y oyeron voces de hombres.

'Siéntense todos en la mesa'. Victoria agarró apresuradamente la última barra de pan y la cortó en rodajas. 'Mercy dáselo a los niños antes de *que* quiera comer todo'.

Raspó la mermelada restante del frasco y la extendió en cada rebanada de pan que los niños tenían frente a ellos.

Estaba alcanzando el queso cuando la puerta de la cocina se abrió y Silas Finch entró seguido de cuatro hombres.

'¿De qué se trata todo esto?' Victoria se puso de pie, mirando a Finch.

'Mi casa, mis amigos'. Miró la comida sobre la mesa.

Ella se tensó, lista para arrojar el queso sobre la cerca trasera en lugar de dejar que se lo comiera.

Finch se volteó hacia sus amigos. 'Entren en la habitación delantera y póngase cómodos. Iré a compraré algunas botellas de whisky. Sonriéndole a Victoria. 'Tendremos una fiesta. ¿Quiere unirse a nosotros?'

'Hay niños presentes'.

'No es mi problema'.

¿No puede irse a otro lado?

'Me gusta este lugar. Además, 'señalando con el pulgar hacia Mercy,' nos gustaría entretenernos. ¿Qué dices? Le guiñó un ojo a Mercy, que se aferró a Seth.

Victoria sentía furia. 'Claro que no. ¡Cómo te atreves!'

Finch giró sobre sus talones y salió de la habitación riéndose como un loco.

'¿Es nuestro padre?' Preguntó Jane en voz baja.

'¡No, no es!' Mercy espetó. 'Come tu pan'. Miró a Victoria, con una expresión de horror en su rostro. '¿Qué haremos?'

Cerrando los ojos, Victoria sintió que el mundo se desmoronaba a su alrededor. 'Tendré que venderle la mitad de mi casa. Podemos alquilar un lugar decente hasta llegar a una solución.

Un rugido de risa vino de la otra habitación.

Mercy se había vuelto más pálida de lo normal. 'No me siento segura aquí. Si van a estar bebiendo toda la tarde y noche, esta noche estarán borrachos e irán a buscar diversión ... y nosotros ... '

'¡No, no lo harán!' Impulsada por la ira y la injusticia, Victoria entró en la sala y se enfrentó a los hombres que descansaban. 'Señor Finch, ¿puedo hablar con usted?'

'Por supuesto, señorita Carlton'. La siguió hasta el pasillo. 'Qué puedo hacer por usted?'

'¿Ya visitó al abogado?'

'Claro que sí. Los papeles están listos para que lo firme.

'Por el precio acordado', exigió.

'Cien libras'. Sonriendo, sabiendo que la atenía acorralada.

'Esa es una oferta indecente y lo sabes. ¿Eres un caballero o no?'

'No lo soy, especialmente cuando se trata de negocios'. Él se encogió de hombros, sacó un documento y se lo entregó. 'Tómalo o déjalo'.

Ella leyó el documento rápidamente, era bastante simple. Ella estaría firmando su parte de la casa por cien libras. El instinto la hizo querer romperlo y arrojárselo a la cara, pero cuando uno de los hombres en la sala se rio, el sentido común se le vino. 'Muy bien'.

Finch se balanceó sobre sus talones, sin ocultar su deleite. 'Excelente. Y para mostrarle que soy un hombre justo, tengo algunas habitaciones que puedo rentarle por un buen precio. Incluso te daré la primera semana de alquiler gratis. ¿Qué piensa?'

Ella asintió con un profundo suspiro, mientras se les disminuía su preocupación. 'Tengo muy pocas opciones'.

Sacó un fajo de dinero y lo colocó en sus manos. 'Cien libras. ¿Firmamos ahora mientras tenemos testigos?'

Sin responder, ella lo siguió a la sala delantera. Los hombres se quedaron en silencio cuando sacaron de una de sus cajas una pluma y tinta.

En cuestión de minutos, Victoria había firmado su parte de la casa.

Ya en la cocina, se sentía entumecida, con el dinero todavía en sus manos. 'Lo he hecho'

La risa de los hombres llenó la casa y ella se encogió.

'¿A dónde iremos?' Murmuró Mercy.

El señor Finch nos ha ofrecido un lugar para alquilar en St. Saviourgate. Miró a Bobby, que sostenía su falda. 'Iré contigo, ¿no?'

Su corazón se derritió ante su tembloroso labio inferior mientras luchaba contra las lágrimas. 'Por supuesto que sí. Nos iremos todos juntos. Ahora, sube las escaleras con Jane y empaca la ropa que te dio la señora Drysdale. Estaré contigo en un minuto'.

Una vez que Jane y Bobby subieron corriendo las escaleras, Victoria entró en acción. 'Mercy debemos llevarnos todo. Cruzaré al mercado de cerdos y veré si puedo conseguir a alguien que nos ayude con un carrito. Empaca todo rápido'.

'¿Nos iremos en este instante?'

'Sí' Hizo una pausa y miró alrededor de la cocina. 'No dejamos nada atrás, ni siquiera una cuchara'.

Capítulo trece

Las campanas de la iglesia de la ciudad sonaron dos veces cuando Victoria dobló la esquina hacia St Saviourgate. El sol brillaba desde un cielo azul claro. El verano siempre le levantaba el ánimo, aunque esta vez ya no. No tenía tiempo para paseos pacíficos por el campo al sol. Hoy había estado comprando en los mercados comprando comida. Nunca parecían tener suficiente.

Desde que se mudó a las habitaciones alquiladas de Finch hace una semana, no había hecho nada más que limpiar, fregar y lavar hasta que le sangraran las manos. Vivían en dos habitaciones en la planta baja de una casa grande. Alguna vez de moda, la casa de la ciudad habría sido la gran casa de alguien, sin embargo ahora estaba amurallada en numerosos alojamientos para familias que podían pagar los alquileres. Compartía una habitación con Mercy y los niños, y en la otra habitación cocinaban, comían y se sentaban juntos.

'¿Señorita Carlton?'

Victoria se volteó cuando escuchó que la llamaban y se detuvo cuando el doctor Ashton se le unió. 'Doctor Ashton'. Ella inclinó la cabeza ligeramente.

Es una agradable sorpresa verla. De hecho, es lo más sorprendente'. Su sonrisa era cálida y genuina. 'Stella me informó que se había ido de viaje'.

'Estoy segura de que lo hizo', dijo secamente, llevándose una mano al cabello que se le escapaba del sombrero. Su falda negra necesitaba una buena lavada y su corpiño estaba manchado, pero esperaba que él no se hubiera dado cuenta.

Frunció el ceño, la sonrisa se le deslizó. ¿Me dijeron que se perdió el funeral de su tío porque estabas en un país lejano?

¿Cómo le va en su trabajo doctor? Cambiando el tema. No tenía interés en averiguar las mentiras de Stella.

'Er ... me he mantenido muy ocupado. Acabo de regresar de Londres. Presenté una charla en una facultad de medicina allí. Sus ojos azules la veían fijamente.

'¿Cómo lo recibieron?' Ella sabía que él estaba perplejo, pero no estaba de humor para ser civilizada.

'Lo recibieron muy bien'. Su mirada se suavizó. 'Nunca tuve la oportunidad de decirle cuánto lamentaba la muerte de su tío'.

'Gracias'.

'Y también la de su abuela'.

'Mimi no era realmente mi abuela, siendo la madre de Esther, no tenía ninguna relación conmigo, pero me trataba como a una nieta y la quería mucho por eso'. La rigidez de sus modales se disolvió un poco al pensar en Mimi.

¿Ha regresado a York por algún tiempo?

Ella suspiró. 'Nunca he estado fuera. Stella le mintió'.

Sus cejas se alzaron. '¿Me mintió? ¿Por qué haría ella eso?

'Porque ya no soy miembro de su familia'.

'¿Pero por qué? No entiendo. ¿Qué pasó?

'Me culpan por la muerte del tío Harold'. Sin decir otra palabra.

'¿Usted?' Preguntó Ashton. 'Murió de un ataque al corazón'.

'Que yo causé por mezclarme con otras sociedades. Hubo una acalorada discusión, y todos estaban molestos. Poco tiempo después mi tío había muerto'.

Ashton negó con la cabeza, asombrado por lo que había escuchado. 'No creo que haya sido por usted. Su tío probablemente tenía un corazón débil. Su discusión con él no fue una causa directa de su muerte'.

'¿Está seguro?'

Harold comía y bebía demasiado, como lo demuestra su sobrepeso. Le advertí previamente que necesitaba ajustar su dieta, pero no quiso escucharme.

'Me temo que todos creen algo diferente. Stella me ve como una asesina'

'Qué absurdo. Quizá su dolor haya afectado su pensamiento racional'.

'Aún así, siento que Stella quería que me fuera. Y esa fue una excusa perfecta'.

'Me entristece tu alejamiento de los Dobson. Lamento que haya llegado a eso. Pensé que su tía no habría permitido que sucediera eso'.

Victoria hizo malabares con la canasta de un brazo al otro. 'Mi tía piensa más en sus obras de caridad y en lo que la sociedad piensa que en mí', respondió Victoria burlándose.

'Ella podría haber manejado la situación mejor. ¡Pero ella actuó como si estuviera ayudado a mujeres de las esquinas y cenando con mendigos!

'Pensaba que era diferente'. La decepción fue evidente en su tono.

'¡Doctor Ashton!' Un caballero alto con traje y sombrero de copa lo llamó desde el otro lado de la carretera.

Ashton lo saludó con la mano y el caballero esperó a que pasara un carruaje antes de cruzar la carretera y unirse a ellos.

'Mi buen amigo, muy contento de verte'. Estrechó la mano de Ashton y se inclinó ante Victoria. 'Perdone mi intrusión, señorita, simplemente no podía dejar pasar la oportunidad de hablar con el doctor'.

'Bueno entonces los dejo. 'Buen día a ambos'. Mientras Victoria se hizo paso entre Ashton. Ella sintió que él quería saber más, pero el caballero comenzó a hablar con él y ella se alejó rápidamente.

Su cara revelaba que quería decir todo. Quería despotricar y llorar de frustración porque su supuesta familia la había echado de casa y la había dejado valerse por sí misma.

Había mucho que había querido decirle al doctor Ashton. Pero hubo mucho que no contó. ¿De qué le hubiera servido decirle la verdad sobre sus circunstancias?

Le habría dicho a tía Esther y habría despreciado a Stella.

Ella había querido que él la tomara de la mano y le dijera que la ayudaría, pero eso nunca iba a suceder y ella tuvo que dejar de desearlo.

Subiendo las escaleras hasta la puerta principal de la casa, enganchó la canasta sobre su brazo y entró. Había estado buscando las mejores gangas toda la mañana y le dolían los pies.

Las habitaciones que alquilaban estaban a la derecha y ella estaba contenta de que vivieran a pie de calle y no en el sótano húmedo, o en lo alto de los áticos.

Al abrir la puerta, le sonrió a Mercy, que estaba sentada cerca de la ventana que daba a la calle, con Seth sobre sus rodillas. Los otros tres niños se sentaron en el suelo a sus pies. Bobby tenía lágrimas en la cara.

'¿Que pasó?' Miró a Mercy mientras ponía la canasta de comida sobre la mesa. Un hormigueo de miedo recorrió su columna vertebral.

'Estamos acabados', murmuró Mercy.

Ella frunció el ceño, sin comprender. '¿Acabado?'

'Robado'.

'¿Robado?' Nuevamente no entendió. No le pueden robar a los pobres. ¿A qué te refieres? ¿Quién nos robaría?

'Vinieron unos hombres. Tenían cuchillos'.

'¡Le golpeé a uno de ellos!' En eso Bobby habló. '¡Un hombre me tiró!'

Como si le hubieran aspirado el aire de los pulmones, Victoria se dejó caer sobre una silla. 'Estabas en peligro ... ¿amenazada por hombres con cuchillos?'

Con la cara paralizada, Mercy miró por la ventana. 'Dijeron que nos matarían, o al menos nos harían daño. Golpearon a Bobby cuando intentó agarrar una de sus piernas. Siempre ha sido muy valiente'. Dándole una sonrisa a niño.

Sacudida, Victoria miró alrededor de la habitación. Todo parecía igual que cuando ella se había ido. La olla en la estufa hervía a fuego lento con un estofado acuoso que Mercy había preparado ayer. La ropa seca colgaba de una cuerda sobre sus cabezas. Entonces se le vino un pensamiento repugnante. '¡El dinero!'

'Se ha ido'. Mercy no mostró ninguna emoción.

'¿Todo?' Victoria entró corriendo en el dormitorio y levantó el colchón donde había guardado el dinero que Silas Finch le había dado para la casa de Fossgate. Los resortes de metal ya no contenían la retícula de cuentas negras en la que había escondido el dinero. Dejando caer el colchón, buscó en su baúl buscando su estuche de joyería. También ya no estaba.

Dejándose caer sobre la cama, se sintió enferma.

Aturdida, incapaz de pensar, se quedó allí sentada por un largo tiempo hasta que Bobby vino y se sentó a su lado. Deslizó su pequeña mano sobre la de ella y no dijo nada.

Quería llorar, llorar y llorar. Sin embargo, no lo hizo. Lentamente se puso de pie y sosteniendo la mano de Bobby, regresó a la otra habitación.

Mercy se volteó para mirarla. La luz había desaparecido de sus ojos y parecía que había vuelto a Walmgate cuando no quería vivir.

Un golpe en la puerta los hizo saltar a todos.

Con el corazón en la garganta, Victoria recogió el atizador de hierro de la chimenea y luego abrió la puerta una pulgada. '¿Quién es?'

'El señor de la renta señorita'.

Parpadeó confundida. ¿El hombre de la renta? Abrió más la puerta para revelar a un joven vestido con un delgado traje marrón y un bombín. Tenía una cartera colgada al hombro y sostenía un cuaderno y un lápiz. '¿De verdad eres el de la renta?'

'Sí señorita, en nombre del señor Finch. Me dijo que su primera semana viviendo aquí gratis ha terminado. He venido a cobrar la renta. Estaré llamando todos los lunes a partir de ahora'.

'¿C-cuánto es nuevamente?' Se aferró a la puerta porque sus piernas se habían paralizado. No podía recordar lo que había acordado con Finch.

Ocho chelines.

'¿Ocho?' Victoria sintió que la sangre se le escapaba de la cara. En ese momento, pensó que era una suma manejable con la venta de su parte de la casa.

'No lo tenemos ahora', dijo Mercy desde la ventana. 'Tendrás que regresar'.

'Señorita, tengo muchas rentas que cobrar hoy, no puedo seguir regresando cada vez que alguien me lo pide'.

Con la cara pálida y gris, Mercy miró al hombre inmóvil. 'Dije que tendrás que regresar más tarde'.

Suspirando, el hombre sacudió la cabeza. 'Bien, ya que esta es la primera vez, le daré una hora. Cuando regrese quiero el dinero. El señor Finch es un hombre exigente y no se le debe decir lo contrario'.

Victoria le cerró la puerta y se recostó contra ella.

'Ha comenzado nuevamente,' dijo Mercy.

'¿Qué cosa?'

'Todo.' Como un fantasma, Mercy se acercó al fuego, recogió una de las cestas y comenzó a llenarla con la ropa que bajó de la línea de lavado de arriba.

'Mercy, ¿qué estás haciendo?'

'¿No lo entiendes?' Mercy arrojó platos y tazas encima de la ropa. 'Tenemos que irnos'.

'¿Irnos? ¿A dónde?'

'A cualquier lugar donde no tengamos que pagar ocho chelines por semana de alquiler'. Mercy le pasó a los niños cosas para que los pudieran sostener como sartenes y la tetera.

'No tenemos a dónde ir'. Asustada, Victoria quería temblar. '¡Detente, Mercy, por favor!'

'¿Cuánto dinero tienes?' Mercy fue al dormitorio y enrolló las mantas en una sábana.

Victoria la miró. 'No mucho. Compré mucho en el mercado'.

'¿Cuanto tienes?' Mercy arrastró el cofre de Victoria cerca de la puerta.

Al abrir su bolso, Victoria contó el dinero que quedaba de las compras. 'Four shillings y unos cuantos centavos'.

Mercy se balanceó y se aferró a la cama. Sé dónde podemos conseguir una habitación por dos chelines a la semana. Tenemos que irnos antes de que regrese el arrendador'.

'Tal vez pueda ir a hablar con Silas Finch. Puede darnos otra semana de renta gratis.

'¡Finch!' Mercy sacudió la cabeza, la furia en sus ojos era peor que la mirada de los muertos. '¿No lo entiendes? Finch está detrás de todo esto. Él era el único que sabía que teníamos dinero. ¡El dinero *que* nos dio! ¡Esos hombres no fueron a ninguno de nuestros vecinos, solo vinieron con nosotros!

La comprensión hizo temblar a Victoria. Se sintió como una tonta. Mercy era inteligente en la forma en que Victoria nunca lo sería. ¿Por qué todo estaba en contra de ellos? ¿Cuánto más podrían aguantar?

'No tenemos un carruaje', dijo con voz apagada.

Mercy se rio con una carcajada seca y burlona. 'Señorita Victoria, no podemos pagar un carruaje ahora. ¡Tenemos que caminar y cargar las cosas!

Aturdida, Victoria guardó todo lo que pudo en el baúl, aplastando todos sus hermosos vestidos. Lo arrastró fuera de la habitación y hacia la otra habitación. Mercy colocó las cosas en toallas que envolvió, ató y colocó en la espalda de los niños, incluso Seth a los dos años llevaba la tetera consigo.

Echando un último vistazo a su alrededor, Victoria luchó por aceptar cómo su vida había cambiado nuevamente. Dejaron atrás dos camas, una mesa y sillas y el sofá. Miró a Mercy, que estaba inclinada con el peso de los bultos grandes que llevaba.

Ambos tomaron cada lado del baúl y de alguna manera lograron bajarlo por las escaleras delanteras y salir a la calle.

Un joven que pasaba se detuvo y les inclinó la gorra. '¿Necesita ayuda señorita?'

'Sí por favor.' Victoria le sonrió.

'¡Aunque no podemos pagarte! Mercy espetó.

'¿No pueden pagarme?' El niño se quedó callado. '¡Entonces no!' Dijo echándose a reír.

'¿Por qué le dijiste eso, Mercy?'

'¡Porque hubiera estado esperando algo y si no le dimos nada, habría regresado en la noche y tomado lo poco que tenemos!'

Victoria se estremeció. ¿Acaso no quedaba nada de decencia humana?

Resoplando y agitados, caminaron por la calle llevando lo poco que tenían. Seth lloró, no queriendo caminar, y raspó el fondo de la tetera sobre los adoquines, el sonido los enloqueció en poco tiempo.

El sol calentó sobre sus espaldas, y los adoquines sus pies.

'Suficiente'. Dijo Victoria. 'No puedo dar un paso más'.

'Tenemos mucho más por recorrer'. Mercy permaneció inclinada. 'No te detengas'.

Victoria levantó la mano en un carruaje que pasaba, el conductor detuvo su caballo.

'¿Sí señorita?'

¿Sería tan amable de ayudarnos, por favor? Preguntó Victoria esperanzada.

'Sí, señorita, puedo ayudarla si no va muy lejos, ya que tengo que regresar al patio pronto'. Saltó del carruaje y recogió el baúl como si pesara casi nada. Luego, les quitó los paquetes de la espalda y los colocó al lado del baúl. 'Vengan pequeños'.

Uno por uno, cargó a los niños en el carruaje y luego ayudó a Mercy a levantarse. 'Ahora usted, señorita'.

'Gracias'. Victoria se subió al asiento a su lado.

'Entonces, ¿a dónde vamos?' dijo el conductor, levantando el caballo.

'Hungate', dijo Mercy por encima del hombro.

'¿Hungate?' El conductor levantó las cejas, pero no dijo nada más.

Victoria se encogió, sabiendo que Hungate era una de las peores zonas. Muchos de los trabajadores ferroviarios irlandeses y sus familias vivían allí, y el lugar era conocido por ser un lugar ladrones, borrachos y prostitutas.

En poco tiempo, Mercy le dijo al conductor que se detuviera. Bajó y desapareció por un callejón. Seth comenzó a llorar nuevamente y Victoria lo jaló a su regazo para calmarlo.

¿Está seguro de que aquí es donde quiere estar, señorita? preguntó el conductor, con su voz llena de preocupación.

'No, no lo es, pero no tenemos ningún lugar adonde ir'.

'Este lugar no es para usted'. Él asintió con la cabeza hacia los hombres apoyados contra el frente de una casa pública. Niños vestidos de harapos corrían jugando y gritando mientras las mujeres se reunían en las esquinas charlando. 'No debe permanecer mucho tiempo aquí señorita'.

Se salvó de responder cuando Mercy salió del callejón. 'He conseguido un lugar dónde quedarnos'. Ella levantó a los niños del carruaje.

Con el conductor cargando el baúl y el resto llevando todo lo demás, siguieron a Mercy por el estrecho callejón entre dos casas públicas.

El callejón se retorció y giró por un rato, terminando en un patio miserable. Mercy giró a la derecha y bajó un corte aún más apretado que corría junto a la pared de una fábrica.

Pasaron una puerta abierta a un matadero y vieron al carnicero cortando un cerdo. Otros cadáveres de animales yacían sobre las mesas y la sangre corría libremente por el desagüe que corría por el callejón.

Finalmente, Mercy se detuvo en la tercera puerta a lo largo de una hilera de casas adosadas de ladrillo en un callejón sin salida. Un letrero clavado en la primera terraza afirmaba que estaban en Petal Lane. Las casas daban a una pared de ladrillo de la mitad del largo del callejón y al patio de una casa pública en el otro extremo. Mercy asintió al conductor que colocó el baúl sobre los adoquines.

'Buena suerte'. Se inclinó el sombrero y los dejó.

Victoria estaba parada sosteniendo dos cestas grandes y un paquete de sábanas colgado sobre su espalda. Le dolían los brazos, pero dudó en entrar.

Estar entre la suciedad del camino le mostró que estaban en un lugar donde ninguna persona debería vivir, solo Dios sabía lo que había dentro. Un cerdo chilló detrás de ella, haciéndola saltar. El animal era grande, gordo y se removía en la basura que cubría los costados del callejón. Como por una fuerza invisible, las otras seis puertas de la terraza se abrieron al mismo tiempo y siete mujeres salieron para pararse en sus puertas y mirarlas.

Mercy hizo pasar a los niños adentro. 'Ven Victoria'.

Victoria se detuvo en el umbral. La entrada estaba oscura, el olor a humedad fuerte.

Delante había una empinada escalera estrecha y un grupo de niños se sentó en la parte superior mirándolos.

'Estamos aquí'. Mercy abrió una puerta a la izquierda. 'Es el último en esta fila'.

Siguiéndola a la habitación, Victoria sintió náuseas por el olor. '¿Que es ese olor?'

'No importa lo que sea. Tenemos un techo sobre nuestras cabezas'. Mercy arrojó sus paquetes sobre la cama empotrada en la pared. 'Y tenemos una cama'.

Mirando alrededor de la habitación, Victoria no podía creer en lo que estaba parada. Debajo de la ventana había una mesa rayada y manchada con dos sillas. Y en la otra pared estaba la chimenea. Originalmente, las paredes estaban encaladas, aunque la pintura se había amarilleado con el paso del tiempo y los años de humo del fuego, y el moho ahora creaba patrones de vetas negras.

'No podemos quedarnos aquí', susurró Victoria, queriendo sacar a los niños de la cama en la que se habían acostado, porque temía pensar qué encontrarían en esta habitación.

'No tenemos otra opción'. Mercy comenzó a desempacar, sus movimientos lentos y letárgicos. 'Esta es nuestra vida ahora. Es mejor que te acostumbres a ella'.

'No lo haré'.

'Entonces vete. Vuelve con tu familia y pide su perdón'. Mercy rastrilló la pila de cenizas muertas en la parrilla.

'Los niños y yo hemos estado en esta situación antes.

Al menos esta vez no estoy embarazada ni enferma. Puedo hacer frente esta vez'. Su actitud resignada hablaba más fuerte que las palabras que pronunció.

'No te vayas', le rogó Bobby a Victoria, corriendo para agarrar su mano.

Por mucho que anhelara regresar a Blossom Street, sabía que no podía dejar que Mercy y los niños se las arreglaran solos aquí. ¿Y quién iba a decir que tía Esther y Stella le permitirían siquiera entrar a la casa?

Victoria miró a Bobby, que la miró con total confianza. 'Será mejor que hagamos la cama entonces, ¿no?'

'¿Quien eres tu entonces?' una voz retumbó.

Todos se giraron para mirar a la gran mujer parada en la puerta.

Mercy se enderezó al prender el fuego. 'Soy Mercy Felling, esta es Victoria Carlton, y estos son mis hijos. ¿Y usted es?'

'Kathleen O'Shea. Vivo al lado con mi esposo Mick y dos hijos, John y 'Seamus'. La mujer tenía un fuerte acento irlandés y cabello canoso que escapaba del moño en el que lo había atado. Llevaba un vestido verde desteñido y un gran delantal blanco.

'Encantado de conocerla'. Sonrió Victoria.

'¿No hay ningún problema?' Kathleen miró de Victoria a Mercy y viceversa.

'No'.

'Mi Mick les echará la mano cuando la necesiten'.

'Gracias'. Victoria seguía sonriendo sin saber qué más hacer. No podía invitar a Kathleen a entrar, porque dudaba que hubiera espacio para que la mujer grande se sentara y además no habían desempacado cosas para el té.

'Bien, bueno, me iré fuera entonces. Solo quería mostrar mi rostro y presentarme'. Kathleen caminó de regreso afuera y hacia su propia puerta.

Mercy continuó encendiendo el fuego lo suficientemente como para hervir un poco de agua y recalentar el guiso que afortunadamente había sobrevivido a la mudanza

Victoria, ocultando sus sentimientos internos de desesperanza y miedo al futuro, comenzó a hacer la cama con la ayuda de los niños. Ella ignoró el olor a humedad y algún otro hedor que no pudo identificar que impregnaba la habitación, e ignoró la lágrima solitaria que corría por su mejilla.

Capítulo catorce

Victoria batalló para caminar mientras llevaba dos cubetas llenas de agua, pero estaba decidida a no mostrarlo frente a las mujeres que estaban haciendo cola para su turno en la bomba de agua.

Kathleen estaba parada al final de la línea, conversando con Eileen O'Meara. 'Buenos días, Victoria. Es un día espléndido, ¿no?'

'Lo es, Kathleen', respondió ella, sintiéndose caliente y cansada, ya que era medio día.

Y el clima de agosto era fuerte en la ciudad. No había llovido durante muchas semanas y había rumores en los callejones de que los grifos y las bombas pronto solo se encenderían cada dos días si no llovía pronto.

No sabía cómo se las arreglaría si eso llegara a suceder. Estar restringida al agua era algo a lo que no podía acostumbrarse.

Habían estado viviendo en Hungate durante meses y cada día limpiaba la habitación en la que vivían como si fuera el primer día.

Frotar constantemente con jabón carbólico le había roto la piel en las manos y algunos días sangraba. Aún así lo hacía teniendo dolor, sin darse por vencida.

Si le hubieran dicho hace un año que su obsesión principal en la vida era limpiar una choza de una habitación rodeada de los más pobres de la sociedad, se habría reído de asombro. Ahora vivía la realidad.

Todos los días, sin falta, limpiaba la habitación y todo lo que contenía. Bañaron a los niños en el momento en que entraron a la habitación después de jugar afuera.

Se rompió la espalda recorriendo el piso y las paredes de la habitación. El yeso se había desprendido, dejando al descubierto los ladrillos debajo, y ella había vendido su último vestido y había comprado agua de cal y los había pintado, para disgusto de Mercy, porque dijo que el dinero era necesario para la comida y el alquiler y que a nadie le importaban las paredes encaladas.

Sin embargo, a Victoria sí le importaba. El hecho de que tuviera que vivir aquí en un callejón pobre no significaba que hubiera tenido que olvidar sus principios. Hungate era insoportable para ella. Hizo que la casa en Fossgate pareciera una mansión y su antigua casa en Blossom Street un palacio. La única forma en que podía sobrevivir era tratando de mantener los estándares con los que se crio.

Dobló la esquina y entró pesadamente en su callejón, riéndose a carcajadas de Petal Lane.

No se veían flores ni pétalos en ninguno de los callejones, patios y calles de esta área. Cualquier belleza natural de antaño había sido reemplazada por fábricas, mataderos, cientos de viviendas en ruinas, casas públicas, cervecerías y ginebras.

Con los brazos doloridos, entró agradecida en la habitación y depositó la cubeta junto al fuego.

Jane se sentó en la cama jugando con una muñeca de palo que Mick O'Shea había hecho para ella. Sus vecinos, la familia O'Shea, eran buenas personas básicamente, aunque Kathleen era tan curiosa, pero su esposo, Mick, amaba a los niños. A menudo, Victoria lo encontró jugando en el callejón con ellos incluso después de trabajar todo el día en los cobertizos ferroviarios.

'Jane, deberías estar a la luz del sol, no aquí'. Victoria la echó por la puerta.

'Pero las otras chicas no quieren jugar conmigo'. Ella permaneció en la puerta.

'Entonces encuentra algunos amigos diferentes'. Victoria no tenía tiempo para ella en este momento, porque necesitaba cocinar algún tipo de comida para todos, y cocinar era algo con lo que no podía familiarizarse. '¿Dónde está Emily?'

'Jugando con Bobby y los otros niños'.

'Entonces ve a jugar también. Deberías estar vigilando a Emily y Seth. Eres el mayor'.

'No, no lo soy. ¡Polly lo es!'

'¡Polly no está aquí!' Victoria dejó de pensar en Polly. La niña continuamente se metía en problemas en la prisión. Su sentencia se había extendido debido a su comportamiento rebelde. Su última indiscreción fue morder la mano de un guardia de la prisión.

'Los niños grandes me tumbaron'. Dijo Jane.

'Entonces ve a buscarme algo de combustible para el fuego. Cualquier cosa que se queme servirá'.

'¿Tengo que hacerlo?'

'Si quieres algo de comer esta noche, entonces sí, ¡sí!'

Cuando la niña finalmente se fue, un momento de preocupación molestó a Victoria. Bobby tenía a Seth y Emily con él. No los había visto en el callejón. No estaba acostumbrada a ser la única responsable de los niños. Sin embargo, dado que Mercy había logrado adquirir algunas camisetas en la casa pública de The Bay Horse, pronto tuvo que adaptarse a estar sola en la habitación con los niños. Pero entonces, se estaba tornando buena en adaptarse.

¿Quién hubiera pensado alguna vez que podría aprender a cocinar de forma básica con una cantidad limitada de alimentos y combustible, o aprender a lavar la ropa en un balde o hacer un estiramiento de chelín para hacer el trabajo de dos?

¿Cómo había logrado pasar de tener su propia hab-itación lujosa a acostarse con otras cinco personas en un colchón lleno de bultos? En algún momento tenía algo de privacidad y ahora no tenía nada. Antes había comido ricos manjares y ahora solo gachas, pan ran-cio y trozos de carne que flotaban en un estofado acu-oso. Los días de comprar ropa hermosa habían sido reemplazados por zurcir las mismas faldas y blusas y esperar que duraran unos meses más.

Hubo días en que pensó que no podía seguir ade-lante.

Cuando el humo del fuego llenaba la habitación y los niños peleaban y lloraban durante horas, cuando la comida desagradable estaba quemada o cruda, cuando las cuatro paredes se cerraban sobre ella y hacía cualquier cosa por escapar e ir a un lugar limpio y espacioso, y donde podía olvidar todo lo que había visto, oído y probado.

Pero eso no iba a suceder. Para hacerlo, necesitaba dinero algo que ya no tenía.

Estaba secretamente avergonzada de cómo había terminado. Petal Lane era su hogar ahora. Mercy y los niños eran su familia. Todo lo que había sucedido antes era un recuerdo distante. Le dolía pensar en el pasado, en la rapidez con que los Dobson se habían olvidado de ella. Se había tragado su orgullo y había enviado una carta a su tía sin recibir respuesta. ¿Cómo pudieron olvidarse de ella tan fríamente?

'Victoria.' Kathleen estaba parada en la puerta.

'Entren por favor'.

Kathleen arrastró su bulto a la habitación con una sonrisa. 'No debes deshacerte de tus formas elegantes, ¿me oyes? Es agradable escuchar tu voz y 'la manera agradable en que hablas'. Los ojos de Kathleen se suavizaron.

'Intentaré no hacerlo'. Victoria sonrió a la otra mujer, que sabía que tenía un corazón amable. Durante las primeras semanas de vida en Petal Lane, Victoria no había podido salir de la habitación debido a su bajo ánimo. Ella había fingido que no existía nada al otro lado de la puerta. Mercy y Kathleen siguieron adelante.

Recordó la primera vez que Kathleen se había sentado con ella mientras Mercy iba a buscar trabajo.

'Eres como un pez fuera del agua, ¿verdad?'

Victoria asintió con un nudo en la garganta.

'¿Cómo llegaste a caer a este barrio?'

'Es una larga historia'.

'Claro, y' así es, ¿acaso no todo es así?' Kathleen sonrió, envolviendo sus manos en su delantal. 'Necesitas mantenerte ocupada, muchacha. En el momento en que dejas que tu mente divague, habrás acabado. ¿Entiendes? La podredumbre de este lugar te aplastará hasta que no seas nada más que un caparazón de la persona que alguna vez fuiste.

'No veo un camino a seguir. Me siento atrapado aquí'.

'Entonces haz lo mejor que puedas con ello muchacha'. Kathleen levantó sus enormes senos con su antebrazo. 'Tienes cerebro y' puedes leer y escribir '. Utiliza eso'.

'¿Cómo?

'Oh, no sé, eso es lo que debes resolver, así es'. Dijo Kathleen sonriendo abiertamente. 'Pero por lo que sé, lo que Mercy me ha dicho, querías ayudar a los menos afortunados'.

'Sí, eso es verdad'.

'Bueno, mira a tu alrededor, muchacha. Ahora estás en medio de todo'.

'Pero tenía dinero en ese entonces, dinero para ayudar a comprar comida'.

Kathleen resopló. '¿Dinero? Aquí nadie tiene dinero, te acostumbras a ello. Así que usa lo que sí tienes'.

Confundida, Victoria frunció el ceño. '¿Como qué?'

Kathleen se tocó la cabeza. 'Aquí, muchacha, eso es lo que debes usar y es gratis'.

Cuando Kathleen regresó a su propia casa, Victoria se sentó ante el fuego sumida en sus pensamientos. ¿Qué podía hacer? Lo había intentado, realmente lo había hecho, pero el esfuerzo de hacer algo más que sobrevivir la agotó .

Desde entonces, ella y esta gran mujer irlandesa se habían hecho amigas. '¿Quieres una taza de té, Kathleen?'

'Sí, y' ¿cuándo he dicho que no, así que lo he hecho? ' Kathleen se sentó en el taburete junto a la puerta.

'¿Hay algo mal?' ella preguntaba.

'Tengo calor y' hay murmullos de que algunos de los hombres podrían descansar del ferrocarril '.

Victoria hizo una pausa al agregar agua a la tetera. '¿Afectará a Mick y a tus hijos?'

'No lo sabemos. Me da miedo pensar que mis hombres no tengan trabajo'. Kathleen respiró hondo y se abanicó la cara con su delantal. 'Ya hemos pasado por algo similar antes, claro, y así lo hemos hecho, pero no me gustaría volver a hacerlo'.

'Tal vez no llegue a eso'.

El ruido del exterior los hizo ir a la puerta. Un grupo de mujeres discutía con un hombre de traje.

Victoria miró a su alrededor, preguntándose si era el hombre de la renta, pero no iba a esperar otros dos días.

Kathleen se paró frente a la puerta. 'Hettie, ¿qué está pasando?' le gritó a una de las mujeres.

'Él es del consejo. Están cerrando el grifo del agua. Ahora solo lo tendremos un par de horas cada dos días'. Hettie se enfureció.

Otra mujer habló desde más lejos. 'Dicen que no ha llovido lo suficiente y que hay escasez de agua'.

Una mujer delgada, la señora Flannigan del número ocho, se liberó del grupo. 'Quieren que todos muramos de sed y enfermedad, eso es lo que quieren. ¡Mátenos a todos!

'Jesús, María y' José '. Kathleen se persignó.

'No pueden cerrar los grifos, ¿verdad?' Sorprendida, Victoria le preguntó a Kathleen. '¿Cómo viviremos sin suficiente agua?'

'No es la primera vez, muchacha. Claro, y 'no será la última'.

El concejal trató de escapar, pero las mujeres, furiosas y con ganas de desahogarse, lo golpearon. Tropezó, perdió su sombrero, pero logró escapar con una gran cantidad de abusos que lo seguían.

Las mujeres, algunas que vivían en Petal Lane, y otras en los tribunales contiguos, se quejaron juntas. Los niños corrían jugando, desviados de sus juegos por la confrontación. Un niño había recogido el sombrero del hombre y se pavoneaba con él en la cabeza como un buen dandi.

'Esto no puede ser cierto. ¿Se habrá equivocado el hombre?' Victoria no habló con nadie en particular.

Una de las mujeres se volteó hacia ella. 'El consejo puede hacer lo que quiera. No le importamos'.

Hettie asintió con la cabeza. '¡Sí, puedo apostar que ninguno de los ricos en sus hermosas casas tiene escasez de agua!'

Victoria se encogió ante la mención de lo que solía ser. Sin embargo, Hettie tenía razón. Nunca había sabido de una escasez de agua en su vida. No era justo. La ciudad no podía castigar a los que tenían menos que los demás.

'Necesitamos hablar con alguien, dejar en claro que esto no puede tolerarse'.

Su pequeño discurso fue recibido con risas.

'Oh sí, Queenie, ¿y quién nos escuchará a nosotros?' Hettie dijo burlándose.

Victoria se quitó el delantal. 'Sé de algunas personas'. Entró a su baúl. Sacudió una de sus últimas faldas y corpiños negros de seda restantes. Su ropa de luto había sido reemplazada por faldas de color marrón y gris de todos los días, y sus vestidos las vendió por comida y renta.

'¿Qué vas a hacer, muchacha?' Kathleen estaba parada en la puerta, las mujeres se reunieron como gallinas detrás de ella, ansiosas por escuchar.

'Mi tío era regidor. Intentaré hablar con sus amigos'. Victoria se cambió de ropa rápidamente. '¿Cuidarás de los niños por mí hasta que Mercy regrese? Debería estar de regreso en una hora'.

'Sí, muchacha, por supuesto'.

'Gracias'. Victoria se cepilló el pelo e incapaz de peinarlo, lo levantó bajo un sombrero de terciopelo negro, la rosa artificial a un lado estaba aplastada, pero por el momento lo ignoraría.

La animaron cuando salió del callejón. Su determinación tuvo un propósito y enderezó su espalda. Tenía un largo camino por la ciudad desde Hungate, y pronto sus pasos se desaceleraron a medida perdía energía. No había comido adecuadamente en meses porque las comidas que comían eran pequeñas y poco apetitosas.

Cuando llegó a Coney Street, le dolían los pies por las botas que necesitaban nuevas suelas y su entusiasmo había disminuido mientras aumentaban los dolores de hambre en el estómago.

El sol brillaba sobre ella y vestirse de negro no ayudaba. El sudor goteó en su labio superior.

De pronto, tenía la casa frente a ella, al costado del gran edificio de piedra.

Varios caballeros y otros hombres de negocios hablaban frente al Guildhall, que se encontraba a orillas del río Ouse. Las gaviotas lloraban sobre sus cabezas y el olor del río flotaba en la cálida brisa.

'¿Señorita Carlton?'

Se giró al oír su nombre y sonrió al hombre que caminaba hacia ella. David Norbutt era un viejo amigo de la familia y uno de los compañeros concejales de su tío. 'Señor Norbutt, estoy muy contento de verlo. ¿Ha habido una reunión?'

'Oh, nada que le interese, querida. ¿Cómo está? Toda la ciudad cree que te has ido lejos. ¿Hace cuánto tiempo que regresaste?'

'Nunca me fui, señor Norbutt. Mi familia me rechazó porque quería ayudar a los pobres de esta ciudad'. Ella soltó la verdad y no sabía por qué.

'Querida, esa es una sorpresa'. Sus cejas grises casi se dispararon hasta la línea del cabello. 'Tu tía es una buena mujer. No puedo creer que haya ocurrido tal cosa'.

'Créeme, es verdad'.

Asintiendo la cabeza con tristeza. 'Desafortunadamente las rupturas familiares es parte de la vida'.

Ella no quería hablar de su supuesta familia. 'Señor Norbutt, he venido a hablar con alguien sobre la situación del agua en Hungate'.

Sus cejas se levantaron nuevamente. '¿Hungate?' ¿A qué te refieres querida?'

'Un hombre del consejo nos dijo esta mañana que los grifos de agua y las bombas se cerrarán cada dos días para el área de Hungate. Esto es inaceptable para todas las personas que viven allí. ¡Nos vemos restringidos por la situación en que estamos!'

'¿Nosotros?'

'Si nosotros. Ahora vivo ahí'. Ya no le importaba que su nombre fuera el tema de los salones ahora.

'La restricción de agua se debe a la falta de lluvia que hemos tenido. Este verano ha sido inusualmente seco. Estoy seguro de que no hay nada de qué preocuparse'.

'¿Acaso están apagadas todas las bombas y grifos en la ciudad cada dos días?'

'Bueno, no, eso no sería aceptable'.

'¿Pero si en los distritos más pobres?'

'La ciudad aún necesita funcionar, querida. Déjalo a las autoridades. Ellos se encargarán de ello'.

Molesta por su falta de consideración, su voz se hizo más fuerte. 'Por favor, no me ignore, señor Norbutt. Lo respeto, ya que mi tío pensaba muy bien de usted, pero hay que hacer algo con respecto al agua.

Un pequeño grupo de hombres discretamente se paró lo suficientemente cerca como para escucharla.

Un tipo de aspecto brillante sacó un lápiz y una libreta de su cartera. 'Señorita, soy Roland Small, un reportero de *Yorkshire Gazette*. ¿Puedo ayudarla en algo?'

El señor Norbutt se erizó. 'No, vete Small. La señorita Carlton no necesita que alguien como tú se involucre.

Ella se dirigió al periodista. 'Señor Small, necesito crear conciencia sobre la difícil situación del área de Hungate y la falta de agua para los residentes'.

'¡Los barrios bajos no necesitan agua porque ni siquiera se bañan!', se escucho el grito de un hombre a varios metros de distancia que hizo enojar a Victoria.

'Eso es una mentira'. Victoria se enfrentó a los hombres. 'Yo vivo en Hungate. ¿Acaso tengo el aspecto de que no me baño?' Sin embargo, ella espera que él no se acercara demasiado, ya que lo único que tenía era una esponja para lavarse por varias semanas.

Un murmullo de voces llenó el aire.

'La gente llega a caer en situaciones difíciles', continuó. '¿Se nos debe castigar por eso? ¿Por qué algunas personas de esta ciudad deberían tener todo, mientras que otros con poco? ¿Dónde está nuestro orgullo cívico al permitir que nuestros vecinos estén sin los elementos básicos de la vida, como el agua?

'¡Aquí, aquí!' El señor Small aplaudió, luego escribió vigorosamente en su cuaderno. 'Mi jefe, el señor Foster, propietario de la *Gaceta*, estará muy interesado en esto'.

Victoria miró a cada uno de los hombres. '¿Puede alguno de ustedes ayudarme?'

De repente, sus ojos estaban aturdidos puesto que nadie se acercó a ayudarla.

'¿Están todos dispuestos a pararse allí y dejar que sus conciudadanos sufran?' exigió.

El señor Norbutt sacó un pañuelo y se limpió el sudor de la frente. 'Señorita Carlton, si no hay agua, entonces no hay nada que nadie pueda hacer al respecto. No podemos hacer que llueva'.

'No, no puede ni ideará un plan para aliviar las cargas de los más pobres de esta ciudad'. Dándole a todos una mirada mordaz. '¡Regresen a sus casas cómodamente y recuerden que no todos en esta ciudad tienen el mismo lujo!'

Se apartó de ellos, subió por el camino y salió a la calle. Los compradores se apresuraron a su alrededor, ansiosos por seguir su camino. En eso pasó un carruaje. Su cabeza destacaba entre la multitud. Necesitaba sentarse. El hotel York estaba en la esquina, pero no tenía dinero para comprar una bebida, pero tal vez le ofrecerían un vaso de agua.

Entró en el hotel, con el aire fresco.

El portero se inclinó ante ella, aunque frunció el ceño y la miró de arriba abajo. 'Una mesa, señorita, ¿o espera a alguien?'

Miró a las personas deambulando, los manteles blancos y limpios, el brillo de la cristalería, el susurro de las conversaciones. De repente se sintió sucia y fuera de lugar.

'¿Señorita?' El portero le dirigió una mirada inquisitiva.

'Lo siento ...' Se dio la vuelta y salió, sintiéndose tonta y molesta porque ya no pertenecía a ese mundo de riqueza y privilegios.

Sedienta y cansada, se dirigió hacia Hungate, sin importarle cuando se topara con personas o cuando llegaba a tropezarse.

¿Por qué había creído que podía hacer la diferencia? ¿Quién era ella para llamar la atención de un caballero? ¿Por qué alguno de esos hombres haría algo por ella? Ella ya no era nadie.

'¿Señorita Carlton?'

Ella ignoró a la persona que se dirigía a ella, porque no tenía la energía para pararse y hablar.

'¿Señorita Carlton?'

Su brazo fue tomado y se detuvo y miró a los ojos azules del doctor Ashton.

La llevó a la sombra del toldo de una tienda. 'No se ve bien. Por favor, déjame acompañarla a casa'.

Ella se rio de eso. 'No necesito que me escolte como si fuera una joven tonta sin cerebro'.

'No pensaría en eso sino que parece lista para desmayarse. He estado muy preocupado por usted. No la hemos visto en mucho tiempo'.

'¿ *Nosotros*?'

'Su familia, la sociedad'.

'¿Mi familia?' Se rio burlonamente. 'No le importo a mi familia. Siguen engañándolo doctor'. Mareada, colocó su mano contra la pared y respiró hondo para aclararse la cabeza.

'Señorita Carlton, por favor, déjeme llevarla a casa'.

'Puedo arreglármelas sola'. Mientras continúo caminando.

'Iré a encontrar un carruaje. ¿Dónde se está quedando?'

Ella lo miró fijamente. 'Le horrorizaría saber dónde'.

La preocupación cruzó su rostro. 'No puedo dejarla sola en este estado. Iré con usted'.

'¡No!' Levantó la mano, consciente que la gente los miraba mientras pasaban. 'Déjeme en paz, doctor. No lo necesito. Solo necesito encontrar con quién hablar sobre el agua'.

'¿Agua?'

'Están cerrando los grifos'.

'No entiendo'.

Victoria miró con cansancio su traje perfecto y cortó cuidadosamente el cabello debajo de su sombrero, su limpia cara afeitada y el rígido cuello blanco. 'No, nunca lo entendería. Aunque crea que sí'.

Ashton llamó a un carruaje para detenerse y abrió la puerta.

Audazmente, la tomó en sus brazos y la acomodó en el asiento. 'Si no me dice dónde vive, entonces vendrá a casa conmigo hasta que me sienta seguro de que no se desmayará'.

Capítulo quince

Joseph la sostuvo en un brazo, mientras buscaba las llaves de la casa en su bolsillo.

'Estoy bien doctor'.

'Déjame ser el juez sobre eso'. Finalmente, abrió la puerta y la condujo adentro. 'Mi ama de llaves no está hoy, pero sé cómo hacer una taza de té y un sándwich'. Su estómago retumbó cuando él habló y Joseph fingió que no lo oyó.

En lugar de colocarla en una silla en la habitación del frente, la guio por el corto pasillo hasta la cocina, la cual era una habitación abierta mucho más alegre. Su ama de llaves había colocado flores en varios jarrones alrededor de la cocina y en el aparador una barra de pan que olía delicioso.

'Siéntase en la mesa y haré un poco de té'. Él la bajó como si fuera tan frágil como el cristal. Le alarmó lo delgada que era.

Su ropa estaba en mal estado y mohosa, como si estuviera guardada en algún lugar húmedo. ¿Será que estaba viviendo junto al río?

No había hecho nada más que preocuparse por ella desde que desapareció. Le sirvió un vaso con agua.

'Gracias'. Se sentó rígidamente a la mesa, su mirada observando el contenido de la habitación mientras bebía.

Rápidamente agregó madera a la estufa y colocó la tetera encima. De la despensa sacó una tabla de mármol que contenía queso y jamón. Acompañado de pan sobre la mesa y un poco de mantequilla. Mientras cortaba el pan en rebanadas, la miró por el rabillo del ojo. Ella mirando la comida como si nunca antes hubiera visto semejante regalo. Su preocupación creció.

'Cuéntame sobre este problema de agua que tiene', alentó mientras sacaba las hojas de té en la tetera. Él necesitaba que ella hablara. Extrañaba su voz.

'El consejo esta cerrando el agua cada dos días. Y esto no puede seguir sucediendo. Deseo hablar con alguien que pueda cambiar esa decisión. Fui al Ayuntamiento con la esperanza de ver a alguien que me escuchara.

'¿Y nadie lo hizo?' Quería arrodillarse ante ella y tomarla en sus brazos y aliviar su sufrimiento. Su corazón estaba por romperse al tenerla finalmente en su casa. Este era el lugar donde él quería que estuviera, no allí donde no podía encontrarla o protegerla.

'No. A esos hombres no les importó. Solo un periodista de la *Gaceta* quería escuchar lo que tenía que decir.

'Escribir cartas. Muchas cartas. ¿Debe conocer a innumerables personas conocidas de tu tío que están en puestos de autoridad? Escríbales'.

'Sí conozco gente, sí'. Pareció alegrarse un poco ante la idea. '¿Pero me escuchará o me cerraran las puertas cuando escuchen de mí?'

Se aclaró la garganta. Había escuchado los rumores, los susurros, y no podía dejarlos a un lado por más que intentara. 'Escriba cartas a los periódicos, no solo en York, sino más allá. Avergüence a los concejales para que tomen actúen'. ¿Acaso podía ella darse cuenta que estaba luchando por controlar sus emociones?

'Esa es una idea maravillosa, muchas gracias'. Dijo cansada.

Sonriendo, sintiendo que realmente había hecho algo que la complació, Joseph aplastó el té y agregó leche a sus tazas de té. Puso los sándwiches en un plato y empujó el plato hacia ella.

Cuando ella dudó en tomar un emparedado, él se ocupó de servirse para evitarle cualquier vergüenza. Ella comió rápidamente, hambrienta. Joseph la miró en silencio. Había algo muy mal sucediendo. La mujer gentil que había conocido hacía solo unos meses se había ido, reemplazada por alguien que parecía atormentada y desesperada. Tenía que ayudarla.

'¿Su casa no está muy lejos entonces' preguntó suavemente.

Ella lo miró como un conejo asustado. 'Realmente debo irme'.

Levantó la mano para evitar que ella se levantara. 'Nadie en Walmgate o Fossgate ha visto nada de los Fellings, ni a usted. Fui a su casa en Fossgate y descubrí que estaba llena de hombres y mujeres, o eso me dijo la señora Drysdale.

Dijo que todos se habían ido a toda prisa y que no los había visto desde entonces. Estaba preocupada, tanto como yo lo he estado.'

'Pobre señora Drysdale. Debería ir a visitarla. Ella fue muy amable con nosotros'.

'¿Están los Feelings con usted? ¿Ya recuperó la señora Felling su salud? ¿Dónde ha estado viviendo?' Tenía la cabeza llena de preguntas.

'Mercy está bien'. Dijo empujando el plato vacío a un lado.

'Miss Carlton, por favor dígame dónde vive. Me gustaría estar al tanto de usted'. Estaba desesperado por que fuera más para ella que un simple médico amigable.

'¿Cuidar de mí?' dijo en un tono burlesco. 'Ya no estoy en ninguna sociedad decente para recibir visitar doctor'. Dijo poniéndose de pie. 'Muchas gracias por su hospitalidad, pero debo irme'.

Sus esperanzas se habían esfumado, extendió una mano para evitar que se fuera. '¿Por qué no me dice lo que está pasando en su vida?'

Sin poder verlo a los ojos. 'Porque se lo dirá a Stella y no podría soportarlo'.

'Le prometo que no haré eso. Por favor, siéntase. Hablemos —oyó la súplica en su voz, no es que le importara. Le había rogado, suplicado para estar con ella por más tiempo.

'No puedo. Necesito hablar con alguien sobre el problema del agua'. El color había vuelto a sus mejillas.

'Nada de lo que pueda decirle hoy al consejo cambiará de opinión.

Se ha tomado una decisión. Escribir cartas para dar a conocer el problema públicamente es la mejor solución'. Él no tenía idea si lo que decía era cierto.

'Escribiré cartas entonces'.

'Permítame caminar con usted a la ciudad, si se siente lo suficientemente bien, o encontraré un carruaje para llevarla a casa'.

'Prefiero ir sola, gracias'. Ella se alejó un paso de él.

'Señorita Carlton—'

'¡Doctor Ashton!' Ella se movió hacia la puerta. 'Aprecio su amabilidad, pero por favor, déjenme en paz'.

'No creo que pueda'. Luchó contra el impulso de acunar su mejilla en su mano, tirarse contra ella y nunca dejarla ir. 'La admiro mucho, señorita Carlton. Quiero ayudarla'.

Ella sacudió la cabeza con tristeza. 'Usted no me puede ayudarme'.

'Me subestima'. Dándole una pequeña sonrisa. 'Hablaré con su familia. Su tía y sus primos, de quienes estoy seguro, querrán saber cómo esta.

'No les mencione mi nombre. Me han dejado muy claro su punto de vista sobre lo que sienten por mí..'

'Entonces dígame qué puedo hacer'.

'Habla en mi nombre con todos los que vea, los regidores, el alcalde, cualquiera. Usted ahora trata con ellos. Ya no tengo acceso a las casas de los hombres influyentes. Pero usted sí. Por favor, doctor Ashton, sea el portavoz de los pobres.

Su simple, pero ardiente solicitud casi lo deshizo. 'Ya lo soy, lo sabe. Hago todo lo que puedo. En cada hospital que visito tomo notas sobre cómo mejorar la situación. Asisto a las reuniones de la ciudad y hablo sobre mis hallazgos, pero soy un hombre, señorita Carlton. Y se requiere más allá de eso'.

Bajó los ojos y suspiró.

Su corazón se contrajo ante la triste vista. '¿Qué puedo hacer para ayudarla? Nadie más, solo usted'.

'No hay nada que pueda hacer'. Ella levantó la barbilla y lo miró a los ojos. 'Muchas gracias. Adiós, doctor'.

Cuando ella se despidió, le llegó el impulso de seguirla. De verlo, cualquier confianza que ella sintiera hacia él se desvanecería.

Empacó el resto de la comida, su mente giraba con lo que acababa de enterarse. Aunque no le haya dicho mucho, fue entrenado para observar.

Su ropa y su cabello claramente no estaban tan ordenados como él esperaba verla. Estaba muy delgada, y comía como si la comida no fuera algo que comía regularmente, o de manera abundante. Ella mencionó la escasez de agua.

El apagar los grifos y las bombas ocurría frecuentemente en las áreas más pobres. De alguna manera había perdido su casa y se había ido a toda prisa, algo por lo que la señora Drysdale había estado ansiosa. Sin el apoyo de su tío, estaría luchando financieramente, no tendría dinero ni apoyo ...

¡La señorita Carlton estaba viviendo en los barrios bajos!

Joseph agarró su sombrero y las llaves y salió de la casa. York estaba llena de barrios bajos y pobres. Buscaría en todos y cada uno hasta encontrarla.

~ ~ ~ ~

Victoria caminó por Fossgate. Debería haber regresado a Petal Lane después de salir de la casa del médico, pero no pudo soportar las miradas inquisitivas y las preguntas a las que no tenía respuestas. Los vecinos la habían despedido con alegría y ella estaba segura de que haría la diferencia. Había fallado.

Deteniéndose ante la tienda de la señora Drysdale, miró al otro lado de la calle, la casa que había tenido durante tan poco tiempo. Mirándolo ahora, casi se echó a reír. Después de Blossom Street se había avergonzado de esa casa, pero en comparación con Petal Lane, era un paraíso.

La puerta de la tienda se abrió y dos mujeres salieron. Una le sostuvo la puerta y Victoria asintió agradeciéndole.

En el interior, vio a la señora Drysdale enrollando un rollo de lino blanco, mientras conversaba con otra mujer.

Victoria paseó por los estantes, deleitándose ante la vista de rollos de materiales en bonitos colores. Las mesas en el medio de la tienda mostraban selecciones de delicados cuellos de encaje, pañuelos y guantes. No se atrevió a tocar ninguno, ya que al usar sus propios guantes negros y las costuras podían deshacerse.

'¡Señorita Carlton!' La señora Drysdale sonrió mientras caminaba hacia el mostrador mientras el otro comprador salía de la tienda. 'Estoy tan contenta de verla'.

'Perdóname por no venir a verla antes, especialmente después de toda la ayuda que nos ha dado. Fue muy grosero de mi parte'.

La señora Drysdale puso su mano sobre el brazo de Victoria. 'No hay nada que perdonar. Pero he estado muy preocupada'. Miró por el escaparate. 'Y ese montón de allí, es mejor no decir mucho sobre ellos'.

'¿Es tan mala la situación?' Ella sabía que su antigua casa era el tema de su comentario.

'Horrendo.' Ella suspiró y guardó una caja de guantes. 'Toda la noche entreteniéndose con mujeres y bebiendo. Bueno, ya no hablemos de ellos. No son importantes. ¿Y qué has de ti? ¿Dónde están viviendo ahora? Pero he estado muy preocupada.

'Petal Lane, Hungate'.

'¿Hungate?' Los ojos de la señora Drysdale quedaron en asombro. 'Oh, señorita Carlton'.

'Sí, es trágico'.

La señora Drysdale se dirigió hacia la puerta y giró el cartel para cerrar la puerta. 'Ven aquí. Tomaremos una taza de té'.

Victoria la siguió alegremente. Recibió con alegría una taza de té adecuada y no de mala calidad sin azúcar y sin leche que ahora bebía con Mercy. Había disfrutado cada bocado del sándwich del doctor Ashton y deseó haber podido comer más, pero hubiera sido grosero de su parte pedirle más. Se sentía culpable de que Mercy y los niños no hubieran comido nada.

En el cuarto de atrás, la pulcritud ordenada de la tienda fue reemplazada por caos. El escritorio tenía cientos de papeles en grandes pilas que parecían estar a punto de caerse al suelo. No es que hubiera espacio para que el espacio del piso estuviera cubierto con pernos de material, y cajas.

'Perdone el desorden. No he podido ponerme al tanto'. La señora Drysdale hizo un gesto hacia el desorden.

'Algún día'. Tomó un montón de periódicos de una silla de madera e invitó a Victoria a sentarse.

La Sra. Drysdale se dispuso a preparar el té en una pequeña alcoba lateral que sostenía una pequeña estufa. Le entregó a Victoria una lata de galletas. Los hice anoche. Al cerrar la tienda me gusta mantenerme ocupada, ya que puede estar muy tranquila en la noche estando sola'.

'Se ven deliciosas. Gracias'.

'Llévalos a casa para los pequeños. ¿Están todos bien?

Victoria asintió y mordió una galleta de avena espolvoreada con azúcar. Se le hizo la boca agua. 'Sí. Creo que los niños se han adaptado mejor que Mercy y yo'.

'¿Cómo está la señora Felling?'

'Ella está mucho mejor. Casi recuperada de la salud teniendo en cuenta lo poco que tenemos para comer. Pero se las ha arreglado para conseguir trabajo como camarera'.

'Bueno. Hay cosas peores que podría estar haciendo'. La señora Drysdale colocó las tazas de té y los platillos.

'Al otro lado de la carretera hay un paraíso para las prostitutas. Estoy segura que Silas Finch ha convertido su antigua casa en un burdel.

Victoria se estremeció al escuchar su nombre. 'Salimos de sus habitación sin pagarle la renta'.

La señora Drysdale se echó a reír. '¡Bien por ustedes!'

'Finch había dicho que podíamos vivir allí durante una semana sin pagar alquiler, como un gesto de buena voluntad por el bajo precio que recibió por mi parte de la casa. Después de esa semana, apenas unas horas antes de que llegara el arrendador, nos robaron todo lo valioso, el dinero que Finch me dio para la casa y mis joyas.

Frunciendo el ceño, la señora Drysdale sirvió el té. '¿Les robaron?'

'Sí. No teníamos nada Mercy nos hizo empacar todo y huir antes de que el hombre de alquiler regresara.

'¿Le robaron a los demás inquilinos?'

'No. Mercy cree que fue Finch quien lo arregló porque solo él sabía que teníamos esa cantidad de dinero con nosotros. Fui tonta y debí haber depositado el dinero de inmediato. Hasta el día de hoy no entiendo por qué lo guardé conmigo'.

'Mercy quizá tenga razón de que fue Finch. Él tiene una mente criminal. Un vive y aprende señorita Carlton'.

Victoria vio un bolígrafo y hojas de papel crema. 'Señora Drysdale—'

'Por favor llámame Harriet'.

'Gracias y yo soy Victoria'. Volvió a mirar el papel. 'No estoy acostumbrada a mendigar, y odio hacerlo ahora que nos ayudaste tan generosamente antes ...'

'¿Que necesitas?' Harriet sonrió amablemente.

'Papel, bolígrafo y sobres'.

'¡Por supuesto! Tengo mucho como puede ver'. Harriet reunió lo suficiente como para que Victoria escribiera una docena de cartas. '¿Le escribirá a su familia?'

'No. Ya lo hice y me ignoraron. Esta vez escribiré cartas sobre la escasez de agua en Hungate. El doctor Ashton me sugirió que escribiera muchas cartas, y es una buena idea, pero no podía decirle que no tenía dinero para papel y tinta, ni para sobres y sellos.

'No, eso hubiera sido vergonzoso. ¿Así que cerrarán las bombas?'

'Sí'

'No es la primera vez, ni será la última. En cuanto hay sequía, los que sufren son los pobres'.

'Necesito escribirle a la *Gaceta* y a algunos de los concejales que mi tío conocía'.

'¿Quiere que escriba una carta para quejarme también?' Harriet sonaba determinada de hacerlo. 'Seguramente, cuantas más personas expresen sus objeciones, ¿más posibilidades tendrán de escuchar aquellos con autoridad?'

'Se lo agradecería mucho. Como propietaria de un negocio, seguramente le harán caso'. Ella sorbió su té, disfrutando del excelente sabor.

'Bueno, podemos intentarlo, Victoria. En la noche puedo escribir durante horas sin que nadie me moleste'.

'Muchas gracias Harriet'. Las lágrimas brotaron de sus ojos.

La anciana le dedicó una sonrisa triste. 'Parece que ha terminado'.

'Estoy bien'.

Harriet alzó las cejas. '¿Segura?'

Mientras asentía con su cabeza. 'No, todo es insoportable Harriet. Intento manejarlo cada día lo mejor que puedo, pero todo es tan horrible. No puedo acostumbrarme a ello. Me acuesto en la cama por la noche, me acurruco con Mercy y los niños y escucho los sonidos de las personas que me rodean. Hay mucho *ruido*

Hombres borrachos gritando y maldiciendo, mujeres gritando a esposos y niños, bebés llorando. Se escuchan golpes y choques, perros ladrando, peleas de gatos, las fábricas, los animales siendo sacrificados ... A veces creo que me volveré loca'.

Harriet volvió a llenar su taza de té. 'Creo que deberías estar orgulloso de ti misma, Victoria. Nunca has conocido esa forma de vida y te han empujado al centro de la misma. Es natural que te sientas así'.

Quería llorar, algo que no había hecho en meses, pero llorar no la ayudaría.

Alguien tocó la puerta de la tienda.

Harriet suspiró y estiró el cuello para mirar hacia el frente de la puerta. '¿No pueden leer el letrero? Oh, es la señora Gardener. Será mejor que la deje entrar, ella querrá su orden'. Se fue para ir a ver a su cliente.

Victoria volvió a cerrar la lata después de haber comido su tercer bizcocho. Había comido mejor hoy que en meses. Ella probó nuevamente el sándwich de jamón y queso que Ashton le había preparado. La cremosidad del queso y el ligero sabor salado del jamón. Había sido un manjar, al igual que estas galletas.

Se permitió un momento para pensar en el encantador doctor.

Sus ojos azules le habían sonreído, sus manos gentiles mientras la sostenía. Realmente parecía importarle. Y después pensó en Stella y su tía y Laurence. El doctor aún estaba en su sociedad. ¿Les diría que la había visto? ¿Les habrá contado sobre el estado en que la encontró? Estarían horrorizados. Sin duda, Stella tendría algún comentario cortante sobre cómo Victoria merecía terminar de esta manera y que simplemente era como su padre, un bueno para nada. ¿Acaso lo era? ¿Estaba destinada para siempre por su toma de decisiones que cambiaron su vida?

Capítulo dieciséis

Victoria abrió los ojos y saltó alarmada ante la sombría figura junto a la cama. Se apartó el sueño de los ojos y se concentró, respirando aliviada cuando reconoció a Polly.

'Los encontré' dijo la niña.

'¡Me asustaste!' Victoria susurró con dureza. Se deslizó fuera de la cama, dejando que los demás durmieran. 'No sabíamos que te habían liberado'. Envolvió su chal alrededor de sus hombros.

'Me ha tomado varios días encontrarlos'. Polly no se había movido, pero miraba a Victoria con una mirada de acero.

'Enviamos una carta a la prisión hace meses, informándoles de esta dirección'. Victoria se inclinó para volver a encender el fuego. Había dudado seriamente de que esa carta hubiera llegado a alguien necesitado. A los guardias de la prisión no les importaría un comino una chica de barrio pobre como Polly.

'No te creo'.

Enderezándose, levantó la tetera y la movió para ver cuánta agua había en ella. 'No soy un mentirosa'. Miró a la chica que había crecido con el tiempo mientras estaba lejos. Su largo y desordenado cabello le había cortado hasta los hombros y el vestido gris que llevaba terminaba a media pantorrilla y estaba relativamente limpio. Por una vez, la niña parecía medio decente y extrañamente mayor. '¿Dónde te has estado quedando?'

'Por ahí'. Polly miró a su madre y sus hermanos dormidos. '¿Ello están bien?'

'Sí. Tu madre trabaja como camarera y ...'

'Lo sé. Lo sé. Fue así como la encontré. Estuve preguntando por ahí'.

Observó a Polly mirar la hogaza de pan. 'Corta algunas piezas. Los demás se despertarán pronto'.

Haciendo lo que le ordenaba, Polly comenzó a cortar rodajas finas. 'No me quedaré aquí'.

'¿No? Entonces dónde piensas irte'. Ella colocó la sartén sobre el fuego y añadió grasa. Había aprendido a freír pan de Kathleen.

Polly se encogió de hombros. 'En cualquier lugar menos aquí'. Londres quizá'.

'Es un camino largo. Necesitarás dinero'. El calor del fuego se sumó al calor del clima a pesar de que era temprano en la mañana.

'Conseguiré algo de dinero'.

'¿Robando nuevamente? Acabarás de regreso en la prisión, ¿es eso lo que quieres? ¿Y qué hay de tu madre, hermanos? susurró, perdiendo la paciencia. La niña necesitaba calmarse y dejar de ser una preocupación para Mercy.

'No me necesitan'.

'Creo que piensan de otra manera, especialmente tu madre'. Colocó las rodajas en el aceite caliente y el sonido chisporroteante despertó a Mercy.

'¡Polly!' Saltó de la cama y abrazó a su hija, despertando al resto de los niños.

Los gruñidos de los niños somnolientos pronto se calmaron cuando Victoria les dio pan frito.

'Has crecido, mi niña'. Mercy volvió a abrazar a Polly y, por un momento, la niña se lo permitió antes de que se retorciera de su abrazo.

Mercy aplastó el té. 'Te portarás bien de ahora en adelante. Ya no más problemas con la policía. Estoy trabajando y tú irás a la escuela. Somos una familia decente y la escuela ayudará a tu futuro'.

'Ma, debo acostarme'. Dijo Polly repentinamente mientras preparaba la cama.

'Sí, debes estar cansada de no tener un lugar cómodo para dormir. Sube'. Mercy se preocupaba por ella, empujando a los demás niños fuera del camino.

'Se ve un poco sonrojada', dijo Victoria, girando el último pan en la sartén. Se sintió mal por tener un mal genio con la niña.

'Un poco de sueño le hará bien'. Mercy apartó el cabello de la cara de la niña. 'Aunque ella tiene calor. No sería sorpresa que tenga un poco de resfriado, considerando dónde ha estado.

Después del desayuno, Mercy se fue a trabajar y el día soleado hizo señas a los niños para que jugaran. Victoria se paró en la puerta, golpeando la alfombra de trapo contra la pared para quitarle el polvo.

'Estoy haciendo otro'. Kathleen salió y señaló hacia la alfombra. 'Creo que he guardado suficientes trapos'.

'¿Me mostrará cómo hacer uno también, por favor?'
'Sí, claro que puedo. ¿Tienes algunos trapos?'
Dijo riendo. '¡No!'

Kathleen se rio entre dientes. '¿Qué haré con esto?'

Victoria se limpió el sudor de la cara. El día era caluroso sin un soplo de aire. 'Le preguntaré a Harriet la próxima vez que la vea. Harriet seguramente tendrá recortes de material en su tienda.

'¿Es esa la mujer que regresó contigo anoche?' Kathleen sacó una silla y se sentó contra la pared a la sombra.

'Sí' Victoria sonrió, no se la pasaba nada a Kathleen, a pesar de que era tarde cuando Harriet había caminado a casa con ella.

'Nunca la he visto antes,'
'Es propietaria de una tienda de artículos de mercería en Fossgate'.

'Sí, lo he visto, aunque no he estado ahí'.

'Harriet Drysdale es una buena mujer. Juntas escribimos muchas cartas, y ella las publicó todas'. Victoria todavía sentía el aguijón de la humillación al darse cuenta de que todas las cartas que escribían necesitaban sello, dinero que no tenían. Harriet, lo habría hecho sin problemas.

'¡Cartas! ¿Como si hicieran algo bueno? Es un desperdicio de papel y 'tinta'. Kathleen abanicó su rostro con su delantal.

Apoyada contra el marco de la puerta, Victoria trató de mantenerse positiva. 'Valdrá la pena el esfuerzo. Tenemos que intentar algo. Si se llega a publicar las cartas en los periódicos, quizá le llame la atención a alguien'.

Kathleen se burló. 'Claro, nunca he visto que hicieran algo así muchacha. Espero que no se hagan de la vista gorda'.

Hablando de sostener pañuelos en las narices, ¿qué es ese olor? Es peor de lo normal'. Victoria trató de no respirar hondo. El aire realmente parecía denso con un aroma desagradable.

'Es el río. Cuando se va agotando como lo está ahora, el hedor empeora. Necesitamos lluvia para que limpie el río. Todas las fábricas y mataderos desembocan en los Foss. En clima seco es ... ¿cuál es la palabra? Kathleen se quedó pensando.

'¿Estancado?' Victoria susurró.

'Sí, estancado. Claro y 'es el olor del mismísimo diablo'. Kathleen asintió sabiamente.

Pasaron dos mujeres jóvenes, sus risitas sonaron mientras un soldado se apresuraba abrochándose el abrigo.

¿De dónde viene? ¡Será mejor que no toquen en esta calle! Kathleen hizo una mueca y miró a las mujeres.

'¿Están tocando las tiendas?'

'Cielos. Claro, y sus mamás no se avergonzarían de que ganaran un centavo de esa manera, así lo haría ella.

Victoria miró a las prostitutas, la primera que había visto de cerca. Parecían mujeres comunes, a excepción de que sus blusas estaban desabrochadas en el cuello, su cabello suelto y llevaban un colorete brillante en sus mejillas. 'No las he visto antes'.

Las cejas de Kathleen se alzaron. 'Esas dos han venido de Walmgate. Escuché que el regimiento está de regreso en el cuartel. ¡Las chicas ejercerán su oficio siempre que puedan, pero no en Petal Lane!

Dijo Victoria pensando en su casa en Fossgate. Es mejor advertir a Harriet. Si Finch lo habría convertido en un burdel, entonces Harriet también tendrá soldados con los que lidiar.

De repente, Kathleen dio un grito. Victoria saltó y se volteó para ver a Mick y sus hijos caminando por el camino.

'Los han despedido'. Kathleen se persignó. '¿Por qué otra razón regresarían a mitad del día?'

'Ho no, mami, no te enojes', dijo Mick O'Shea tranquilizado a su esposa. 'Mañana regresaremos a los cobertizos del ferrocarril. El capataz sabe que somos buenos trabajadores y nos hablará en otro almacén, así lo hará'.

'¿Pero por qué los han dejado irse hoy?'

Mick se encogió de hombros. 'Dicen que están apretados con el dinero. La fuerza laboral es muy grande. ¿Seguro acaso no todos los hombres van al ferrocarril por trabajo? No hay suficientes puestos'.

Los hijos de Kathleen se tornaron pequeños y fornidos, amables y solícitos, ambos con un mechón de pelo rojo como su padre.

'Nos vamos, Da', anunció el mayor, John.

'¿A dónde?' Kathleen se erizó.

'¡Al bar! Nos han pagado, pero tendremos trabajos por la mañana, ya verá—se jactó John—.

Kathleen se puso de pie de un salto y extendió la mano. Claro, ¿y me crees una tonta, John O'Shea? ¡Dame tu dinero, no veré que lo arrojes así no más!

'¡Mamita!' John protestó y recibió una palmada en la cabeza por los problemas que estaba causando. Seamus le entregó rápidamente su dinero a su madre mientras John, a regañadientes, buscaba monedas en sus bolsillos.

'Ahora, mami'. Mick abrazó a su enorme esposa a su lado. 'Deja que los chicos se diviertan por una noche. Tendremos el lugar para nosotros ¿qué dices?

Kathleen sonrió como una joven novia. 'No, Mick, cómo crees'. Sin embargo, le devolvió algunas monedas a sus hijos. 'Unas cuantas nada más, no lo utilicen en apuestas'.

'¡Esta bien, mami!' Los chicos le dieron un beso en cada mejilla y se alejaron rápidamente.

Victoria sonrió ante la escena familiar. La familia O'Shea podría no tener mucho, pero tenían un amor profundo y apreciado.

'¿A dónde se fueron?' Le preguntó Mick.

Encogiéndose de hombros, Victoria miró por el camino. 'Fuera a jugar a algún lado'.

Iré a buscarlos y los llevaré a comprar una bolsa de caramelos de medio centavo. Mick besó a su esposa y se alejó silbando.

'¡Ya regreso!' Dijo Kathleen burlándose. '¡Acaban de ser despedidos!'

'Es un buen hombre'. Sonrió Victoria. 'No lo cambiarías por nada del mundo'.

'Claro que lo es. Lo supe desde el primer momento en que Dijo Kathleen sonriendo melancólicamente.

'¿Señorita Carlton?'

Victoria se volteó al oír su nombre. 'Señor Small'.

El periodista se quitó el sombrero y asintió con la cabeza hacia ella y Kathleen. 'Perdone mi intrusión'.

'¿Quién es el Victoria?' Kathleen se paró cerca de Victoria como si fuera su protectora.

'Soy el señor Small, *un reportero de la Gaceta Yorkshire*'.

'¿Qué está haciendo aquí' Dijo Kathleen frunciéndose el ceño.

'Recibí la carta de la señorita Carlton justo antes de salir de la oficina. Llegó en el correo de hoy. El señor Foster también ha leído su carta'.

'¿Quién es Foster?' Dijo Kathleen exigiendo saber, cruzando los brazos sobre su amplio cuerpo.

'El dueño de la *Gaceta*'. Victoria puso su mano sobre el brazo de Kathleen para calmar a la mujer. 'Puede que nos ayuden. ¿No es así, señor Small?

'Así es señorita Carlton, eso esperamos. El señor Foster está ansioso por conocerla y se preguntaba si estaba libre para venir a la oficina el lunes por la mañana.

Asintiendo. 'Me encantaría, gracias'.

'¿Sabes dónde están ubicadas las oficinas?,' preguntó.

'Sí, lo sé'.

El señor Small miró alrededor del camino. '¿Crees que algunos de los inquilinos podría responder algunas de mis preguntas?'

'Si realmente quiere ayudar a esta zona, entonces sí'. Dijo Victoria en un tono severo. 'Pero no se burlarán de nosotros, señor Small. No somos fanáticos de que sientan lástima por nosotros. Aunque puede que no sea mucho, estos son nuestros hogares, nuestras vidas'.

'Entendido, señorita Carlton'. Small miró a su alrededor. 'Entonces me presentaré'.

Una vez que se retiró para tocar las puertas, Victoria entró con Kathleen siguiéndola. '¿Qué dice si tomamos algo de té?'

'Cielos, ¿quién es ese?' Kathleen jadeó, mirando a la chica en la cama.

'Oh, esa es Polly, la hija mayor de Mercy. Ha sido liberada de la prisión y llegó temprano esta mañana antes del amanecer.

'¿Prisión?'

'Robando'.

Kathleen hizo una mueca. '¿Por qué está durmiendo como muerta en medio del día?'

'No creo que haya dormido bien por algún tiempo'.

'Supongo que en la prisión no podría haberlo hecho'. Kathleen resopló un tanto disgustada. 'Así son los lugares desagradables'.

Victoria se acercó a la niña y la miró. La cara de Polly estaba sonrojada. Se había retirado las mantas. Victoria se llevó el dorso de la mano a la frente y se sacudió ante el calor que irradiaba la cabeza de la niña. ¡Kathleen, tiene fiebre!

Mientras arrastraba su cuerpo hacia la cama, Kathleen levantó rápidamente el vestido de la niña para revelar su estómago y su pecho, que estaban rojos y cubiertos de una erupción furiosa. Kathleen se persignó. 'Ella tiene tifus'.

'¿Tifus?' Victoria retrocedió, un tanto asustada. '¿Está segura?'

'Lo he visto antes, demasiadas veces'. Kathleen miró tristemente a Polly, sus ojos distantes. ''Esa enfermedad se llevó a mis tres hijas pequeñas'.

'¿Tus niñas?' No tenía idea de que Kathleen tenía más hijos que solo John y Seamus.

'Rosanna, Bernadette y' Aileen ', dijo susurrando sus nombres. 'Es por eso que Mick se encariño con Jane y Emily, antes nunca solía querer estar cerca de ninguna niña pequeña, era demasiado, y así fue. Entonces llegaste y 'de repente' quiere pasar todo 'el tiempo con ellas'.

Victoria miró a la chica que se sacudía y giraba sobre la cama. '¿Qué podemos hacer?'

'Nada. Dejemos que la naturaleza haga lo suyo'.

'No podemos hacer *nada*. Necesitamos un doctor'. Inmediatamente pensó en el doctor Ashton. 'Polly debe ir al hospital'.

'Los médicos no pueden ayudar', lo juro.

Kathleen se secó los ojos. 'Hay que frotarle agua fría cuando esté caliente, y algo caliente cuando esté temblando'. Kathleen miró más de cerca. 'Puedes freír un huevo en su cara, con el calor que tiene. Ella necesita una esponja fía'.

Asustada, Victoria vertió lo que quedaba de agua en un tazón y comenzó a esponjar a la niña con fiebre.

'Iré a Mercy y traeré a alguien'. Kathleen suspiró profundamente. 'Pobre muchacha'.

Victoria no sabía si referirse a Polly o Mercy.

~ ~ ~ ~

Victoria y Mercy se turnaban para cuidar a Polly a medida que las horas pasaban del día a la noche. Kathleen y Mick llevaron a los otros niños a sus habitaciones, donde Mick hizo un escándalo con ellos, aunque Bobby le pisoteó los pies al no poder quedarse con Victoria.

Polly fue debilitándose. La sacudida de las extremidades cuando la fiebre ardía en su punto más alto pronto se detuvo, y cayó en un estado inconsciente.

'Iré a ver al doctor Ashton', anunció Victoria a Mercy cuando amaneció a la mañana siguiente.

Mercy, con los ojos atormentados, asintió. 'Sí, él sabrá qué hacer'.

En cuestión de minutos, Victoria se encontraba caminando por las calles y canchas fuera de Hungate y hacia el centro de la ciudad.

Al ser domingo, las calles estaban inquietantemente tranquilas. Se maravilló de lo diferente que era la ciudad sin el zumbido de la gente y el ruido del tráfico de caballos y carretas.

La mañana ya era cálida, porque la temperatura no había bajado mucho durante la noche. El verano todavía se apoderaba de la tierra, y la lluvia aún estaba presente. El polvo cubría a la gente y los edificios.

Sus piernas se cansaron antes de llegar a Bootham, pero siguió adelante, su tarea era muy importante para que pudiera detenerse y descansar.

Por un momento pensó que no recordaría cuál era su casa, pero pronto la reconoció y golpeó la puerta, que resonó por la calle silenciosa.

Golpeó nuevamente después de un minuto, preguntándose si él dormía en la parte trasera de la casa y ¿la oiría? ¿Debería arrojar piedras a la ventana?

Cuando volvió a levantar la mano, la puerta se abrió y Ashton se puso una bata de color marrón oscuro, con el pelo desordenado, restregándose el sueño de los ojos. '¿Victoria?'

'Debes venir conmigo rápido'. Ella ignoró el hecho de que él había usado su primer nombre, algo que nunca había hecho. 'Polly está muy enferma'.

'¿Polly?'

'Sí, ella regresó de prisión ayer y ha estado enferma desde entonces. Ha tenido fiebre y la hemos estado cubriéndola con esponja toda la tarde y anoche. Kathleen dice que es tifus. Sin embargo, puede estar equivocada, ¿no?' Ella ya no puede esperar. 'Por favor, ¿puede venir conmigo?'

'Cálmese. Sí, iré con usted. Déjeme vestirme. Pase. Vaya a la cocina y sírvase algo de beber', dijo mientras subía las escaleras.

Recorrió el pequeño pasillo y entró en la cocina, agradecida de descansar un momento. Una jarra de agua se encontraba en un estante en la despensa y, al encontrar un vaso, vertió una pequeña cantidad en el vaso y se lo bebió.

Su estómago retumbó al ver toda la comida que cubría los estantes. Ella ansiaba tomar el pan y el tarro de mermelada. Parecía una eternidad desde que había comido algo dulce.

'¿Señorita Carlton?' En lo que pareció muy poco tiempo, estaba de vuelta abajo completamente vestido y agarrando su bolso de médico de la mesa junto a la puerta. 'Vayamos'

Se apresuraron por las calles. Victoria tropezó con los adoquines desiguales, un tanto exhausta.

Ashton la tomó del codo y desaceleró el paso, mirándola. '¿Ha estado despierto toda la noche?'

'Sí'

¿Cuáles son sus síntomas?

'Fiebre y erupción para empezar, tenía mucho frío durante la noche y hace una hora dejó de moverse y no se despierta'. Ella jadeó, obligando a sus piernas a moverse. 'No puede ser tifus, ¿verdad?'

'Muy probable. Es algo común en las cárceles'. Dijo frunciendo el ceño. '¿Por qué estuvo tanto tiempo en prisión?'

'Continuó portándose mal, y extendieron su tiempo'.

Ashton hizo una mueca. 'Bueno, al menos ella está fuera ahora'.

Victoria se puso nerviosa mientras se acercaban a Hungate. Ashton ahora sabría dónde vivía y la vergüenza la hizo sonrojar de vergüenza. Él había estado siguiéndola, pero cuando ella se dirigió a Hungate, él dudó por un segundo.

'No había llegado tan lejos', murmuró.

Ella lo miró. '¿Perdón?'

'Nada'. Él le dirigió una sonrisa y caminó más rápido.

Ella lo llevó hacia el río Foss y después en el laberinto de callejones hasta llegar a Petal Lane.

El peso de la humillación inclinó sus hombros cuando retrocedió para permitirle entrar a la habitación fea.

'Gracias por venir, doctor.' Mercy, pálida, se levantó y le dio espacio para acercarse a examinar a Polly.

Durante varios minutos, Ashton no dijo nada hasta que finalmente terminó de examinar a la niña y suspiró. 'Es tifus'.

Victoria agarró la mano de Mercy. '¿Qué podemos hacer, doctor Ashton?'

'Me temo que nada'.

'¿Nada?' Dijo Mercy susurrando.

'Lo siento'. Ashton volvió a colocar las herramientas de su oficio en su bolso. 'Esta en un estado avanzado. Necesitamos mantenerla cómoda, dejar que la naturaleza siga su curso y esperar que despierte. Dijo apartándose de la cama. '¿Puedo lavarme las manos?'

'Perdónanos, no tenemos agua'. Las mejillas de Victoria ardieron de mortificación. 'El grifo vuelve a funcionar mañana por la mañana, pero usamos lo que teníamos para esponjar a Polly durante la noche'.

Asintiendo. '¿Dónde están los otros niños?'

'Al lado con los O'Sheas'. Los ojos de Mercy se abrieron. '¿Se contagiarán? Polly estuvo solo con ellos por un corto tiempo'.

'Depende, señora Felling. No le puedo dar una respuesta afirmativa'. Su mirada fue de uno a otro. 'Sin embargo, estoy más preocupado por ustedes dos que se preocupan por ella'.

Mercy se volvió hacia Victoria. 'Entonces debe irse a otro lugar. Soy su madre, me quedaré'.

Victoria se erizó de la idea de alejarse. 'No! Estamos en esto juntas. Ya he estado con ella toda la noche. No tiene sentido tener cuidado ahora'.

'Haré los arreglos para que la lleven al hospital en este momento'. Dijo Ashton escribiendo en su cuaderno.

'¿Hospital?' Mercy saltó hacia delante, sorprendiendo a Ashton. 'No, no la llevará allí. Ella nunca saldrá de ese lugar'.

'Señora Felling, el hospital es el mejor lugar para ella, por lo que puede recibir la atención médica adecuada'.

'Yo me ocuparé de ella. Dice que no hay nada que se puede hacer, así que ¿por qué llevarla a un lugar donde los extraños la cuiden?

'Sí, pero-'

'Yo ... nosotros ...' miró a Victoria 'somos las mejores personas para hacerla sentir bien'.

Los ojos de Ashton se suavizaron. 'Señora Felling, usted no está capacitada, y en el hospital, la monitorearán de cerca. Su alrededor estará limpio'. Se encogió de hombros con impotencia.

Victoria volvió a tomar la mano de Mercy. 'Mercy, el doctor Ashton tiene razón. Polly necesita estar en algún lugar limpio y donde pueda ...

'¡No! Ella ha estado con extraños durante meses mientras estaba en prisión y ¡mira dónde la ha llevado, se ha enfermado. Ella necesita estar conmigo'.

'Pero-'

La expresión de Mercy tornó en desesperación. 'Ella se queda aquí y yo la cuidaré. Soy su madre y no he sido la mejor madre por algún tiempo. Ahora puede recuperar ese tiempo'.

'La mejor madre permitiría que su hija enferma vaya al único lugar pueda recibir ayuda'. El tono del doctor Ashton se tornó severo.

Mercy sacudió la cabeza. 'No estoy de acuerdo'.

Expulsando una respiración profunda, Ashton frunció el ceño. 'Muy bien, entonces, si está segura de que ella se quedará aquí, entonces tendré que hacer los arreglos'.

'¿Por ejemplo?' Victoria levantó las cejas, perpleja.

'Necesita quemar toda esta ropa de cama y el colchón y fregar esta habitación a fondo. Necesitará una cama nueva, buena comida nutritiva y abundante agua fresca.

Victoria se tambaleó, sabiendo que nada de eso le era posible.

Ashton caminó hacia la puerta, pero se detuvo junto a Victoria para susurrar: «Polly está muy enferma. Su pulso es extremadamente débil'.

Echó un vistazo a Mercy. 'Prepárese para lo peor'.

Su corazón se desplomó.

'Regresaré con las cosas que le mencioné'.

'¿Usted?' Sus ojos se abrieron por la sorpresa.

'Bueno, no creo que puede obtener todo lo necesita, ¿verdad?' dijo suavemente con compasión.

'No. Gracias'. Ella lo miró irse, sabiendo que él sería fiel a su palabra.

Capítulo diecisiete

En una bruma de agotamiento, Victoria se puso a trabajar. Sacó todo afuera, arrastrando su baúl, que ahora era más liviano, ya que había vendido la mayoría de sus cosas, todo lo que no estaba fijado a la pared había sido retirado, mientras que afuera, el sol salió y ardió ferozmente por otro día. Mercy trató de ayudar, pero Victoria la envió de regreso a la cama para atender a Polly.

Ashton regresó un par de horas más tarde y trajo una caja de cepillos para fregar, jabón carbónico y trapos. Con él, un hombre corpulento llevaba cubetas de agua. El hombre seguía desapareciendo por el camino solo para regresar con más cubetas de agua. En eso otro hombre llegó levantando un colchón nuevo.

Victoria silenciosamente le dio una de las cubetas a Kathleen para que lo usara ya que tenía niños.

'¿Cielos y de dónde salió este regalo?' Dijo Kathleen, dándole el balde de agua a Mick para que lo llevara a su casa. Se arremangó y comenzó a fregar las paredes.

'Kathleen, puedo hacerlo', protestó Victoria. 'Usted regrese con los niños'.

'¡No diga eso! No me sentaré en mi trasero mientras lo hace por si sola. Kathleen limpió con más vigor. ¡Y me lo dicen a mí!

Victoria le sonrió a su amiga cansada. 'Gracias'.

'Mick está jugando con los niños como un mono, así es él '. Kathleen escurrió su paño. 'Todos nos cuidamos unos a otros en este carril'.

Ashton tomó a Polly en sus brazos y la levantó, mientras uno de los hombres sacaba el viejo colchón y las mantas y los arrastraba afuera. El otro hombre colocó el nuevo colchón en el somier de hierro.

Mercy acomodó a Polly una vez más, mientras Victoria continuaba lavando la habitación. Harriet llegó, con la esperanza de poder hablar por una hora, pero encontró un lugar repleto de personas. Se fue a su casa a recoger ropa de cama nueva y más trapos. Afuera, los hombres prendieron fuego al colchón y la ropa de cama, lo que solo agregó más calor al día caluroso.

Después de horas de limpiar y fregar cada cosa que estaba dentro de la habitación y la habitación misma, Victoria envió a Harriet y Kathleen a descansar, agradeciéndoles profusamente por su ayuda.

Ashton había pagado a los hombres y ellos también se retiraron. Victoria se unió a él afuera y juntos se pararon y observaron el fuego disminuir.

'Muchas gracias por ayudarnos'. Ella sabía que él era médico y los médicos ayudaban a las personas, pero había superado lo que haría un médico normal.

'De nada'. Dijo sonriendo.

Permanecieron en silencio por un momento antes de que Ashton arrastrara los pies. 'Me gustaría mucho que se casara conmigo, señorita Carlton'. Dijo hablando mientras estaba frente a las llamas.

Por un momento pensó que lo había escuchado mal hasta que él se volvió hacia ella y tomó su mano callosa en la suya. 'Sé que este no es el momento o el lugar para hacer esa pregunta, pero no pude contenerlo más. ¿Podría por favor al menos considerarlo?'

Ella asintió, su mente giraba y su corazón latía a reventar.

Un grito rasgó el aire.

Ashton inclinó la cabeza y cerró los ojos cuando Mercy lo llamó. Apretó la mano de Victoria. Percibieron lo que debió haber sucedido.

Victoria dejó la propuesta de Ashton a un lado mientras entraba para consolar a Mercy.

Polly ha muerto. Ashton lo confirmó. Los dejó poco tiempo después para organizar que su cuerpo fuera llevado a la morgue.

Kathleen y Mick mantuvieron a los niños unas horas más, para que no vieran la funeraria recoger a Polly. Ahora, que Polly se había ido el dolor y la fatiga se hicieron presentes y Mercy lloró hasta quedarse dormida.

Los vecinos, al escuchar las noticias, se reunieron en el carril como muestra de respeto.

Victoria le pidió a John O'Shea si podía ir con Harriet y contarle la noticia. Regresó con un paquete envuelto en papel marrón y una cuerda y cuando Victoria lo abrió, encontró dentro de dos faldas y corpiños negros para Mercy y ella con una pequeña nota de condolencia de Harriet.

Tal amabilidad, tanta consideración tocó profundamente a Victoria. Debido a Harriet, tenían ropa de luto y estarían vestidos respetablemente para el funeral.

La señora Flannigan le dio a Victoria un pastel que acababa de preparar. 'Sé que Mercy no estará de humor para comer, pero tal vez los más pequeños puedan comer algo'.

'Muchas gracias señora Flannigan. Esto es muy amable de su parte'.

Sin andarse de tonterías, Hettie colocó una corona de flores negra en la pared exterior de su habitación para que la gente supiera que había ocurrido una muerte. 'Si tuviera que poner paja en el carril, lo haría, muchacha, pero no lo tengo. Sin embargo, esta corona de flores debería avisar a los demás y tranquilizarlos cuando pasen por su habitación.

La corona es más que suficiente, Hettie. Gracias'.

A Victoria le sorprendió cómo sus vecinos, que no tenían mucho, estaban regalando lo que podían para aliviar el sufrimiento de la muerte de Polly.

A medida que la noche descendía, Victoria hizo que la habitación se presentara de nuevo en silencio y luego trajo a los niños y los trajo de regreso a la habitación. Le había dado a Kathleen más cubetas de agua para bañar a los niños frente a su fuego.

'¿La señora O'Shea nos ha dicho que nuestra Polly se fue al cielo?' Dijo Jane, trepando a la cama junto a su madre dormida.

'Sí, eso es verdad'. Victoria acarició la cabeza de Seth mientras él se sentaba en su regazo. Bobby se apoyó contra ella mientras Emily se había quedado con Mick, llorando porque no quería dejar a los O'Sheas.

A Victoria le preocupaba lo apegada que se había vuelto la pequeña a Mick. Era como una figura paterna para los niños y les prestó tanta atención que Victoria estaba asustada de que Emily nunca quisiera volver a vivir con Mercy.

Besó la parte superior de la cabeza rubia de Seth y lo metió en la cama. Vamos, bribón. Ella le sonrió a Bobby y lo metió debajo de las nuevas mantas que Ashton les había comprado. ¿Apoco esto no lindo? Una nueva cama'.

'No irás al cielo, ¿verdad, Toria?' La expresión de Bobby le rompió el corazón.

'No cariño haré'. Dijo ella besando su mejía. 'Ve a dormir'.

Sentada ante el fuego, observó cómo se cerraban los ojos de los niños. Mercy no se había movido, pero su pecho subía y bajaba y Victoria esperaba que su querida amiga durmiera por horas.

Con la habitación tranquila y pacífica, dejó que su mente se desviara hacia el doctor Ashton. ¿*Realmente* se lo *había* propuesto? ¿Acaso era ella a quien tanto deseaba? ¿Y qué hay de Stella?

Todo era muy confuso para ella, pero también tentador que Ashton sería para ella. Seguramente, no lo habría propuesto si ya estuviera comprometido con Stella. ¿Lo habría rechazado Stella? Su cerebro cansado trató de procesar los muchos pensamientos que giraban en su mente, pero no podía hacerlo, no ahora, no esta noche. No había dormido durante más de veinticuatro horas y estaba más que agotada.

Ella empujó las brasas y miró las cubetas de agua que aún estaban junto a la puerta. Quedaban tres de la docena hombres habían subido por el camino. Calentando un poco de agua en una sartén, se quitó la ropa sucia hasta que estuvo desnuda. Usando el jabón carbólico y el agua tibia, se puso de pie sobre un trapo y usando otro limpio, se lavó el cuerpo hasta que el agua se tornó gris oscuro y frío. Sintiéndose mejor, se puso un camisón y se puso un chal alrededor de los hombros. Le hubiera gustado lavarse el pelo, pero eso hubiera sido un gran esfuerzo para la noche. El cansancio cubrió sus huesos.

Cuando sonó un golpe en la puerta, suspiró, deseando nada más que irse a la cama. Pensando que era Kathleen o Mick, se levantó y respondió.

Ashton estaba parado allí, llevando una linterna y una canasta. Lamento haberla molestado. Bueno ... en realidad no está como me gustaría verle. 'Estoy muy bien.

Sorprendida de verlo, Victoria envolvió el chal alrededor de ella y salió, cerrando la puerta detrás de ella. '¿Hay algo mal?'

'No, en absoluto. No podía irme a la cama sin verlos a todos'. Le entregó la canasta. 'Le pedí a mi ama de llaves que lo llenara con comida para los niños de la mañana'.

'Eso es muy amable de su parte, gracias'. La canasta estaba muy pesada así que la colocó a un lado de la entrada. 'Es muy generoso de su parte doctor'

'Haría cualquier cosa por usted, señorita Carlton, y ese es un hecho que ya no puedo ocultar ni negar.' La luz dorada de la linterna arrojó sombras sobre sus rasgos. Sus ojos azules parecían oscuros, pero estaban llenos de emoción. ¿No puedo convencerla de que se mude a un hotel? Yo pagaré por ello'.

'Gracias pero no. Mercy quiere quedarse aquí. Ella colocó su mano sobre su hombro y extendió la mano para besarlo suavemente en los labios, sorprendiéndolos a ambos.

Ashton dejó la linterna y la tomó en sus brazos. Sus labios eran suaves mientras sus brazos la apretaban. 'Victoria…'

Durante un largo momento por fin había cedido al deseo que la inundaba, el dolor y el anhelo. Fue glorioso el que la abrazaran, ser besada por un hombre que la quería. Y cuando menos lo esperaba, Stella se le vino a la cabeza.

Se apartó de él. 'No debemos'.

'¿Por qué?'

`` Mi prima me dio todas las razones para creer que tú y ella estaban saliendo ... bueno al menos eso insinuaba, que tú y ella eran ... "

'La señorita Dobson y yo no somos nada'.

No la dejó ir, sino que sonrió. 'Si su prima lo hizo, ... entonces eran solo ideas de su parte. No le correspondí en absoluto en cuanto a sentimientos hacia ella. De hecho, la encontré bastante crítica y egocéntrica.

Sus ojos se abrieron. 'Ah, ya veo'. La felicidad la inundó. 'Pero le prestó mucha atención'.

'Estaba tratando de impresionar a toda tu familia, solo para tu beneficio, por supuesto'.

'Funcionó, al menos mi familia piensa muy bien de ti'.

'¿Qué siente usted?' Sus ojos nunca se alejaron de ella.

'Pensé que no tenía ninguna posibilidad de ganarme tu afecto. Stella dejó muy en claro que no era lo suficientemente buena para usted'.

'Esas son tonterías'. Dijo sonriendo amorosamente. Es más que buena, demasiado buena. Seré el hombre más afortunado que tenga como esposa en la vida. Dijo frunciendo el ceño. '¿Se casará conmigo, verdad?'

'Sí. Lo haré'. Una gran alegría la llenó.

La besó larga y lentamente y ella disfrutó cada segundo.

Se apartó y sonrió. 'Volveré a visitarla nuevamente por la mañana. Vaya a descansar un poco y mañana hablaremos de nuestro futuro.

Ella lo miró irse, solo para sobresaltarse cuando Kathleen salió de la oscuridad de su puerta.

'¡Claro, y no sería algo sencillo en el mundo dejar que un hombre tan bueno se te escape de las manos!'

Victoria quería molestarse porque había escuchado un momento tan especial, pero no tenía sentido. En los carriles, no había privacidad. Así que sonrió y, a pesar de lo terrible del día, se permitió un momento para sentirse feliz y esperanzada.

~ ~ ~ ~

'Por supuesto, deberías irte'.

'No es apropiado'. Victoria le pasó a Mercy una taza de té. Todos habían dormido tarde. Victoria no tenía ganas de cocinar y, en cambio, les dio a los niños lo que había en la canasta que Ashton había traído la noche anterior. Untó mermelada sobre pan fresco. Ella se comió dos rebanadas, disfrutando de cada bocado dulce.

'Es importante, Victoria'.

'Y también tú'. Así que le dio a Mercy una mirada severa. 'No iré a visitar al señor Foster hoy. Debo estar aquí contigo'.

'Estoy bien'. Mercy abrazó a Seth, quien se sentó sobre sus rodillas.

De la canasta, Victoria cortó un pastel de grosellas en rodajas. Bobby estaba a su lado observando con interés. Ella le dio una rodaja y lo echó por la puerta. Ve a buscar a Jane y Emily'.

Mercy le dio un trozo de pastel a Seth. 'Harás más bien al ver al señor Foster que quedarte aquí conmigo. Esta área necesita el apoyo del señor Foster y su periódico.'

Victoria envolvió la comida y la guardó en la canasta. 'No iré y es el fin de la conversación. Harriet vendrá más tarde, y le pediré que envíe una nota en mi nombre. Estoy segura de que entenderá. Además, hay algo importante que necesito discutir contigo.

La mirada embrujada volvió a los ojos de Mercy. 'El funeral de Polly, ¿y cómo lo vamos a pagar?'

'Sí, está eso, y también algo más'. Dijo Victoria tomándose el té.

Agradecida, la canasta tenía una lata de hojas de té. Los niños habían compartido la botella de leche, pero a ella no le importaba tomar té negro siempre que fueran hojas de té adecuadas, como lo eran en este momento, en lugar de hojas de té viejas que se habían reutilizado repetidamente.

'No es otro problema, ¿verdad?' Mercy permitió que Seth se bajara de su rodilla y fuera a buscar a los otros niños que se podían escuchar jugando en el carril.

'Son buenas noticias'. Victoria sonrió suavemente, vacilante para estar demasiado alegre el día después de la muerte de Polly.

'Necesitamos buenas noticias'.

'El doctor Ashton me ha pedido que me case con él'.

Mercy parpadeó y la miró, con la sorpresa escrita en todo el rostro. '¿Casarse con él?'

'Sí'

'¿Pero pensé que habías dicho que era el novio de tu prima?'

'Pensé que ese era el caso. Stella nunca se rinde ante algo cuando lo quiere.

'Sí, pero el doctor Ashton no es el tipo de hombre que ella puede caminar. Él obviamente no quiere nada con ella'.

'No, no la quiere y nunca lo hará'. El pensamiento llenó a Victoria de tanta felicidad que pensó que iba a estallar.

'¡Oh, Victoria!' Mercy la abrazó. 'Estoy muy feliz por ti'.

Victoria se echó hacia atrás. 'Los tiempos difíciles han terminado ahora, Mercy'.

'¿Qué quiere decir?'

Victoria sonrió. 'Al casarme con el médico, puedo salvarnos a todos de este miserable lugar'.

'Pero ... se casará contigo, no conmigo o mis hijos'. Mercy volvió a sentarse. 'Este matrimonio *te* salvará.'

'Y como mi amiga, tú y los niños también se beneficiarán'. Ella no pudo evitar la emoción de su voz.

Mercy frunció el ceño. '¿Y cómo se llega a eso? No todos podemos ir contigo a tu nuevo hogar con el doctor Ashton. Eso no es justo para el caballero'.

'Bueno, tendrá que serlo porque no te voy a dejar en Petal Lane'. Ella se mantuvo firme sobre eso.

No iré, Victoria. Mercy miró a su alrededor con tristeza. 'Esta es mi casa. Necesitas comenzar una nueva vida con el doctor Ashton, solo ustedes dos.

Molesta, Victoria paseaba por la pequeña habitación. '¿Cómo puedo vivir en una bonita casa sabiendo que estás aquí, entre todo esto?'

'Lo hiciste antes y lo volverás a hacer'.

'¡Eso fue antes! Mucho ha sucedido desde entonces, y no soy la misma persona. Apenas se reconoció a sí misma como solía ser cuando vivía en Blossom Street. Esa persona no sabía nada sobre dificultades, de la pobreza, y la supervivencia.

'Siempre y cuando vengas a visitarnos de vez en cuando, eso es todo lo que pido'. Mercy inclinó la cabeza pensativa. ¿Cómo se lo diremos a Bobby? Se negará a dejarte ir'. Ella sonrió levemente.

Un golpe en la puerta abierta reveló al doctor Ashton. El corazón de Victoria dio un vuelco al verlo.

'Buenos días señoritas. ¿Están bien?' Se quitó el sombrero y entró en la habitación.

'Lo estamos, muchas gracias'. Mercy se levantó y le tendió la mano. 'Creo que las felicitaciones están a la orden Doctor. Victoria me ha contado su propuesta. Me da alegría en un momento en que más se necesita'.

'Muchas gracias señora Felling'. Ashton, vestido con un elegante traje negro, le sonrió a Victoria. 'Supongo que no has cambiado de opinión de la noche a la mañana. Me preocupaba que pudieras haberlo hecho'.

'No he cambiado de opinión. Sería un honor casarme contigo'. Sintió una oleada de calor quemándole las mejillas, pero cuando él tomó sus manos maltratadas y las besó a ambas, se derritió en un charco de deseo por él. '¡Yo estaba preocupado de que pudiera cambiar de opinión! Dijo riendo.

'¡Nunca!'

Mercy levantó la tetera. '¿Le gustaría un poco de té doctor, ya que usted nos lo trajo?'

'Claro que sí, gracias'. Se sentó en el taburete que Kathleen usó y sacó del bolsillo del abrigo algunas hojas de papel y se las pasó.

Mercy miró los papeles. '¿Que es eso?'

'Señora Felling, me he tomado la libertad de reunirme con la funeraria esta mañana. He firmado todo lo que hay que firmar y el funeral de Polly puede llevarse acabo.

'Ya veo'. Mercy le pasó el té.

'Perdóname por tomar la iniciativa, pero seguí adelante y pagué para que fuera enterrada en el cementerio de York y para que se realizara un pequeño servicio en la pequeña capilla. ¿Esta de acuerdo con ello?' Sus cejas se alzaron del asombro.

'¿No será enterrada en la tumba de un pobre?'

'No, será enterrada como se debe'. Dándole una alegra sonrisa.

Mercy se balanceó y Victoria rápidamente la abrazó. '¿Acaso no es maravilloso, Mercy? Polly será enterrada como se debe'.

Las lágrimas rodaron por las mejillas de Mercy. '¿Cómo le pagaré por todo esto doctor?

Sacudió la cabeza, sus ojos llenos de compasión. 'No necesito que me pague'.

'Pero el hecho de que lo haga por mí, por mi hija... Es mucho. Es usted demasiado bueno'. Mercy agarró sus manos. '¡Muchas gracias!'

'Me gustaría pensar que puedo ser más que solo un médico de apoyo. Usted es la amiga de Victoria, y espero que la mía también'. El la miró esperanzado mientras se encontraba entre Mercy y Victoria.

'¿Cuándo será el funeral?' Preguntó Victoria, amándolo más en ese momento que nunca.

'Mañana'. Mientras se tomaba un sorbo de té.

'¿Muy pronto?'

'Tuve que pedir algunos favores'. Tomó otro sorbo de té y se levantó del taburete. 'Debo irme. Tengo muchos lugares que visitar hoy. Contrataré un carruaje para mañana y las recogeré a las dos en punto.

Todavía llorando, Mercy simplemente asintió, mientras Victoria lo acompañaba a la puerta. 'Muchas gracias. No tengo palabras para lo que ha hecho por mí'.

Él tomó ambas manos. 'Usted esta por ser mi esposa. Lo que te hace feliz me hace feliz. Lamento no poder ir a verte esta noche, pero no estoy seguro de a qué hora terminaré.

'Entiendo'. En ese momento ella le habría perdonado cualquier cosa en el mundo. 'Gracias por todo'. Ella no se sentía digna de su devoción y su amabilidad.

'Hasta mañana'. La besó y se alejó.

Capítulo dieciocho

Durante la noche, los truenos se escuchaban ferozmente y los relámpagos centellearon. La temperatura bajó y Victoria se durmió con el sonido de una fuerte lluvia. Sus últimos pensamientos fueron de alivio porque la sequía se había acabado.

Por la mañana, el calor seco del verano había sido arrastrado por un torrente de lluvia que desbordó las canaletas y se percató que todos los agujeros en cualquier techo no fueron reparados correctamente. Todos los hogares de Hungate recolectaban lluvia en cubetas y sartenes. Las calles, callejones y carriles estaban llenos de jarras y recipientes para recoger el agua de escorrentía de las canaletas y desagües.

Pesados cielos cargados de gris oscuro descendieron sobre los tejados de la ciudad.

La lluvia cayó tan rápido que redujo la visibilidad.

Los niños jugaron alegremente adentro, para empezar, pero después de unas horas comenzaron a pelear y pelear.

Después del mediodía, la lluvia disminuyó un poco y Kathleen vino a llevar a los niños para que Mercy y Victoria pudieran prepararse.

'Harriet Drysdale es una buena mujer', dijo Mercy, alisando la falda de tafetán negro. 'Gracias a ella, estoy vestida decente para el funeral de mi hija'.

Victoria asintió en silencio. Dado que su propia ropa estaba demasiado desgastada para ser usada después de tanto uso. La generosidad de Harriet les había dado a ambos ropa de buena calidad para usar durante algunos meses. No iba a poner a Ashton en vergüenza.

Sosteniendo un paraguas, Ashton vino a escoltarlos de regreso a la carretera principal donde tenía un carruaje esperando para transportarlos al cementerio en las afueras de la ciudad.

La lluvia volvió a caer cuando entraron en la pequeña capilla y escucharon el breve servicio a Polly. Acurrucados bajo los paraguas, vieron su ataúd descender al suelo antes de que Ashton los llevara de regreso al carruaje.

En Petal Lane, la lluvia azotaba el suelo, corriendo en canales por los adoquines. Pronto los cubos y sartenes se desbordaron, y el ruido ahogó la conversación a menos que alzaran la voz.

No me gusta dejarla aquí. ¿Puedo pagar para que se quede en un hotel? Ashton le preguntó a Victoria mientras estaba de pie junto a la puerta. La preocupación grabó sus rasgos hermosos.

'No. No puedo dejar a Mercy ni a los niños'. Miró hacia el pequeño grupo triste sentado en la cama, comiendo el último pastel de grosellas.

'Entonces pagaré por dos habitaciones'.

Mientras asentía con su cabeza. 'Mercy no ser irá. Esta es su casa. Ella no dejará que se encargue de ellos. Debo quedarme con ella. Lo siento'.

'Entiendo, pero no estoy contento con ello. No me importa pagarlo'.

Dijo besándola. 'Muchas gracias'.

'Deberíamos hablar para que se lean los nombres el domingo'. Se encogió de hombros con su abrigo húmedo. ¿Tengo reuniones mañana, pero puedo pasar por la noche?

'Sí. Eso sería encantador'.

'Si el clima para entonces ha mejorado, ¿quizá podamos dar un paseo?'

Asintiendo. 'Me encantaría eso'.

Le besó la mejilla a una audiencia de caritas que los miraban.

Pero el siguiente día trajo más lluvia. Como si compensara los meses secos del verano, la lluvia y los cielos grises parecían interminables.

Cuando las campanas de la iglesia tocaban cada hora, la lluvia seguía cayendo. Ashton envió a un chico de los recados con una nota a Victoria, diciéndole que llamaría mañana cuando el clima despejara.

Decepcionada, se acurrucó en la cama con los niños y les contó historias que recordaba haber leído de niña. El chirriar de agua que goteaba por el techo hacia las cubetas situados alrededor de la habitación se volvió intolerable, pero no había nada que se pudiera hacer al respecto.

El día siguiente no vio diferencia en el clima. Durante media hora de la mañana cesó la lluvia en York. Los residentes de Petal Lane salieron a cotillear y tirar el exceso de agua.

¡Quién hubiera pensado la semana pasada que estaríamos haciendo esto! Kathleen se rio entre dientes mientras vaciaba un recipiente con agua en el desagüe. 'Tengo más agua de la que podría usar. Cada sartén y un balde están llenos de atrapar goteos del techo. Necesito las sartenes para cocinar, así que sí.

Sin embargo, en la distancia, nubes negras se arrastraron hacia ellos.

Al mediodía, la lluvia golpeaba la ciudad nuevamente.

Mercy se puso a trabajar, y Victoria la envidió la oportunidad de escapar de la habitación húmeda y fétida y de los niños frenéticos.

Para pasar el tiempo, les enseñó a los niños cómo escribir sus números con trozos de carbón y luego las letras del alfabeto.

Jane, siendo la mayor, pronto aprendió, pero los demás rápidamente perdieron interés.

Otro chico de recados empapado llegó con una nota similar al día anterior: Ashton no vendría.

No podía culparlo, después de trabajar todo el día, no querría sentarse en una habitación húmeda y sucia llena de niños quejumbrosos con asientos o refrigerios inadecuados. Ella se escaparía si pudiera.

La tarde llegó temprano, la luz gris del día se escapó para ser reemplazada por aguaceros oscuros y pesados. Victoria tuvo que encontrar algo para alimentar a los niños, pero lo único que le quedaba eran algunas papas. Tenían que ir a comprar algo de comida mañana cuando Mercy recibiría su salario.

La lluvia caía con tanta intensidad que no escuchó que se abría la puerta y miró con sorpresa cuando Kathleen entró en la habitación. Llevaba una sábana de lona sobre la cabeza y los hombros.

'The Foss tienen agua hasta las rodillas. ¡Todos necesitaremos barcos si esto sigue así! Kathleen se dejó caer en el taburete.

'Me pareció escuchar el río anoche. ¿Esta lleno?'

'Tendremos que vigilarlo, por seguro'. De debajo de su brazo, Kathleen sacó un paquete envuelto en papel de periódico. 'Cuidado, es arroz y se está filtrando'.

'¿Arroz?' Victoria tomó el paquete. Nunca antes había cocinado arroz.

'Así es. Mick y los muchachos tienen turnos en uno de los almacenes del ferrocarril. Cuando algo se derrama, lo limpian y también traen lo que pueden a casa. Hoy fue arroz'.

Ella buscó en el bolsillo de su delantal y sacó un paquete de papel. 'Aquí hay un poco de sal. Hierve el arroz en la olla con un poco de sal para darle sabor. Yo las ayudaré'.

'Muchas gracias. Tengo algunas papas, así que estaremos llenos esta noche'. Victoria puso a hervir una cacerola de agua. '¿Se quedará a tomar té? Tengo un poco que nos ha sobrado en la canasta'.

'Sí, claro eso estaría bien'. Kathleen les sonrió a los niños. Si las lluvias se detienen mañana, por la tarde, Mick sacará estos lotes un poco para darte un poco de paz. ¿Vendrá el doctor visitarnos esta noche? Dijo Kathleen sonriendo abiertamente.

Victoria llenó la tetera y la puso al fuego junto a la olla de agua. 'No, él nos ha enviado otra nota. Vendrá mañana si el clima mejora'.

¿Se casará con él?

'Sí. Eso espero'. Apenas se atrevió a esperar que pudiera suceder. Ella pensó que él había perdido interés en él, que él era de Stella. Le costaba un poco creer de verdad que se preocupaba por ella.

'No hay esperanza al respecto, muchacha. Vive la vida que estás destinada a vivir'.

'Mercy no vendrá conmigo'. Ella suspiró, confundida con una mezcla de felicidad y preocupación.

'Y' ella tampoco debería. Tiene trabajo regular y un techo sobre su cabeza. Yo y Mick estamos al lado si ella necesita algo, y nosotros también. Necesitas ver a los tuyos ahora'.

'No puedo dejarla atrás'.

Kathleen resopló. 'Estás por casarte. Además, aún puedes venir y vernos. No nos iremos a ninguna parte, ¿verdad?

Sí, supongo…'

'Y' siendo la esposa de un médico, podrás hablar con aquellos que importan sobre la situación del agua y todo lo demás. Se darán cuenta de nuestra situación. Que el señor Foster tendrá su cena, así que él lo hará.

'Cierto. Podré conversar con más personas sobre los temas que afectan a las áreas pobres'. Victoria miró el agua hirviendo. 'Siento tanta inquietud por volver a la sociedad y ni siquiera estamos casados'.

Kathleen se rio. 'Me gustaría ser una mosca en la pared cuando tu familia te vea en el brazo del médico, así que lo haré'.

Vertiendo el arroz en el agua, Victoria evitó pensar en la reacción de su familia cuando escucharon la noticia. Stella la ignoraría, y no podía pensar lo que dirían los demás.

~ ~ ~ ~

Mojado y hambriento, Joseph bajó la cabeza contra la lluvia que soplaba bajo su paraguas. Las canaletas de la calle corrían como pequeños arroyos, arrastrando la basura y empapando los pies de lo inesperado.

Acababa de pasar el día en el asilo para pobres ayudando al médico que estaba inundado con un brote de bronquiolitis y problemas en el pecho de los reclusos jóvenes y mayores. El clima húmedo no le causó un sin fin de dificultades. Habían tenido dos muertes esa mañana y se sorprendería si no hubiera otra media docena en los próximos días.

Dobló la esquina hacia Bootham, contento de que su hogar no estuviera muy lejos.

El mal clima le impedía estar con Victoria, pero sabía que no tendría sentido ir a Hungate, mojarse terriblemente en el camino, solo para sentarse en esa pequeña habitación sintiéndose frío y húmedo no le hubiera sido divertido. Si Mercy estaba trabajando, entonces Victoria tendría que ver a los niños y no podrían hablar libremente. No, era mejor esperar hasta que el clima les permitiera caminar solos.

De repente fue golpeado por un hombre que salía de un edificio.

'Oh, una disculpa, señor. Me resbalé en el escalón'.
El hombre dio un paso atrás, ajustándose el sombrero,
su paraguas goteaba sobre las botas de Joseph.

'Está bien. Este clima es traicionero'. Joseph fue a
seguir adelante, pero el hombre se lo impidió.

'¿No es usted el doctor Ashton?'

Joseph asintió, tratando de ubicar donde había conocido al hombre antes. 'Lo estoy'.

'Perdóname, soy Arthur Bartholomew, abogado.
Nos reunimos en una cena alrededor de marzo, creo,
y el difunto señor Harold Dobson nos presentó.

'Ah, sí, ahora lo recuerdo'. Torpemente se estrecharon las manos haciendo malabarismos con cajas y
paraguas.

'Soy ... er ... era el abogado del señor Dobson'.

'Ya veo'. Joseph esperaba que el hombre se apurara
y siguiera su camino, el viento estaba impulsando la
lluvia horizontal y se estaba mojando severamente.

'No sabría de casualidad del paradero de la sobrina
del señor Dobson, la señorita Victoria Carlton,
¿verdad?'

'¿Señorita Carlton?'

'He tratado de encontrarla sin éxito'.

'¿A qué se refiere?'

'He buscado tanto como puedo para encontrarla con
los escasos detalles que la familia me ha dado, pero
no parecen saber a dónde se ha ido. Ahora me he
visto obligado a preguntarle a cualquiera que la haya
conocido. Sacudió la cabeza claramente consternado.

'¿De qué se trata, señor?'

'De la voluntad de su tío, por supuesto. Ella tiene una herencia sentada allí esperando que la reclame. Laurence Dobson me prometió que trataría de encontrarla, pero no he oído nada.

'¿Me dijo sobre una herencia?' Joseph miró al abogado apenas creyendo sus palabras.

'Eso es todo lo que puedo decirle, señor, usted comprende'.

Joseph sonrió. 'Sé exactamente dónde está la señorita Carlton, señor Bartholomew'. Levantó la vista hacia el edificio de piedra. '¿Es esta su oficina?'

'Si señor'.

'Entonces te traeré a la señorita Carlton mañana'.

'¿Lo hará? Pero escuché que estaba viajando, lejos, en algún lugar exótico, me dijo su prima, la señorita Dobson.

¡Le aseguro, señor, que la señorita Carlton no está en un lugar más exótico que York!

'No, eso no puede ser'. El señor Bartholomew parecía incrédulo.

'¿Le parece a las dos de la tarde?' Joseph le estrechó la mano y dejó al hombre boquiabierto bajo la lluvia. Victoria tenía una herencia. Ella podría estar libre de las garras de la pobreza. Por un momento, otro pensamiento entró en su cabeza. Teniendo su propio dinero ahora, ¿querría casarse con él?

~ ~ ~ ~

Victoria se despertó con un ruido extraño. Ella abrió los ojos, confundida.

La oscuridad envolvía la habitación. Mercy y los niños aún dormían.

¿Había estado soñando? Dando la vuelta en la cama, movió la mano de Bobby que se había deslizado debajo de su hombro.

El ruido llegó de nuevo. ¿Qué era eso? Se inclinó sobre un codo, entrecerrando los ojos en la oscuridad. Por la ventana, la noche era negra cuando el carbón y la lluvia golpeaban el vidrio. ¿Acaso era una rata? ¿Pelea de gatos? De repente, los gritos se hicieron claros, luego el grito de una mujer. El sonido de las salpicaduras la alcanzó. Perpleja, se sentó correctamente. El ruido se hacía cada vez más fuerte, se oían las voces de más personas mezclándose con la lluvia y salpicando. Definitivamente algo estaba sucediendo afuera o en el patio en la parte superior del camino.

Un grito la hizo saltar.

Mercy se despertó. '¿Que esta pasando?' preguntó adormilada.

'No sé', susurró, tratando de no despertar a los niños, pero también queriendo la escuchara por la lluvia que azotaba la ventana.

Frotando sus ojos en vigilia, Mercy miró a cada uno de los niños. 'Están bien'.

'No son los niños, viene de afuera'.

'¿Afuera? ¿Quién estaría afuera en medio de la noche con este clima?

Victoria miró por la ventana. Alguien pasó con una linterna en alto. Por un momento el resplandor de la luz iluminó la habitación y Victoria sofocó un grito.

'¿Qué sucede?' Preguntó Mercy mientras se sumergían en la oscuridad otra vez.

'Agua.'

'¿Qué?'

Lentamente, incapaz de creer lo que sus ojos acababan de ver por un momento, Victoria se agachó junto a la cama, pero antes de llegar al fondo del marco de la cama, su mano golpeó el agua fría. Ella se echó hacia atrás como si se hubiera quemado. '¡Dios mío, Mercy!'

'¿Qué?'

'¡Nos estamos inundando!'

'¿Qué quiere decir?' Mercy se enderezó, despertando a Seth.

La enormidad de lo que sucedía abrumaba a Victoria. La habitación tenía dos pies de agua. ¿Cuánto tiempo se tardaría en llegar a la cima de la cama?

Más personas corrieron por la ventana.

Victoria se arrodilló y buscó a tientas en la oscuridad, encontró la caja de cerillas en el estante sobre sus cabezas y encendió una cerilla. El pequeño círculo de luz tocó la mecha de la vela y un brillo misterioso llenó la habitación.

Sorprendida, miró el agua que brillaba a la luz de las velas.

'Que Dios nos ayude', susurró Mercy, arrodillándose para mirar fijamente como Victoria. 'Tenemos que irnos'. No sabemos hasta dónde llegará el agua. Quizá podamos subir a las habitaciones de arriba. Puede que los Rowlings nos dejen entrar.

Victoria se estremeció. 'No, no me gusta cómo me mira Phil Rowlings'.

'Sé que es un sucio, pero su esposa es bastante amable en su manera tranquila, y están más arriba. El río nunca alcanzaría el siguiente piso.

Prefiero ir a la casa de Joseph en Bootham. El único pensamiento de Victoria era ir al hombre que amaba. Reunirse con sus vecinos de arriba no parecía lo correcto, no había lugar para esas familias, sin importar enfrentarse a otras seis personas.

'Sí, el doctor Ashton nos recibirá'. Mercy asintió con tristeza.

'Tenemos que planificar antes de despertar a los niños'. Victoria agarró su chal y se lo puso alrededor de los hombros. Levantando su camisón alrededor de su cintura, se bajó de la cama.

El agua fría le llegaba justo debajo de las rodillas y le quitaba el aliento. 'Si esta cama no fuera tan alta, ya estaríamos empapados'. Se dirigió hacia la puerta y recuperó el suyo y los abrigos de Mercy de donde colgaban de un clavo. 'Usa mi abrigo y coloca el tuyo alrededor de Jane. Si llevas a Seth, puedo llevar a Emily. Bobby y Jane pueden tomarse de las manos'.

Los gritos y los llantos del carril se hicieron más fuertes ahora.

Despertaron a los niños, cada uno sin querer abrir los ojos o moverse del calor de las mantas. Victoria levantó a Emily mientras dormía contra su hombro. 'Bobby, cariño, despierta y ponte el abrigo, cariño'.

Mercy terminó de ponerse su camiseta, bajó de la cama y jadeó cuando el agua fría tocó sus piernas desnudas. Se quitó la manta superior y la envolvió alrededor de Seth que dormía. 'Jane, querida, despierta y ayúdame'.

'No, mamá, estoy muy cansada'.

'Lo sé, cariño, pero debes hacerlo. El río ha subido y el agua esta entrando en la habitación. Sé una niña grande ahora y levántate y ayúdanos'.

Gruñendo, Jane salió de la cama y, cuando el agua le llegó a los muslos, comenzó a llorar. Bobby también se unió, incapaz de comprender lo que estaba pasando. Agarró la mano de Victoria, negándose a abandonar la cama.

'Bobby, no puedo cargarte a ti ni a Emily. Debes caminar. Toma la mano de Jane'. Distraída, notó que otra persona saltaba por la ventana.

'No.' Obstinadamente, Bobby se negó a moverse.

'Esto no funcionará'. Mercy luchó por agarrar a Seth y la manta por completo en sus brazos y aferrarse a la mano de Jane también.

'Tendremos que hacerlo uno a la vez'. Victoria llevó a Emily a la puerta. Encontraré a una de las mujeres que ha llegado a las a tierra alta y le daré a Emily, luego volveré por Seth.

'Sí, ese es un buen plan. Me quedaré en la cama con estos tres. Que sea rápido'. Mercy encendió una segunda vela y la colocó sobre la mesa, antes de acurrucar a los niños en la cama.

Vadeando por el agua fría, Victoria llevó a Emily sobre su cadera. La niña tenía demasiado sueño para preocuparse por lo que estaba sucediendo.

Al abrir la puerta, dejó entrar más agua. Ella vio como una pequeña ola corría por la habitación hacia la cama.

El agua llegó al colchón. A la luz de las velas, Mercy la miró horrorizada.

Sin mirar atrás, Victoria salió de la habitación y salpicó el camino a través del agua. Pensó en los O'Sheas.

¿Sabían ellos de las inundaciones? Ella golpeó su puerta.

No recibió respuesta. ¿Ya habían salido? La lluvia cayó en una llovizna ligera. Ninguna luna iluminaba el cielo nocturno. La oscuridad parecía tangible, envolviendo rasgos familiares para hacerlos extraños o invisibles. Un misterioso silencio impregnaba el área. Los gritos habían desaparecido, el camino estaba desierto.

Asustada, Victoria caminó penosamente a través del agua negra hasta las rodillas a lo largo de Petal Lane hacia la siguiente cancha.

Más adelante vio una linterna, pero la persona tomó otro callejón y el brillo desapareció. Emily, envuelta en una manta que se arrastraba en el agua, pesaba en sus brazos. Ella siguió yendo más por el tacto que por la vista. Tropezó con algo, pero su mano golpeó la pared para evitar que ambos cayeran.

Al final del siguiente callejón, la gente estaba parada en cajas, el agua no estaba tan alta.

Una anciana se sentó en una silla encaramada en una caja y dio órdenes a cualquiera que la escuchara. ¿De dónde eres, muchacha? le preguntó a Victoria.

'Petal Lane.'

'¿Es habitable?'

No, a menos que estés en los pisos superiores. Estamos en la planta baja y tiene dos pies de profundidad.

'Petal Lane se ha hundido'. Las ancianas le gritaron a alguien que se asomaba por la ventana sobre ella.

'Necesito ayuda por favor. Mi amiga tiene tres hijos con ella. Tengo que ir y sacarlos'.

La anciana volvió a gritar. Dorrie, ¿dónde está nuestro Ralf?

La mujer señaló más allá de los edificios. Se ha ido a The Bay House, mamá. Necesitan ayuda con los barriles'.

¡Los hombres y su cerveza! murmuró la anciana.

Victoria movió a Emily a su otro brazo. 'Si alguien puede cuidar a Emily, puedo regresar y ayudar a los demás'.

'El agua normalmente nunca llega tan lejos'. La anciana saludó a una joven pareja que pasó corriendo y luego se volvió hacia Victoria.

'Déjala conmigo. No me voy a mover de aquí.

'¿Está segura?'

'Ninguna inundación me ha sacado de mi casa. Ella está a salvo conmigo. Vivo allá arriba, así que incluso si sebe alto, tenemos un lugar seguro'.

Agradecida, Victoria colocó a Emily en el regazo de la anciana. 'Muchas gracias, señora ...'

'Soy la viuda Mac, y su nombre es?'

'Victoria Carlton y gracias nuevamente. Volveré lo más rápido que pueda.

Al regresar por el mismo camino por donde había venido, tropezó con obstáculos ocultos. Sus pies y piernas estaban tan fríos que le castañeteaban los dientes. Su camisón húmedo y su chal estaban pegados a su cuerpo. Algo chocó contra ella, una caja de algún tipo y ella la apartó donde flotaba contra la pared de una fábrica.

Una mujer joven con un bebé pasó junto a ella.

'¿Está bien?' Victoria le preguntó, cuando la lluvia comenzó a caer fuertemente una vez más. La reconoció como Nellie desde el patio cerca de Petal Lane.

'Sí, estoy bien. Me iré a casa de mamá, ella vive en Walmgate'.

'Dirígete con la viuda Mac, el agua no está tan alta allí'.

'Sí, gracias. Iré hacia allá'. Nellie dobló la esquina y desapareció en la oscuridad.

En la espeluznante oscuridad, ella continuó. La gente se llamaba desde las ventanas de los pisos superiores, la luz de las velas se reflejaba en la tinta negra del agua, lo que le daba algo de luz para guiarla.

En Petal Lane, se abrió paso por las casas contando las puertas.

La oscuridad parecía penetrar más profundamente aquí, ninguna luz ayudó para guiarla. Las ventanas de arriba estaban a oscuras. ¿Estarían durmiendo en medio de este desastre?

El agua subía aún más. Llegaba hasta la mitad de su rodilla, asustándola.

'¡Mercy! Llamó antes de llegar a su propia puerta.

¡Estamos aquí, Victoria! La voz de Mercy era un sonido de bienvenida.

Asomando la cabeza por la puerta, agradeció que las velas aún estuvieran encendidas. El agua había llegado al borde del colchón y Mercy mantuvo a los niños cerca de ella. 'Bien, vengan'.

'No puedo creerlo'. Mercy se bajó de la cama y le pasó a Seth a Victoria. 'Bobby, salta sobre mi espalda. Jane toma mi mano'.

'¡No puedo!' Jane lloró, aterrorizada por el agua negra que lamía la cama de su isla.

'Sube a mi espalda entonces'. Victoria se volteó para que la niña pudiera subir.

'No puedes cargarlos a los dos'. Mercy se enfureció cuando Bobby se subió a su espalda, sus delgados brazos apretados alrededor de su cuello. 'Jane, sé una buena chica ahora, salta y toma mi mano'.

Haciendo malabares con Seth en una mejor posición en sus brazos, Victoria se enderezó lo mejor que pudo. 'Detente Jane. Hazlo rápido'.

Aunque el peso de la niña no era mucho, combinado con Seth en sus brazos, Victoria sintió como si estuviera cargando piedras. Inclinada, su cuerpo entero sentía el peso.

'Quiero ir en las espaldas de Toria', se quejó instantáneamente Bobby.

'Cállate, Bobby'. Mercy agarró un paquete de tela que había envuelto y lo dejó en la cama. 'Empaqué nuestra comida'.

Victoria enganchó a Jane más arriba en su espalda. 'Tengan cuidado allá afuera. El negro es muy negro y no hay luna que nos ilumine. La lluvia también es fuerte'.

'¿Dónde está Emily?

'Con la viuda Mac. ¿La conoces?' Victoria empujó a través del agua hacia la puerta.

'Sí, siempre la veo camino al trabajo. Siempre está sentada afuera en una silla, hablando con cualquiera que pasa'. Mercy tropezó en la puerta.

'Ella sigue haciéndolo, solo que ahora tiene a Emily en su regazo'. Una vez afuera, esperó a Mercy. 'No escuchaba ningún ruido de los O'Sheas. Estoy preocupada'.

'Puede que ya hayan salido temprano'.

'¿Sin decirnos?' Miró la puerta cerrada de su vecino.

'Eso sería algo poco probable de su parte'. Mercy golpeó la puerta. 'Kathleen, ¿estás ahí?'

Un pequeño sonido se escuchó desde adentro, pero la lluvia caía tan fuerte que Victoria no estaba segura de si había escuchado algo o no.

'¿Qué fue eso?' Victoria probó la manija de la puerta, la puerta se abrió una pulgada y luego se atascó. 'Mick! ¡Kathleen!'

No se escuchó ruido alguno.

'Mick y los muchachos han estado trabajando en turnos nocturnos, ¿será que aún no han regresado a casa?' Mercy se dio la vuelta. 'Tenemos que sacar a los niños de esta lluvia'.

De mala gana, Victoria se alejó. Volveré y comprobaré una vez que tú y los niños estén a salvo.

A la mitad de los callejones, Mercy se hizo cargo de llevar a Seth para que Victoria descansara. Con un niño cada una sobre sus espaldas, no tenían aliento para hablar.

Con una mano extendida para guiarla a lo largo de las paredes, Victoria sintió como si su espalda se quebrara.

Había perdido la mayor parte del movimiento en sus pies. Siguió cayendo sobre cosas en el agua que la inundación había llevado consigo por los patios y las calles.

'Aquí. Deja que te ayude'. Un hombre surgió de un callejón lateral. Se quitó a Jane de la espalda y puso a la niña sola. Luego, agarró a Seth y lo sostuvo contra su pecho.

Aliviada de algo del peso, Mercy se enderezó, sosteniendo a Bobby que se aferró como un pequeño mono.

Siguieron al hombre hasta que llegaron a la viuda Mac, quien ahora supervisaba desde su silla en la ventana del piso superior. La lluvia la había llevado adentro.

Subiendo la empinada y estrecha escalera, Victoria se levantó la ropa mojada para evitar tropezar con las escaleras. La sala de arriba tenía un fuego abrasador y algunas personas se sentaron a tomar té, con un aspecto triste y húmedo. En una manta cerca del fuego estaba Emily, durmiendo profundamente.

'Es muerte como la lluvia', dijo la viuda Mac desde su silla.

'Muchas gracias'. Mercy se arrodilló y Bobby saltó de su espalda y se paró frente al fuego, temblando.

'Dorrie, más mantas'. La viuda Mac dio la orden y una mujer delgada se apresuró a ver a todos y se aseguró que todos estuvieran cómodos. Sirvieron té, se encontraron mantas y apilaron más leña sobre el fuego.

Victoria cambió su chal húmedo por una fina manta gris que Dorrie le había dado. 'No puedo quedarme aquí sin saber lo que le ha pasado a Kathleen', le dijo a Mercy entre dientes.

Mercy la miró desde el piso donde estaba volviendo a acariciar el calor de los brazos de Jane. 'No puedes regresar. Estoy segura de que están bien'.

'Debo saber si está a salvo'.

'No puedo escuchar de qué estás hablando', dijo la viuda Mac desde la ventana. 'Hablen fuerte'.

'Nuestros vecinos, no sabemos si han salido'. Le dijo Victoria. 'Tengo que regresar y averiguarlo'.

'¿Quienes son?'

'Los O'Sheas'.

'No los vi pasar. Dorrie, dale a la muchacha una linterna'.

'Iré lo más rápido que pueda'. Victoria se puso el abrigo, aunque estaba muy húmedo, le agradeció a Dorrie por la linterna y salió de la habitación.

El agua fría la hizo temblar aún más y le costó todo su coraje forzar a sus piernas a moverse por el agua y retroceder por las oscuras calles. Más personas pasaron junto a ella, llevando objetos sobre sus cabezas y niños sobre sus espaldas.

Los perros de aspecto lamentable encontraron terreno elevado donde pudieron, y los gatos miserables maullaron dolorosamente desde los postes de la cerca y los tejados.

Una luz gris opaca de peltre se filtró a través del área a medida que el amanecer se acercaba, aunque hoy no verían sol porque aunque la lluvia se había detenido nuevamente, los cielos estaban opacos y bajos.

Llegó al patio más cercano a Petal Lane. Estaba desierto, el agua sucia lamía suavemente las paredes e invadía las casas. Dos hombres salieron de una pensión de la planta baja, con los brazos llenos de mercancías. Se detuvieron y la miraron.

'No nos ha visto, señora'. El hombre más alto dijo burlándose.

Ella sacudió la cabeza, asustada de decir cualquier cosa que pudiera llevarlos a la violencia.

El otro hombre arrojó un chaleco al agua y la maldijo. Lo dejó allí y se apresuró, pasando por Victoria.

El hombre alto se detuvo a su lado mientras su amigo continuaba. 'Eres una belleza, debo decirlo. ¿Qué tal si tú y yo nos divertimos un rato?'

'¡No!' Ella tropezó hacia atrás para alejarse de él y perdió el equilibrio. Ella cayó al agua con un grito que se convirtió en una gárgaras cuando el agua llenó su boca. La linterna también se sumergió bajo el agua, y la luz los sumergió en la oscuridad. Cuando se levantó, tosiendo, vio al hombre chapoteando por el callejón.

Temblando por el frío y lo cerca que estaba de lastimarse, se apoyó contra la pared y escupió el mal sabor de boca. Con el pelo goteando en los ojos y disgustada, con enojo se lo apartó. ¿Cómo había llegado ella a esto? De vivir una vida cómoda en Blossom Road hasta pararse en una inundación profunda de muslos en medio de los barrios bajos. Si no fuera tan trágico, ella se habría rcído.

Suspirando, continuó caminando. Su abrigo mojado se arrastró en el agua, ralentizándola, y cuando llegó a Petal Lane, se detuvo por un momento para apoyarse contra una pared nuevamente para recuperar el aliento. Nunca se dio cuenta de que caminar por el agua podría ser tan agotador.

Petal Lane estaba desierto. Los escombros de los callejones y el río flotaban y flotaban, los objetos se volvieron más claros a medida que la noche retrocedía con la luz del amanecer.

La puerta de su habitación se abrió, pero la puerta de Kathleen permaneció cerrada.

Poniendo su hombro sobre ella, empujó con fuerza. '¡Kathleen! ¿Estás ahí?'

La puerta se abrió un poco más con cada empujón hasta que finalmente pudo entrar.

El agua onduló contra los muebles. Kathleen y Mick tenían dos habitaciones.

Uno al frente y otro atrás. Victoria tropezó en la sala delantera, golpeando sus piernas ya magulladas con objetos invisibles debajo del agua. Moviendo a un lado la cortina que actuaba como puerta, entró en la habitación trasera donde dormía la familia. En la cama yacía Kathleen, con los ojos abiertos.

Corriendo por el agua, Victoria se dirigió a lado de su amiga y la tomó de la mano. '¡Kathleen!'

Miró fijamente al cuerpo de la mujer, pero no subía ni bajaba por mucho que lo quisiera.

'Oh, Kathleen. ¿Por qué tuviste que morir? ¿No sabes cuánto nos importamos a todos?' Sorprendida, Victoria se sentó en la cama y cerró suavemente los ojos de Kathleen.

Aturdida, miró a su alrededor. Otra cortina medio apartada de las literas que pertenecían a los hijos de O'Shea.

El cuarto estaba ordenada y organizada, la ropa doblada o colgada cuidadosamente. Una imagen en la pared mostraba una agradable escena en el campo, que Victoria pensó que debía ser de Irlanda, y fijaba en la otra pared una pequeña cruz de madera.

Se volteó para mirar a Kathleen. Su pecho se apretó de dolor, porque esta mujer había sido una amiga tan buena y amable, llena de consejos útiles y comentarios ingeniosos, una mano amiga cuando la vida parecía decidida a hacerte llorar. Mick dijo una vez que su esposa tenía un gran cuerpo alrededor de su enorme corazón, y él tenía razón.

Fugazmente, se preguntó dónde estaban los O'Shea, ¿sabían sobre Kathleen? Ella no tenía la energía para ir a buscarlos.

Además, no quería dejar sola a su amiga en una habitación con agua. Había muerto sola y eso entristeció a Victoria profundamente. Lo menos que podía hacer ahora era sentarse a su lado hasta que alguien viniera a buscarlos.

Tomando una gruesa manta del extremo de la cama, Victoria levantó los pies del agua y la envolvió. Mantuvo una mano sosteniendo la de Kathleen y la otra mano apretó la manta sobre ella para tratar de evitar que temblara. Estaba tan fría y cansada ...

Capítulo diecinueve

Joseph salió de su casa tan pronto como se enteró de las inundaciones de su ama de llaves. Con la mente solo pensando en Victoria, esperaba que ella no se hubiera visto afectada. Llamó al primer carruaje que vio y le pagó extra para que condujera rápido. Los cielos grises amenazaban con más lluvia, pero hasta el momento aún no llovía.

La devastación de hasta dónde había llegado la marejada de las riberas rotas pronto se hizo evidente. El agua sucia marcaba las paredes blancas de las casas y las tiendas, y los empresarios sacudieron la cabeza con desesperación a costa de la limpieza. La gente se alineó en las calles, encontrando puntos de ventaja para contemplar el espectáculo de los ríos Ouse y Foss que invaden las calles de la ciudad.

Al borde de Hungate, Joseph salió del coche y se quedó rodeado de personas desplazadas sentadas en las calles, mojadas y abatidas.

Un hombre se sentó en la cuneta con una herida sangrante en la frente. Joseph limpió la herida y vendó la cabeza antes de pasar a la siguiente persona.

Un niño se había resbalado y caído, claramente rompiéndose el brazo. Joseph habló con la madre del joven y les dijo que fueran al hospital.

Mientras se movía entre la multitud, preguntó por Victoria o Mercy, pero nadie los conocía. La preocupación lo llenó.

Entró en las estrechas callejuelas del barrio donde el agua no había llegado. La gente se puso de pie para hablar. Los niños jugaban, había bebés llorando, mientras un perro ladraba.

Ayudó a un anciano que tenía una cortada en la rodilla al sentarlo y aplicarle una venda. Una mujer había comenzado su trabajo de parto y él le dijo a un esposo aterrorizado que la llevara al hospital a menos que ella quisiera dar a luz en la cuneta. El esposo murmuró algo sobre una comadrona y su hogar bajo el agua.

Joseph miró al hombre. 'Tu matrona no te servirá nada si no tienes un hogar. Ve al hospital, por favor'.

Se alejó, pero pronto se detuvo al comienzo de las inundaciones. La devastación de las casas medio sumergidas lo sorprendió. Los niños arrojaban basura desde los aposentos superiores, riéndose del tamaño de cada chapoteo, mientras que otros hacían botes de papel mientras competían.

Joseph siguió caminando, encontrando patios y callejones que no estaban completamente anegados, tratando de acercarse lo más posible a Petal Lane.

'¡Doctor Ashton!'

Se detuvo y miró hacia arriba. 'Señora Felling!' Miró la puerta debajo de la ventana de la que ella se asomó. 'Estoy subiendo'.

Subió las escaleras lo más rápido que pudo, esquivando a la persona extraña que se sentaba en los escalones. Apresurándose en la habitación, fue en busca de Victoria.

'Doctor Ashton'. Mercy, que llevaba a su hijo más joven, se le acercó. 'Me alegra mucho que esté aquí'.

'¿Dónde está la señorita Carlton?'

'No lo sé'. El miedo nubló sus ojos. 'Regresó a Petal Lane para tratar de averiguar si nuestros vecinos están a salvo, pero eso fue hace horas y no ha regresado. Estoy muy preocupada'.

El miedo se apoderó de él. 'Iré a buscarla'.

Al regresar afuera, corrió, sin detenerse cuando llegó a los carriles inundados. Fue directamente a los callejones y patios llenos de agua, vadeando los escombros que habían sido arrastrados. El agua fría lo sorprendió, pero él lo ignoró y continuó. Una rata muerta pasó flotando y levantó su maletín médico alto para que no se mojara. Ya era suficiente que sus zapatos y su traje se arruinaran, no quería que su equipo médico también se dañara.

La gente lo llamaba desde las ventanas superiores, pero él endureció su corazón hacia ellos. Si llegara a detenerse en cada casa, nunca encontraría a Victoria. Finalmente, dobló la esquina y entró en Petal Lane. El agua estaba más alta aquí al estar más cerca del río. El agua turbia y marrón se arremolinaba a su alrededor cuando se detuvo en la puerta que conducía a la habitación de Victoria. La puerta abierta revelaba una habitación medio sumergida. No había rastro de ella.

Salpicando hacia la puerta de al lado, también la encontró abierta, pero a diferencia de la habitación de los Felling, ésta tenía otra habitación en la parte de atrás. Se abrió paso entre objetos flotantes y apartó la cortina divisoria.

'¡Victoria!' Al verla acostada en la cama, se apresuró tan rápido como el agua le permitió moverse. '¡Victoria!' Llegó a su lado y la levantó. Ella abrió los ojos y parpadeó.

Su corazón dejó su garganta para poder respirar nuevamente. 'Dios, me asustaste'.

La estrechó entre sus brazos, preocupado por lo fría y pálida que estaba. '¿Estás herida?'

'Kathleen ...' susurró a través de los labios azules.

Miró a la mujer grande que yacía a su lado y supo por el color de su piel que la mujer había estado muerta por algún tiempo. 'Ella se ha ido. Debemos alejarte de aquí y arroparte'.

'No puedo dejarla'. Ella lo empujó lejos. 'Kathleen me necesita'.

'Debe ir conmigo. Ahora no puedes hacer nada por ella,' dijo suavemente.

'¡No!' Ella trató de aferrarse cuando él la levantó de la cama. 'No puedo dejarla'.

Hizo una pausa y la miró a los ojos. 'Enviaré gente para que venga a recogerla. ¿Si puede confiar en que lo haga?'

Su mirada se detuvo en Kathleen, las lágrimas en sus pestañas. 'Mick, necesita saberlo'.

'Me aseguraré de decírselo. Pero por favor, déjame ayudarla primero. Estás helada y mojada.

Ella se hundió en sus brazos y él la sostuvo más cerca de su pecho. Caminar por el agua llevándola y su bolso era difícil, su vestido colgaba en el agua y se arrastraba, haciendo que sus esfuerzos fueran dos veces más desafiantes. Victoria cerró los ojos y comenzó a temblar, su cabeza cayó sobre su hombro y él la apretó con más fuerza.

'Háblame. ¿Puede hacerlo? ¿Puedes mantenerse despierta y decirme qué has estado haciendo?

Ella permaneció en silencio y pesada en sus brazos mientras él caminaba con dificultad hacia la casa donde Mercy esperaba. Se sintió enfermo al pensar que ella estuvo junto a una mujer muerta durante horas en la habitación fría e inundada.

~~~~

Victoria se despertó, con los ojos y la mente borrosos. Sintió calor como si le ardiera la piel. Las voces resonaron en su cabeza, lastimándola, demasiado fuerte, demasiado cerca. Le colocaron algo frío en su frente y eso le gustó. La oscuridad la cubrió y parecía estar cómoda.

Cuando despertó nuevamente, el calor se apoderó de su cuerpo. Ella gritó, de una intensa agonía.

Algo pesado estaba presionando su pecho. Ella no podía respirar. Sus pulmones se apretaron, no funcionaba correctamente.

Ella jadeó por aire. Sus ojos no se abrían. En pánico, luchó por ver algo, cualquier cosa. Voces resonaron. La oscuridad llenó su cerebro. Gritó nuevamente. Las manos la tocaron, quemando su piel. Pensó que estaba muerta y en el infierno.
~~~~

~~~~

Joseph se limpió el sudor de la frente de Victoria mientras ella se retorcía en la cama. La suave luz de la lámpara no ocultó el brutal rubor de fiebre que devastó su cuerpo. Desde que la trajo a su casa ayer, Victoria había caído en un estado inconsciente cuando su temperatura aumentó. Tanto él como la señora Felling se habían quedado a su lado durante la tarde y la noche mientras Victoria luchaba contra la fiebre.

Hoy, ella había empeorado con cada hora. Ahora, mientras otra noche descendía, esperaba en silencio que la fiebre de Victoria se abriera antes de matarla.

Las víctimas de la inundación habían llenado los hospitales, iglesias y casas de beneficencia.

Era obvio que necesitaban de su ayuda, pero no podía dejar a Victoria. Al tenerla en su casa, podría cuidarla mejor que dejarla en un hospital abarrotado. Mercy y los niños habían venido con él para darle respetabilidad a la situación, no que él los hubiera dejado atrás. Toda la familia había estado mojada, sin hogar y frenética por Victoria.

Cuando el pequeño reloj de la repisa de la chimenea dio las ocho en punto, miró a Mercy, que estaba sentada en una silla al otro lado de la cama. Llevaba un vestido marrón que le había prestado la señora Boden. 'Vaya a descansar un poco, señora Felling'.

'Estoy bien, doctor'. Sin embargo, su rostro contaba otra historia. Su piel era gris, tensa y tenía moretones debajo de sus ojos. 'No quiero dejarla'.

No ha dormido en más de veinticuatro horas, señora Felling.

Ella suspiró. 'Me tomaré una siesta más tarde'.
~~~~

'Puedo cuidarla. No necesito que también se enferme. Piensa en los niños'.

'Usted tampoco ha dormido doctor'. Sus ojos parecían atormentados y le recordaban a su hija Polly cuando había muerto.

'Señora Felling, por favor, vaya a la cama, aunque solo sea por una hora'.

'Muy bien'. Ella se levantó vacilante y él se apresuró a ayudarla a ponerse de pie.

'¿Ha comido con los niños esta mañana?'

Mientras asentía con su cabeza. 'No pude. La comida se me atora en la garganta ... Ella tiene que despertarse ... es todo lo que tengo, aparte de los niños.

No podía castigarla por no comer porque tampoco había podido hacerlo. La señora Boden había estado alimentando a los niños y preparándoles un baño caliente. Le habían despojado la ropa a los niños para lavarlos. La cocina parecía una lavandería, pero a él no le importaba. Lo único que le importaba era la supervivencia de Victoria.

Joseph acompañó a Mercy a la otra habitación, donde los niños dormían profundamente.

Cuando Esther Dobson encontró esta casa para él, dudó de la prudencia de tener una casa de tres habitaciones solo para él. Parecía un desperdicio de dinero, pero estando tan ocupado aceptó y lo tomó. Ahora la casa estaba llena y le gustaba bastante.

Le dio las buenas noches y regresó con Victoria. Se sentó en la silla al lado de la cama y le tomó la mano. Parecía tan sonrojada y delicada, desmintiendo la fuerza de voluntad que tenía. Necesitaba esa fuerza más que nunca para vencer la infección.

'Victoria, debes despertar'. Dijo acariciándole la mano. 'Tenemos una boda que organizar. Luego está mi familia para que la conozcas. Vendrán de Lincoln para la boda. Mi mamá está muy emocionada de conocerte. Le he contado mucho sobre ti. Ella estaría aquí, pero le dije que se esperara ... 'No podía decir si podría ser contagiosa y propagar la enfermedad que combatía. Su madre vendría a ayudarlo, lo sabía sin que se lo dijeran, pero era mejor que se mantuviera alejada hasta que Victoria volviera a estar bien.

Ella apartó su mano de la de él, golpeando su cabeza contra la cama.

Se levantó y vertió agua fresca en un tazón grande y comenzó a esponjarle la cara y el cuello.

El calor irradiaba de su cuerpo, el camisón prestado estaba cubierto de sudor. Goteó agua sobre sus labios, esperando que llegara a tomar un poco.

Un golpe en la puerta lo hizo voltear. La señora Boden estaba en la puerta. Se enderezó y volvió a poner la tela en el cuenco. '¿Si?'

'Solo vine a decirle que puedo pasar la noche en caso de que me necesite'. Miró a Victoria con tristeza.

'Eso es muy amable de su parte, señora Boden'. Su ama de casa era una buena mujer y le agradeció al universo el día en que la contrató.

'¿Cómo está la señorita Carlton?'

'No tan bien como me gustaría que lo estuviera'. Dijo suspirando. 'La fiebre aún arrecia. Ya debió haberse disipado'.

'Dios la bendiga. Le traeré una bandeja de té, señor, y algo de pan tostado. Necesita mantener su fuerza. Le dije lo mismo a la señora Felling'.

Cuando la señora Boden se fue, volvió a sentarse y continuó acariciando los brazos de Victoria. La parte posterior de su cuello estaba apretada por la tensión y se estiró un poco. La noche sería larga.

En algún momento durante las pequeñas horas de la noche, debió haberse quedado dormido, porque despertó sobresaltado cuando Victoria gimió.

Él parpadeó para enfocarse y se inclinó sobre ella para sentir su frente. Aún tenía fiebre y su corazón se contraía. La fiebre estaba tardando demasiado en alcanzar su punto máximo.

Tenía el pelo mojado de sudor. La limpió con una esponja y luego se quitó la sábana húmeda superior.

La señora Boden había dejado sábanas limpias en la cómoda junto a la puerta.

Cuando movió a Victoria sobre su costado para cambiar la sábana debajo de ella, su cuerpo se dejó caer sin responder.

También necesitaba cambiarle el camisón. La que tenía era de las señora Bode, y dudaba que tuviera otra.

'Victoria despierta por favor,' dijo implorando mientras cambiaba las sábanas.

El reloj tocó cuatro veces. Otra hora y estaría amaneciendo. Cansado por sus esfuerzos, se recostó en la silla y la observó, esperando una señal de que se estaba recuperando.

Al despertar, los pájaros cantaban fuera de la ventana y la señora Felling se sentó al otro lado de la cama.

Se sentó y se inclinó sobre Victoria para revisarla.

'Creo que no está con tanta fiebre como lo estaba, doctor'. Dijo Mercy sonriendo y esperanzada.

Tocando la frente de Victoria. Todavía tenía calentura, pero no como antes. 'Sí, creo que tiene razón, señora Felling'. Utilizó el termómetro clínico para obtener una mejor lectura, pero estaba seguro de que ella se veía mejor que hace unas horas.

'Se quedó con ella toda la noche. Debe estar exhausto. Puedo cuidarla mientras usted descansa'.

Dijo no con la cabeza, mientras contaba los minutos en su bolsillo viendo el termómetro. 'Gracias, pero estoy bien. Me tomé una siesta. Sin embargo, iré a bañarme en un momento.

'Bueno. La señora Boden está preparando el desayuno y dice que los dos debemos comer o ella no se responsabilizará de sus acciones.

Él asintió distraídamente. 'Entonces será mejor que hagamos lo que ella nos dice'. Esperó los cinco minutos antes de retirarle el termómetro. 'Sí. La temperatura de Victoria ha bajado'.

'Son buenas noticias'. Mercy dejó escapar un profundo suspiro.

'No tardaré mucho en recuperarse'. Se detuvo junto a la puerta, observando a la señora Felling inclinada sobre Victoria y limpiando tiernamente su frente. '¿Quizá podría llamarme Joseph, ya que ambos estamos juntos en esto?'

Dijo sonriendo. 'Me gusta la idea, y yo soy Mercy'.

Él asintió y salió de la habitación para cruzar el rellano a su propia habitación. La señora Boden ya había dejado una jarra de agua caliente junto al lavabo y una toalla limpia. Dando la espalda a su acogedora cama, se quitó la chaqueta y la camisa y comenzó a lavarse. Quería verse lo mejor posible cuando Victoria despertara.

Capítulo veinte

Joseph se sentó en el escritorio en la habitación de invitados de su casa. Acababa de terminar de escribir una carta a su madre. Fuera de la ventana, un pájaro cantaba en el árbol. Era un glorioso día de septiembre, lleno de sol y un toque de brisa. Las hojas de los árboles estaban cambiando de color, pero lentamente, sin prisa, como si aún no estuvieran listas para partir de sus ramas.

Escuchó a los niños reír en el jardín y Mercy los calmó y los envió adentro. Sonrió ante sus inocentes súplicas de quedarse afuera y jugar. Cuán diferentes eran esos niños de los que conoció en marzo. Atrás quedaron los fantasmas insípidos e indiferentes escondidos en un rincón oscuro. Ahora estaban sanos con las mejillas sonrosadas y sus voces llenaban su casa.

Al mirar hacia la cama donde yacía Victoria, esperaba que el ruido de los niños la hubiera molestado lo suficiente como para que abriera los ojos.

Sin embargo, ella aún permanecía quieta y tranquila. Han pasado cinco días desde que la rescató. Victoria había sufrido fiebre durante dos días, pero cuando por fin se fue, no se había despertado.

A medida que pasaba el día, se ponía más ansioso por la razón.

Un suave golpe precedió a Mercy cuando entró en la habitación. 'Te he traído algo de té Joseph'.

'Muchas gracias Mercy'.

Ella colocó la taza de té y el platillo al lado de su carta y se volteó hacia Victoria. '¿Aún sigue sin mejorar?'

'Así es'. Se levantó de la dura silla de madera y se paró al lado de la cama.

Sintió la frente de Victoria, que estaba a temperatura normal. 'Pensé que ya se habría despertado. La fiebre se fue hace tres días. Debería haber signos de mejora'.

'Usted mismo dijo que tuvo suerte de sobrevivir a la fiebre. Estaba tan cerca de la muerte ... tal vez su cuerpo solo necesita descansar ahora. Mercy tomó suavemente la mano de Victoria y la acarició.

'Se está acostumbrando Mercy'. Se le quebró la voz y tosió apresuradamente para taparlo. Su corazón se sintió destrozado por la enormidad de casi perder a la única mujer que amaba más que a nadie.

Mercy se sentó en la silla junto a la cama. '¿Qué podemos hacer?'

'No lo sé. Le he escrito a mis contemporáneos para ver si pueden ayudarme. He intentado todo lo que sé'. Se pasó los dedos por el pelo, frustrado porque no podía hacer que Victoria despertara.

'Dijo ayer que la naturaleza se hará cargo y la curará', susurró Mercy. 'Me prometió que estaría mejor si sobrevive a la fiebre, pero no puede saberlo con certeza, nadie puede'.

'Soy doctor. ¡Yo debería saber!'

'Tonterías. No puedes saberlo todo. No es posible'.

Mercy lo miró. 'Sé que le tienes cariño, como ella lo siente por ti. Esperemos que sea suficiente para sacarla adelante'. Se puso de pie y caminó hacia la puerta. 'Creo que será mejor que vaya a ver a los niños. Su ama de llaves los está llenando de pastel.'

'A la señora Boden le gusta consentirlos. Creo que la aburrí con mis maneras tranquilas.'

'Ya no está tranquilo aquí, eso es seguro'. Sonrió Mercy. 'Los pequeños la mantendrán muy ocupada'.

Ella abrió más la puerta y se detuvo. 'Nunca puedo agradecerte lo suficiente por dejarnos quedarnos aquí. Petal Lane está libre de las inundaciones, todo se ha drenado. Iré esta tarde para comenzar a limpiar'.

'No, Mercy. No puedo dejarte hacer eso'. Viendo a Victoria. 'Sé que ella querría que estuviera aquí, a salvo. Esa habitación en Petal Lane estará llena de humedad y moho. No es apto para que la habiten. Con toda conciencia no puedo dejar que se lleve a los niños allí.

'Pero no somos tu responsabilidad, Joseph. Ya has hecho suficiente. Tengo que regresar a trabajar y, lamentablemente, Petal Lane es el único lugar donde puedo permitirme vivir'.

Mientras él la miraba. 'Te ayudaré a encontrar un hogar mejor, pero hasta que Victoria vuelva a estar bien, sería más feliz si te quedaras aquí conmigo. Además, los chismes se difundirían rápido si se dan cuenta que me ha dejado sola con Victoria'.

'Ella debería estar con su familia en Blossom Street'.

'¿Pero será que ella quiera regresar?' Había pensado ponerse en contacto con los Dobson, pero la situación era delicada. Dejaron en claro que Victoria ya no era parte de su familia. De repente recordó la herencia de Bartholomew y Victoria. Los Dobson le habían mentido al abogado sobre su viaje.

Mercy suspiró. 'No, no creo que lo deba hacer'.

'Entonces, ¿les hago saber?' Dobló la carta a su madre y la colocó en un sobre.

'Esperemos hasta que ella tome la decisión'.

'Antes de la inundación, me reuní con el abogado de los Dobson y él mencionó que Victoria tiene una herencia de su tío Harold'.

Los ojos de Mercy se abrieron. '¡Dios!' Una herencia. Que bien por ella'.

'Sí. Será una mujer independiente'.

'Aún así ella aún querrá casarse contigo. Lo sé con certeza'.

'Eso espero'. Joseph caminó con Mercy abajo. Tengo que hacer algunas llamadas, pero no tardaré. ¿Te sentarás con Victoria?'

'Sí. Llevaré a los niños para leerles junto a su cama. Podría hacer que abra los ojos y a Bobby le gusta estar cerca de ella.

'Seré breve. Si me necesita, estaré primero en Union y luego en Wilsons.

'Enviaré por usted si ella se despierta'. Mercy estaba parada en la puerta. 'Como se acordará, mañana estaré asistiendo al funeral de Kathleen'.

'Oh claro. Ha sido una gran pérdida'. Se puso el abrigo y el sombrero y recogió su bolso médico. Su esposo vino anoche, ¿no? No es que haya hablado con él. Lo vi desde las escaleras'.

'Sí, Mick O'Shea. Quería comprobar que estábamos bien y a salvo. Está desconsolado'.

'Pobre de él'. Joseph abrió la puerta principal, pensando en el gran irlandés que parecía roto cuando llamó brevemente la noche anterior para hablar con Mercy y preguntar por Victoria.

Parecía un hombre bastante decente y Joseph entendió cómo se sentía si perdía a Victoria, él tampoco sabría cómo lidiar con ello.

Bajó por Bootham hacia el centro de la ciudad.

Había reducido todas sus actividades desde que rescató a Victoria y pidió perdón a los institutos que requerían sus servicios. Incluso ahora preferiría estar al lado de Victoria que hacer sus visitas, pero otras personas confiaron en él y no debe olvidar eso.

Al final de Bootham miró a su alrededor buscando un coche.

'¿Doctor Ashton?' Un hombre lo llamó desde un carruaje, que disminuía la velocidad frente a él.

Joseph frunció el ceño cuando Todd Dobson bajó del carruaje.

Todd se adelantó y le estrechó la mano. 'Ha sido todo un martirio. ¿Qué tan cómo esta?'

'Bien'. ¿Y usted?'

'Bien como puede ver'.

'¿Se ha recuperado de su pierna?'

'Completamente'. Todd sonrió encantadoramente. 'Hace poco regresé a casa después de viajar a París. Stella me ha informado que no ha regresado a casa en meses. Ella está terriblemente molesta por eso. ¿Le ha ofendido la familia?'

'He estado terriblemente ocupado'.

'Aunque no creo que esté demasiado ocupado para cenar con buenos amigos, me imagino. No puede trabajar todo el día porque eso haría que uno sea muy aburrido'. Vestido con un traje negro de calidad impecable, Todd se rio de sus propias palabras.

'Creo que debo ser muy aburrido, sin duda'. Joseph inclinó la cabeza, listo para alejarse.

'Ashton? ¿No te ofendes, seguro?' La cara de Todd se puso seria. '¿Todo está bien?'

Joseph lo miró fijamente, viendo su ropa elegante y el espíritu despreocupado de un hombre que no tiene preocupaciones ni responsabilidades en su vida.

Un hombre que vuela día a día sin nada más desafiante en su mente que preguntarse qué haría para entretenerse. '¿Alguna vez ha pensado en su prima, la señorita Carlton?'

'¿Victoria?' Todd parpadeó rápidamente. 'Oh, er ... ¡Mamá dice que está viajando, y que ni una carta me ha enviado!'

'¿Perdón?' Sorprendido, Joseph quería golpear al hombre. '¿Esa es la historia que te cuentan *incluso* a ti?'

'¿Historia? No sé de qué habla'.

'Culpan a Victoria por la muerte de tu padre', espetó Joseph.

'¿Lo hace? ¿Por qué? No sabía nada sobre eso. Me fui a París tan pronto como me curaron la pierna. Mamá y Stella, junto con Laurence vinieron a verme camino a Londres. Me dijeron que Victoria no estaba con ellos porque se había encontrado con una tía de su padre que le ofreció la oportunidad de viajar con ella.

'Es una mentira'.

'¿Una mentira?' Todd se tocó la cara con incredulidad. '¿Por qué me mentirían sobre algo así?'

'Obviamente no te confiarían con la verdad'.

'¿Cuál es la verdad?' Todd miró a su alrededor y señaló un café en la esquina de Gillygate. 'Hablemos allá. Estoy muy confundido'.

'Tengo que ir a la Unión'.

'Diez minutos, por favor. Necesito saber qué me oculta mi familia'.

Pronto se acomodaron en una pequeña mesa junto a la ventana y pidieron una taza de té.

'Entonces dígame todo'. Dijo Todd, sacando su servilleta. 'Me preocupa mucho que haya sucedido algo y que no me hayan dicho'.

'En pocas palabras, tu prima me estaba ayudando, visitando a los pobres, ese tipo de cosas'.

'Bien, ya veo'.

'Tus padres se enteraron y a tu madre no le gustó especialmente lo que Victoria estaba haciendo. Hubo una discusión y tu padre murió de un ataque al corazón. Tu madre y Stella culparon a Victoria, y ella tuvo que salir de la casa. No la han visto desde entonces, bueno, excepto tu hermano.

'Laurence?'

Joseph agradeció a la camarera cuando es trajo su té. Sirvió el té en dos tazas y luego miró a Todd. 'Te contaré todo y luego lo sabrás todo'.

Veinte minutos después, Joseph vio las emociones revolotear en la cara de Todd después de que él le contó todo lo que le había sucedido a Victoria desde la muerte de su padre.

Todd jugó con una cucharadita. 'Y menciona que esta muy enferma'.

'Sí, contrajo una infección por la inundación. La fiebre casi la mata. Se esta quedado en mi casa para que pueda atenderla, junto con la familia Felling.

'¿Esta señora Felling te ha contado todo lo que ocurrió con Victoria y mi familia? ¿Puede uno confiar en que esté diciendo la verdad?'

'Sí, por supuesto. Victoria me ha contado algo, pero no todo. Mientras estuvo enferma, Mercy me ha informado mientras compartíamos una vigilia sobre ella y me lo contó todo. Y ahora sabes la verdad'. Joseph se terminó el resto del té que le sobraba.

'No puedo creerlo de Laurence. ¿Vender su parte de la casa en Fossgate?'

'Es verdad.'

'Pero no tenía razón para hacerlo. Es rico más allá de sus sueños, ya que su herencia por parte de papá es enorme. A Stella y a mí también nos fue extremadamente bien, pero Laurence dirige el banco ... Todd parecía muy afectado. '¿Cómo podía llegar a creer que un argumento tonto sería la causa de la muerte de papá?'

'Un ataque al corazón puede presentarse en cualquier momento. Aunque es cierto que las situaciones estresantes no ayudan, culpar a Victoria es un tanto cruel e injusto'. Joseph se levantó, llegó muy tarde. 'Debo irme'.

'¿Puedo ver a Victoria?'

'Ciertamente. Cuando se haya recuperado y pueda recibir visitas. Me niego a que se moleste'. Joseph buscó dinero en su bolsillo. 'Tengo que dejarte ir ahora. ¿Te quedarás mucho tiempo en York?'

'Un mes o dos, dependiendo de cuánto me cansen mamá y Stella'. Todd lentamente se puso de pie. 'No, déjame pagar la cuenta'. Estrechó la mano de Joseph. 'Llegaré al fondo de todo esto'.

Una camarera trajo su sombrero y abrigo. 'Tú ocúpate de eso y yo de Victoria. Buen día'.

~ ~ ~ ~

Algo suave y ligero le hizo cosquillas en la mano. Victoria se movió. El cosquilleo vino de nuevo. Sus párpados se sentían pesados. Fue un enorme esfuerzo abrir los ojos y abandonar el lugar tranquilo en el que había estado. Al principio, nada estaba en su lugar. Luego, poco a poco, las formas se convirtieron en muebles y la cara que la miraba se convirtió en Bobby.

'¡Estas despierta!' Dijo subiéndose a la cama a su lado.

'Mira esto. ¡Es una pluma!' Oportunamente levantó una larga pluma blanca.

'Sí...'

'Estaba en el pasto. Es mío'. Sus pequeños dedos recorrían la pluma de arriba abajo. 'No se lo daré a Jane- Tengo hambre. ¿Quieres jugar a la pelota? Seth cayó por las escaleras y se lastimó la rodilla. No lo empujé. ¿Podemos ir al río?'

La conversión fluyó sobre Victoria como una ola de ruido infantil. Ella no tenía energía para responder y cuando él saltó de la cama, ella cerró los ojos nue- vamente lista para volverse a dormir.

'¡Toria!' Bobby empujó su pequeña cara redonda a una pulgada de la de ella. '¡Levántate!'

Mercy entró corriendo a la habitación. '¡Bobby! Sal ahora. ¡Ve y juega!' Se cayó al lado de la cama, con la cara radiante y las lágrimas brillando en los ojos. '¡Has despertado! Oh querida'. Mercy lloró y besó la mano de Victoria. 'Oh, no puedo creerlo. ¡Alabado sea el Señor! Joseph estará muy contento cuando vuelva a casa.

Joseph.

Victoria sonrió internamente al escuchar su nombre. Joseph quien la había besado. Quién le había pedido que se casara con él. Moviendo solo sus ojos, lo buscó en la habitación.

'Estará en casa pronto'. Mercy agarró sus manos. '¿Cómo te sientes?' Tocando la frente de Victoria. 'Ya no te noto con fiebre'. Se secó las lágrimas y se echó a reír. 'Qué hermoso día. Estoy muy contenta. Joseph y yo estábamos rezando para no perderte'.

Como las de Bobby, las palabras de Mercy las ignoró. Estaba demasiado cansada para pensar o entender nada de eso.

'¿Tienes hambre? Debes estarlo, no has comido en cinco días. Vuelvo enseguida'. Mercy corrió hacia la puerta, recogiendo a Bobby mientras ella iba y desapareció llamando a alguien llamada señora Boden.

Cuando escuchó el silencio, Victoria se acurrucó más en la almohada y cerró los ojos para dormir.

La próxima vez que despertó, se encendieron dos lámparas, desterrando la oscuridad. Movió las piernas, que se sentían rígidas. Volteó la cabeza. Joseph se sentó en una silla junto a la cama, con la barbilla apoyada en su pecho, profundamente dormido.

Ella lo observó por un tiempo, estudiando la forma de su nariz, la curva de su mandíbula. Una desesperada necesidad de hablar con él la llenaba.

'Jo ...' Su voz salió como un susurro, su garganta reseca como arena. Lamiéndose los labios, intentó nuevamente. 'Jos…'

Levantó la cabeza de golpe y estuvo a su lado en un instante, la alegría brillaba en sus hermosos ojos azules. 'Estoy aquí, querida. Estoy aquí'. Él agarró su mano y la besó antes de ser médico y sentir su cabeza y mirarla atentamente. '¿Cómo te sientes? ¿Puedes moverte? ¿Sabes quién soy?

'Bebe ...' Su garganta parecía cerrada.

'Por supuesto.' Vertió agua en un vaso y luego levantó suavemente la cabeza para ayudarla a beber.

El agua era como el néctar del cielo de arriba. Bebió hasta que el vaso estuvo vacío, pero incluso esa simple acción la había agotado. Miró a Joseph y recibió un beso en la frente. Un cálido sentimiento de amor la llenó, y ella sonrió. 'Joseph'.

'Si mi amor. No te dejaré'. Él le acarició la mejilla. 'Bien'.

'Te recuperaremos de nuevo, mi amor. Entonces nos casaremos y podré cuidarte para siempre. La acunó contra su pecho y ella cerró los ojos agradecida de que este maravilloso hombre amable la amara.

Capítulo veintiuno

Victoria se sentó junto a la ventana del dormitorio y miró hacia la carretera de abajo. Bootham, como Blossom Street, era una calle muy transitada, y le gustaba ver pasar los carruajes y la gente. No se sentía tan apartada del mundo cuando estaba sentada en la ventana. Los fuertes vientos de octubre habían transformado las hojas cambiantes en montones desordenados en el jardín donde veía a los niños correr y jugar.

Su recuperación fue lenta, más lenta de lo que Joseph quería.

Algunos días podía salir de la cama y caminar hacia la ventana, otros días tenía que dormir todo el día. La señora Boden le dio de comer los mejores ingredientes, pero aún así permaneció muy delgada.

Al igual que el invierno anterior, había desarrollado un resfriado en el pecho y la tos había regresado, manteniéndola despierta por la noche.

Joseph la hizo beber agua y comer alimentos nutritivos a menudo, pero hubo días en que su apetito le falló por completo y pero comía para agradarle a él y a Mercy.

Hoy, cuando un sol débil atravesaba las nubes grises, Mercy la había ayudado a vestirse con una bata de césped suave del color azul pálido y le había puesto un chal blanco de cachemira alrededor de los hombros. Con una manta sobre las rodillas, se sentó en una silla acolchada esperando a que Joseph regresara a su casa de uno de los hospitales. En tres semanas se casarían, y ella anhelaba la seguridad de ser su esposa y tenerlo como esposo. Una vez casados, nadie podía quitárselo. Su amor era solo suyo, y ella lo disfrutaba como un gato tomando el sol.

En la mesa junto a ella, recogió una dulce carta escrita por la madre de Joseph dándole la bienvenida a la familia y cuán contentos estaban de la próxima boda. Esperaba conocer a la familia de Joseph, especialmente desde que descubrió que tenía una herencia. Ahora podía mantener la cabeza en alto y enfrentarse a la familia Ashton sabiendo que tenía dinero propio y que no era una indigente.

Hasta el momento no se había reunido con el señor Bartholomew, el abogado de su tío. Joseph le dijo que esperara hasta que fuera más fuerte para lidiar con eso, pero no saberla la estaba volviendo loca.

Sin embargo, lo que más la molestó fue el hecho de que todo el tiempo que vivía en Petal Lane y sufría la humillación de estar sin dinero, tenía algún tipo de herencia que podría haber usado: dinero que los habría salvado de la inundación, de morirse de hambre, de Mercy tener que trabajar en una casa pública a todas horas, de vivir en un asqueroso refugio.

'¡Toria!' Bobby entró corriendo a la habitación y se subió a su regazo. Había estado llorando.

'¿Qué pasa, cariño?' Acariciando su cabeza.

Mercy entró en la habitación, su rostro como un trueno. ¡Robert Felling ven aquí de una vez!

Bobby se acurrucó aún más en los brazos de Victoria. '¿Qué ha hecho?' le preguntó a Mercy.

'Se comió todos los pasteles de miel de la señora Boden, o lo que quedaba'.

Victoria levantó las cejas hacia él. '¿Por qué hiciste eso?'

'Solo cuatro, Toria, solo cuatro. Seth comió un poco, y Emmy'. Sus ojos le suplicaron que se pusiera de su lado.

'Suficiente'. Dijo Mercy. 'Seth es más que un bebé que sigue tu ejemplo y Emily hará todo lo que digas. ¡Eres el hermano mayor! Debes mostrarles cómo comportarse'. Mercy lo quitó del regazo de Victoria. 'Por ser tan codicioso ahora te quedarás sin cenar. ¡Ahora vete a la cama!

Salió corriendo, llorando de la habitación y Victoria sintió pena por él. 'No seas demasiado dura, Mercy, él es solo pequeño'.

'Es lo suficientemente mayor como para saber. ¿Crees que quiero criar a un hijo que roba? ¿Acaso no pasé lo suficiente con Polly?'

'Polly los estaba manteniendo vivos'.

'Exactamente, así que había una razón detrás de ello, lo que empeora las cosas para Bobby, ya que aquí no nos esta faltando nada. No abusaré de la generosidad de Joseph. Bobby robó por puro placer'.

Victoria escondió una sonrisa, amando lo mucho que Mercy pensaba el mundo de Joseph. ¡Las dos personas que más adoraba eran amigos y, a menudo, se unían a ella! La hizo muy feliz. 'Tiene cinco años'.

'¡Lo suficientemente mayor como para saberlo mejor!' Mercy estaba que echaba humo.

Ambos miraron hacia la puerta cuando la señora Boden entró en la habitación. 'Lamento molestarlas a los dos, pero hay un caballero aquí para ver a la señorita Carlton'.

'¿Un caballero?' Victoria miró a Mercy. '¿Quien podría ser?'

'¿El Señor Foster, de la *Gaceta de Yorkshire*? Nunca llegaste a tener una reunión con él'.

'No, dudo mucho que sea él. Probablemente se ha olvidado de mí'. Se sentía culpable de nunca haber visto al señor Foster y se encargaría de hacerlo tan pronto como estuviera lo suficientemente bien.

'El caballero dijo que era su primo, señorita,' dijo la señora Boden.

La sangre se drenó de su rostro. 'Laurence?' Dijo mirando a Mercy. 'No quiero ver a Laurence. ¿Por qué querría verme? No, no lo veré'.

'Iré abajo. ¡No dejare que pase!' Mercy salió de la habitación con la señora Boden pisándole los talones.

Victoria esperó unos ansiosos minutos antes de escuchar voces en la escalera. Su corazón latía en su pecho.

¿Qué podría querer Laurence? Deseó que Joseph estuviera aquí. Estiró el cuello para ver quién era y sintió una oleada de emoción cuando Todd entró con cautela en la habitación. '¡Todd!'

'Victoria.' Se apresuró hacia ella y se arrodilló junto a su silla. 'Querida y dulce Victoria. ¿Te sientes mejor?'

'Lentamente. ¿Por qué estás aquí?' Mirándola fijamente. Parecía mayor, más delgado, con el pelo despegado.

'Para verte, por supuesto, pero también para extender mis más sinceras disculpas porque has sufrido tanto. No lo sabía. No hasta que vi al doctor Ashton en la calle hace unas semanas.

'Joseph mencionó que había hablado contigo. Aunque no pensé que vendrías a visitarme'.

'¿Por qué no vendría? Joseph acaba de darme permiso para visitarte. He estado esperando, pero él dijo que estabas demasiado enferma. Tengo que viajar a Londres esta noche, y no quería irme sin hablar contigo.

Ella tomó su mano. 'Me alegra que hayas llamado. Te he extrañado'.

'Y yo también'.

La señora Boden trajo una bandeja de té y se los dejó.

'Permítame'. Todd recogió la tetera y sirvió el té con el ceño fruncido.

'No tenía idea de nada de lo que sucedió hasta que hablé con el doctor Ashton. Me habían dicho que viajabas con una tía. Al principio me pareció extraño, pero no lo cuestioné. ¿Qué razones tenía para pensar que mi familia me estaba mintiendo?

'¿Por qué? Es una buena historia para difundir, fácil de que la gente lo creyera'. Victoria aceptó la taza y el plato. Ante la sorpresa inicial de verlo, ella se puso nerviosa por lo que tenía que decir. ¿Debería culparlo como al resto de la familia? No podía soportar más condena. 'Así que ahora sabes la verdad de lo que pasó. ¿Me juzgas por el ataque al corazón de tu padre?'

'No, en absoluto. Papá tenía sobrepeso y trabajaba mucho. El doctor Ashton dijo que podría haber ocurrido en cualquier momento'.

'Sin embargo, tía Esther y Stella se niegan a creer la opinión de un médico'. Ella se encogió de hombros, el viejo dolor se alzó presente nuevamente. 'Amaba al tío como a un padre. Nunca querría causarle dolor. Su muerte me ha sido difícil de aceptar'.

'Lo ha sido para todos'.

'¿Saben que estás aquí?'

'Sí. Les he contado todo lo que Ashton me contó, todo lo que has soportado.

En algún momento se habría horrorizado de que supieran lo baja que se había vuelto, pero ya no. Tenía el amor y la admiración de Joseph. Era todo lo que ella quería o necesitaba. '¿Y cuál fue su reacción?'

'Un silencio aturdido para empezar'. Todd sorbió su té. 'Y después mamá se puso a llorar. Creo que lamenta mucho de lo que sucedió y de cómo te trataron'.

Victoria endureció su corazón. 'Estarán mortificados por tener a algún miembro de su familia viviendo en circunstancias tan reducidas. La vergüenza de la familia sería intolerable'.

'Tal vez sí ...' Él no podía mentirle, ya que sabía leerlo.

'¿Cuál fue su opinión de que el doctor Ashton me llevará con él?' Le daba una alegría que Stella supiera que había perdido a Joseph por ella. Por una vez, Victoria había dado un golpe a su prima.

'Estaban muy sorprendidos, pero reconocieron que Ashton es un hombre bueno y amable'.

'Estamos por casarnos'.

'¿De Verdad? ¡Felicidades!' Todd se inclinó y besó su mejilla. 'Estoy muy feliz de escuchar buenas noticias. Es lo que quieres? Quiero decir, ¿no estás aceptando su oferta de matrimonio porque sientes que no tienes a dónde ir?

'No tengo otro lugar a donde ir, pero esa no es la razón. Mi afecto por él es profundo y permanente. Él es un buen hombre'.

'Y él te mantendrá a salvo, a diferencia de tu familia'.

Tomó un sorbo de té, sin querer comentar al respecto. Su confianza en la gente seguía siendo escasa. Solo podía confiar en Mercy y Joseph, dos personas que el año pasado ni siquiera conocía. 'Me han informado que el tío Harold me dejó una herencia. ¿Sabes algo al respecto?'

'No estaba durante la lectura del testamento. Todavía estaba postrado en cama, pero recibí una carta del señor Bartholomew. Mencionó solo lo que recibiría'.

'Así que no lo sé todo'.

'Dudo mucho que papá te hubiera dejado sin nada. Te amaba como a una hija'.

'Sí, lo hizo, y siempre estaré agradecida por eso'.

'Pronto regreso a Londres. Laurence quiere integrarme en la sociedad bancaria'.

'¿Temas bancarios? ¿Harás eso?'

Riéndose. 'No, no es para mí, y Laurence también lo sabe, pero sigue intentándolo. Él piensa que me hará cambiar de opinión'.

'¿Qué piensas hacer? ¿No es la marina?'

'No, no la marina'. Dijo sonriendo. 'Esa fue una declaración tonta que hice cuando no podía pensar en otra cosa'.

'¿Y qué harás después?'

'Comenzaré una empresa de importación y exportación en India'.

'¿India?' Él la había sorprendido, y ella comenzó a toser al respirar. Se llevó un pañuelo a la boca mientras la tos continuaba.

Todd le sirvió un vaso de agua, su rostro lleno de ansiedad. '¿Voy por más?'

Respiró hondo y bebió un poco de agua. 'Estoy bien. Viene y va'.

'Estabas igual el invierno pasado'. Todd llenó su taza de té.

'Joseph dice que mi pecho está debilitado, pero estaré bien. Joseph quiere que pasemos la luna de miel en algún lugar cálido para ayudarme en mi recuperación'.

'Eso me parece un buen consejo'.

Dijo Victoria tomándose el té. 'Me estabas hablando de la India'.

Él sonrió y se relajó contra la silla. 'Me mudaré allí y comenzaré un negocio.

No puedo quedarme en Inglaterra con la constante desaprobación de Laurence, y mamá me dice que debería casarme con esta o aquella heredera.

Se estremeció dramáticamente. 'No, necesito hacer algo sustancial antes de pensar en casarme. Tengo algunos contactos y mientras esté en Londres, pondré en marcha mis planes.

'Eso suena muy interesante y emocionante, Todd. Realmente espero que sea un gran éxito'.

'Muchas gracias. Regresaré a York en unas pocas semanas. '¿Puedo volver a verte Victoria?'

Su corazón se suavizó ante la cautela en sus ojos. 'Por supuesto. Eres mi primo y no me has hecho nada malo'.

'Habría venido a casa durante la muerte de papá si hubiera sabido lo que sucedió. Mi pierna estaba en muy mal estado y caminar me era extremadamente doloroso.

El médico me mantuvo con láudano durante días, pero habría hecho el viaje de alguna modo. Supongo que debería haberlo hecho realmente, por mi padre, pero Laurence envió una carta diciendo que me quedara donde estaba y que sanara. No debí escucharlo'.

'Laurence dice muchas cosas que no debería'. No podía ocultar el disgusto por su primo mayor.

'Lo hace. No perdonaré a mamá o Laurence por expulsarte de la familia así. Todo lo que puedo decir es que estaban afligidos y no pensaban con claridad'.

'Eso no hace que yo los perdone. Lo que Laurence hizo al vender la mitad de la casa en Fossgate a un hombre como Silas Finch es más que perdonable'. La pérdida de esa casa todavía la molestaba mucho.

'Estoy de acuerdo. No tiene excusa'.

'Ya no son mi familia, pero tú sí lo eres y, si estás dispuesto, me gustaría que me entregaras en mi boda'.

Él sonrió, mostrando un rastro del viejo Todd.

'Sería un honor para mí, sin duda'.

Ella se relajó. 'Bueno. Ahora cuéntame sobre París y todo lo que hiciste allí.

~ ~ ~ ~

Las campanas sonaron sobre sus cabezas cuando Victoria y Joseph salieron de la iglesia. Los niños corrieron hacia adelante arrojando arroz y pétalos sobre los recién casados.

Seth no entendió el concepto y arrojó el arroz a cualquiera que estaba cerca, pero también se metió un poco en la boca. Jane, vestida con un nuevo vestido blanco con una faja azul, hizo piruetas en el camino, emocionada por lo bonita que se veía.

Mercy sostuvo la mano de Emily para evitar que siguiera a Bobby, que corría por las lápidas, contento de estar libre de la restricción de permanecer en silencio durante la ceremonia.

Victoria hizo una pausa cuando tanta gente los felicitó. Joseph había mencionado la boda a todas las personas que había conocido en los hospitales, la sociedad en la que se mezclaba, viejos amigos de la universidad y muchos más familiares y amigos. La iglesia estaba llena. La había abrumado ver esa cantidad de personas.

Ella sonrió a los que se les acercaron y Joseph les estrechó la mano.

Aunque fue a principios de noviembre, el sol alcanzó su punto máximo entre nubes blancas.

Una pequeña brisa levantó el encaje blanco de su velo que fluía por su espalda.

Del lado de la multitud vio a Mick O'Shea y sus dos hijos. Saludaron mientras se alejaban y ella le devolvió el saludo. Kathleen habría disfrutado este día y Victoria la extrañaba.

Todavía le entristecía no haber estado presente en el funeral de Kathleen.

Esa querida mujer había hecho su vida soportable en los barrios bajos. Nunca olvidaría a Kathleen.

Harriet se colocó a su lado. 'Todo salió muy bien, Victoria'. Ajustó el fino encaje irlandés en el ajetreo de Victoria, orgullosa del hermoso vestido de novia de encaje y seda que había hecho como regalo para Victoria.

¡Ha sido bonito, y solo tosí una vez! Victoria dejó escapar un largo suspiro, agradecida por fin de que Joseph era su esposo y su futuro estaba seguro. Los recuerdos de Petal Lane se habían quedado atrás.

Mercy fue a acompañarlos. '¿Estás cansada, querida? Te ves un poco pálida'.

Harriet miró a Victoria. 'Si pareces pálida. Deberíamos llevarte a casa'.

'¡Joseph!' Mercy lo llamó porque se había alejado para conversar con su hermano mayor. 'Deberíamos llevar a Victoria a casa.'

'Estoy bastante bien, Mercy, no hagas ningún escándalo'. Aunque en verdad se sentía cansada y ansiaba una taza de té. Ella se había despertado justo después del amanecer para bañarse y luego Harriet había llegado para peinarse y alterar el vestido de novia.

Preocupado, Joseph estuvo a su lado en un instante, pero ella levantó la mano para detener su próxima charla de tomar las cosas con calma. 'Estoy bien. Te lo prometo'.

Él tiernamente ahuecó su mejilla. 'Vamos a casa, esposa. Necesitas descansar'.

Caminaron desde la pequeña iglesia de regreso por Bootham hasta la casa de Joseph, donde estaban celebrando un desayuno de bodas para un grupo selecto, principalmente la familia Ashton y algunos colegas de Joseph.

'¿Estás contenta?' Joseph le preguntó mientras caminaban, su brazo metido en el de él.

'Más feliz de lo que jamás he estado', dijo con sinceridad. 'Este es el mejor día de mi vida.' Estaba asustada de sentir tanta felicidad en caso de que todo desapareciera como el humo en una brisa.

'Eso me complace'. Él sonrió y la besó, para gran alegría de sus invitados que los siguieron.

Durante dos horas la casa estuvo llena de risas y ligereza mientras todos se mezclaban y comían la deliciosa comida de la señora Boden. Victoria habló con los padres de Joseph y descubrió que le agradaban bastante. Su hermano la hizo reír hasta que toser.

Todd se acercó a Victoria y le tomó la mano. 'Debo irme ahora prima. Me voy a Londres, luego a Southampton y a la India'.

'Pasará algún tiempo antes de que nos volvamos a ver'. Las lágrimas pincharon detrás de sus ojos.

'Te escribiré una vez que esté establecido y te contaré todo'. La besó en la mejilla. '¿Quizás algún día tú y Joseph vendrán a visitarme?'

'Me encantaría eso, bastante'. Ella lo vio irse e intentó no estar triste, pero él fue el último eslabón de su antigua vida.

Victoria forzó una sonrisa cuando otros invitados vinieron a despedirse. En poco tiempo, el ruido se había reducido a la quietud. Cuando los invitados finales se despidieron, Mercy y la Sra. Boden comenzaron a irse mientras los niños eran fueron enviados a jugar en el jardín.

Ella observó a su esposo cuando él regresó a la habitación después de ver a su familia que se alojaba en un hotel, pero él no estaba solo.

'¿Señor Bartholomew?' Se sorprendió al ver al abogado de su tío entrar en la habitación.

'Buenos días, señora Ashton, y felicidades por su matrimonio'. El abogado se inclinó ante ella, con una cartera de cuero en la mano. 'Su esposo dijo que sería bienvenido a venir hoy y hablarle de tu herencia por fin'.

Joseph sonrió. 'Pensé que sería bonito para terminar un día maravilloso'.

Ella le sonrió, la emoción se hizo presente. 'Sí, es una idea perfecta. Siéntese, Sr. Bartholomew. ¿Desea algo de beber?'

'Acabo de comer con mi esposa, así que no, muchas gracias'. Se sentó en el respaldo de la silla con alas frente a ella y sacó unas cuantas hojas de papel del bolso. Después de colocarse sus gafas con montura dorada, la miró. ¿Leeré el testamento de su tío si está lista?

Ella asintió y sostuvo la mano de Joseph mientras él se sentaba a su lado en el sofá.

Al escuchar al abogado, oyó la voz del tío Harold en las palabras que leía. La voluntad era directa, todo lo relacionado con los negocios fue para Laurence, con provisiones para Todd, Stella y tía Esther. Luego, llegaron los artículos personales para su esposa e hijos, y finalmente el Sr. Bartholomew leyó su nombre.

' A Victoria Sarah Carlton, mi sobrina, hija de mi difunta hermana y que ha estado bajo mi cuidado desde que quedó huérfana a los doce años de edad. Le dejo cinco acres de tierra en Haxby Road, los detalles y el mapa están con el señor Bartholomew.

Victoria jadeó en estado de shock, lo que la hizo toser. Por un momento no pudo recuperar el aliento cuando un ataque de tos la detuvo.

Joseph le sirvió un poco de agua de una jarra sobre la mesa. 'Toma querida y bebe'.

Tomó un sorbo del vaso, pero la tos sacudió todo su cuerpo y derramó la mayor parte por su barbilla. 'Perdóname ...' Estaba avergonzada de que el abogado presenciara tal escena.

'Respira hondo, cariño'. Joseph murmuró. 'Lento por favor'.

Después de unos minutos más, recuperó el control de sí misma y limpió el agua derramada con un pañuelo. 'Lo siento muchísimo, señor Bartholomew'.

'No hay nada por lo que disculparse, señora Ashton'. Él sonrió y empujó sus lentes más arriba de su nariz. '¿Continúo?'

Ella asintió y calmó su respiración.

' También le dejo a mi sobrina, Victoria, dos mil libras para usar por derecho propio y a su propio criterio. Espero que sea feliz en su vida y que se sepa que la amaba como si fuera mi propia hija'.

Las lágrimas corrieron por la cara de Victoria. ¡Qué hombre tan querido y generoso era! Lo extraño mucho'.

El señor Bartholomew colocó los papeles en su cartera. 'Fue un buen hombre en todos los sentidos'. Se levantó de la silla. 'Si desea visitar mi oficina la próxima semana, puedo organizar la transferencia del dinero a su cuenta y entregarle las escrituras de la tierra'.

Ella y Joseph también se pusieron de pie. Victoria le estrechó la mano. 'Gracias, eso sería muy agradable de su parte. ¿El miércoles a las dos en punto?

'¿Le parece el miércoles a las dos en punto? Hasta entonces'.

Mientras Joseph veía salir al hombre, Victoria respiró hondo, el cosquilleo familiar en su garganta le advirtió que la tos espantosa no la había abandonado por completo.

No podía creer lo generoso que había sido su tío Harold.

'Bueno, mi querida esposa, eres una mujer de medios'. Joseph se rio entre dientes cuando llegó a su lado.

'No puedo decirte cuán aliviada estoy'.

Dijo frunciendo el ceño. 'No necesitas dinero ahora que estás casado conmigo. Me gano bien la vida para los dos y tengo acciones en la compañía de mi familia. No nos faltará nada, te lo prometo'.

Dijo besándola. 'Entiendo lo que estás diciendo, pero esta tierra y dinero son una salvaguarda para mí si algo te sucede'.

'Hablaré con el señor Bartholomew sobre mi voluntad. Nunca quiero que te preocupes por quedarte en la miseria. No dejaré que eso suceda'.

'Es más fácil decirlo que hacerlo. He pasado por la pobreza, Joseph, y nunca quiero volver a ello'. Pensó en la tierra. ¿Debería venderlo e invertir el dinero?

'Es un miedo natural, por supuesto. Sin embargo, no volverá a suceder. Incluso si algo me sucediera, serías atendidas. Además, le agradas a mi familia. Nunca dejarán que te falte nada'.

Ella lo miró pensativa. '¿Y qué hay de Mercy y los niños? Tengo miedo de que si algo me pasa, ella volverá a los barrios bajos y no podría soportar pensar en los niños que vivan allí nuevamente. Veré por ellos, pero lo que es mío es tuyo ... y me gustaría saber que piensas lo mismo que yo para asegurarme de que estén cubiertos.

Él ahuecó su mejilla, con amor en sus ojos. 'Mantendré a Mercy y a los niños'.

'¿Tú lo harías?

'La quiero mucho. No podría dejarla ahí nomás. ¿Eso te satisface, esposa?'

Ella sonrió, amándolo tanto que pensó que iba a estallar. 'Me haces muy feliz esposo'.

Capítulo veintidós

Victoria salió de la tienda de dulces de Terry en Coney Street, satisfecha con sus compras. Emily cumplía cuatro años mañana, y estaban celebrando una pequeña fiesta de cumpleaños para ella antes de que Victoria y Joseph se fueran de luna de miel. También había comprado una caja de bombones para que Joseph comiera en el tren porque sabía que su marido era goloso, a pesar de negarlo.

Ella sonrió y se puso el abrigo forrado de piel alrededor de la barbilla. El mal tiempo pronosticó que el invierno estaba muy cerca, y se alegró de que se dirigieran al sur, primero a Londres y luego a Francia. Estarían quedándose un mes en una cabaña que el hermano de Joseph había comprado en la costa, no lejos de Nantes. La emoción la llenaba.

Durante un mes entero tendría a Joseph para ella sola. Podían comer, beber y relajarse y simplemente pasar el tiempo solo ellos dos, sin pacientes por los que Joseph se preocupara, ni citas que atender.

No podía esperar para explorar la campiña francesa y las pequeñas ciudades.

Podrían quedarse en la cama todo el día si lo deseaban, o holgazanear alrededor de la cabaña y disfrutar de la libertad de no hacer nada.

Cada vez que pensaba en su esposo, un cálido resplandor se extendía por todo su cuerpo. La noche de bodas la había convertido en una mujer que ahora conocía las intimidades de un hombre y el acto de amor. Joseph había sido amable, gentil y tan cariñoso que no quería que él saliera de la cama, para su alegría.

Se dirigió por la calle, pensando en las compras que todavía necesitaba comprar para la luna de miel cuando escuchó su nombre. Se volteó y le sonrió a Mick O'Shea. 'Qué lindo verte, Mick. ¿Estás bien?'

'Sí, todo bien'. Él sonrió, pero parecía más viejo y triste. 'Me alegro de haberte visto.'

'¿Oh? ¿Te ha pasado algo?'

'Ese periodista con el que hablaste, Small'.

'Sí, de la *Gaceta*'.

'¿Y no ha regresado nuevamente? Quiere hacer otro artículo en el periódico sobre nosotros en los carriles. Mick rascó su bota por los adoquines. 'Ninguno de nosotros es letrado como usted. Queríamos saber si pudiera hablar con Small y ver si alguien nos hace caso esta vez'.

'Puedo intentarlo'. Le preocupaba lo delgado que se había vuelto y su ropa estaba raída.

'Has vivido allí, conoces cómo es, así que lo sabes'.

'Te prometo que lo haré, pero mañana nos vamos de luna de miel. Tendrá que ser cuando regresemos justo antes de la Navidad'.

'Gracias muchacha'.

¿Tienes trabajo? le preguntó ella.

'Sí, un día aquí y allá. La verdad es que ya no tengo ganas. ¿Qué razón tengo para trabajar duro? Los chicos están pensando en irse a Estados Unidos, pero soy demasiado viejo para irme con ellos'.

'¿Te quedarás solo?' La pena la consumió. ¿Cómo podría sobrevivir sin su esposa e hijos?

'Claro, y' estaré bien '.

¿No vendrás a casa conmigo y tomarte una taza de té con Mercy y los niños?

Retrocedió, sus ojos se volvieron opacos mientras sacudía la cabeza. 'No, muchacha. Verlos pequeños me estremece el corazón. Los extraño'.

'Entonces ven a verlos', instó, pero él ya se estaba alejando.

'Quizá la próxima vez muchacha'.

Ella lo observó irse, triste por la inclinación de sus hombros. ¿Cómo podría ayudarlo a él, o a los de los carriles? Ella continuó y giró a la derecha. Delante estaban las oficinas de la *Gaceta*. Por impulso, entró y en la recepción pidió ver al señor Foster.

El joven detrás del mostrador señaló a la izquierda donde dos caballeros estaban hablando. 'El señor Foster está por allí. El del traje marrón. Está ocupado ahora, pero ¿tal vez si desea dejar su nombre y dirección?

Victoria miró a Foster. Él la miró y dejó de hablar con el hombre con el que estaba y se acercó a ella.

'¿Puedo ayudarlo, señora?'

Ella le tendió la mano para que la estrechara. 'Soy la señora Victoria Ashton, anteriormente Carlton. Le envié una carta hace unos meses, ¿se acuerda?

'Lo recuerdo, señora Ashton. El señor Small me ha mantenido informado sobre lo que ha sucedido.

'Me gustaría hablar con usted sobre la situación en los barrios marginales de Hunsgate y otras áreas. Se debe hacer algo para ayudar a estas personas'.

Sus cejas canosas se levantaron con interés. 'Entonces, ¿tal vez me acompañe arriba a mi oficina y con una taza de té podamos hablar?'

~ ~ ~ ~

A Joseph le dolía la espalda al agacharse durante el parto. Miró la cara magullada y maltratada de Annie Weaver. Ella estaba en paz ahora. Su esposo no la lastimaría más. Terminó de limpiarla para que se viera decente. Una vez limpia, envolvió al bebé muerto en una manta y lo colocó a su lado en la cama. Había muerto dando a luz, pero por los golpes que había recibido a manos de su marido, era dudoso que ella o el bebé hubieran sobrevivido.

Salió de la habitación y salió al patio para quitarse el olor a sangre de la nariz. La escalera a la derecha daba a la habitación en la que Mercy y los niños vivieron alguna vez. Ahora otra familia vivía allí y podía escuchar a un niño llorando desde adentro.

Una mujer que llevaba un cubeta de carbón salió del callejón y se detuvo. '¿Cómo está Annie, doctor?'

'Muerta. Su bebé también'.

La mujer cruzó las manos. 'Pobre Annie. Fue una buena persona. No como la bestia del hombre con el que se casó'.

'Si me salgo con la mía, él se irá por asesinato'. Joseph se limpió el cansancio de los ojos. Tendría que ir a la funeraria y a la policía. El cielo ya se estaba oscureciendo. Los días de noviembre fueron cortos y fríos y estaba ansioso por llegar a Francia con Victoria. Sin embargo, primero, pasaría la noche escribiendo informes y lidiando con este incidente.

La mujer había tocado algunas puertas para difundir la noticia y cuando los vecinos salieron a cotillear, él regresó adentro para recoger sus cosas.

Acababa de terminar de empacar su bolsa médica cuando un rugido llenó el aire.

Se puso el abrigo, se abrochó el botón y, con una última mirada a Annie a la luz de las velas, salió de la habitación.

Solo había dado un paso fuera de la puerta cuando fue golpeado y cayó al suelo. Con el viento fuera de él, se tumbó en el barro confundido por lo que le había sucedido.

'¿Qué le hiciste a mi Annie?' El rugido llegó nuevamente.

Joseph fue levantado del suelo solo para ser golpeado en el estómago por un puño de un hombre tan grande que se parecía a una montaña. Sus pulmones explotaron, jadeó por aire.

Joseph trató de defenderse, pero el hombre era como una máquina de golpes y no dejó de golpearlo. Golpes llovieron sobre él. Su cerebro rebotó dentro de su cráneo.

Su estómago se encogió por los golpes.

Cuando sus piernas cedieron, se desplomó en el suelo fangoso.

Era apenas consciente de los gritos, el ruido borroso dentro de su cabeza y la sangre y la suciedad en su boca. No pudo respirar. Una patada en las costillas lo hizo acurrucarse en una pelota. El dolor sacudió su cuerpo. Otro golpe en la mandíbula y no quedaba nada de él.

~ ~ ~ ~

'¿Dónde puede estar?' Victoria paseaba por la habitación delantera, deteniéndose de vez en cuando para mirar por la ventana y explorar la calle oscura.

'Esto ya no me esta gustando. Ya son más de las nueve. Siempre que se retrasa me envía una carta'.

Mercy se sentó en el sofá, tejiendo sobre sus rodillas, su rostro reflejaba la preocupación de Victoria. ¿Y estás segura de que no tuvo una reunión o una cena a la que ir?

'Sí, estoy segura de eso. Me lo habría dicho. He revisado su diario, y esta tarde lo tiene libre, ya que se supone que haremos las maletas para mañana.

Siéntate y le daremos otra media hora, y si no está en casa, iré a buscarlo.

'¿Como? No tienes idea dónde podría estar'. Se sentó en la silla cerca del fuego. 'Visita varios hospitales todos los días, además de los hospicios, Hungate, Walmgate, etc.'.

'Iré a todos si es necesario', dijo Mercy tercamente.

'¡Para que no te preocupes!' Dijo Victoria. Tenía la sensación de que algo no estaba bien.

'Bueno, no puedes salir así con ese frío, no con tu tos'. Mercy volvió a colocar el tejido en la cesta a sus pies. 'Hábleme del señor Foster y de tu reunión con él. Sé que estabas esperando a que Joseph llegara a casa, pero tendrás que repetirte y contarle más tarde.

'Muy bien'. Dijo Victoria suspirando. 'El señor Foster escribirá un artículo sobre la situación en Walmgate y Hungate y lo publicará en su periódico. Después de nuestra conversación, estaba entusiasmado de que trabajáramos juntos para llevar la situación al público. Está planeando una serie de conferencias y discursos y quiere que Joseph y yo también, si quieres, hablemos con el público sobre lo que hemos experimentado'.

'¿Yo también?' Mercy parecía afligida. ¡No puedo hacer eso!

Victoria frunció el ceño. 'Nunca es tarde. Lo has vivido. La gente necesita escuchar la verdad, las razones por las cuales esas áreas necesitan dinero para que sean habitables por humanos y no por cerdos'.

Mercy sacudió la cabeza. 'Te apoyaré en todos los sentidos, pero no puedo pararme frente a todos y hablar'.

'Entiendo'.

'Pueden hacer preguntas sobre mi esposo y por qué nos dejó a mí y a sus hijos. No, no es algo que pueda hacer, lo siento'.

'Entiendo'. Victoria extendió la mano y apretó la mano de Mercy con comodidad. 'Joseph y yo lo haremos'.

'¿Cuándo será?'

El señor Foster dijo que organizará algo para que hable en la asamblea la semana que regresemos de Francia, unos días antes de Navidad. Podría hacer que varios miembros de la sociedad se sientan culpables de que sus Navidades estén llenas de comida y calor mientras que otros están sufriendo'.

Mercy añadió carbón al fuego. 'Espero que surja algo bueno de todo esto. Harriet me dice que el olor a humedad y podredumbre aún persiste por las inundaciones. La gente vive en condiciones terribles. Se debe hacer algo'.

'El señor Foster también quiere que pronuncie un discurso en la próxima reunión del consejo en el nuevo año. Le dije que sí'.

En eso, se escuchó un golpe en la puerta, haciendo que ambas saltaran.

Victoria se puso de pie y corrió hacia la puerta principal con Mercy pisándole los talones. Abrió la puerta y miró al joven que estaba en la puerta. '¿Si?'

'¿Señora Ashton?'

'Sí'

'Soy Fred Olsen, un guardia del Hospital del Condado. El doctor Harris me ha enviado a buscarle porque nos ha traído al doctor Ashton.'

'¿Joseph? ¿Qué pasó? El corazón de Victoria dio un vuelco. Agarró su abrigo del armario.

'Lo han golpeado, señora Ashton. 'Lo siento'.

'¿Esta mal herido?'

'Muy mal, me temo. Tengo un carruaje para llevarla de regreso conmigo'.

'Muchas gracias'. Victoria se dirigió a Mercy. 'Te dejaré saber cómo está tan pronto como pueda'.

~ ~ ~ ~

El olor a jabón carbónico y agentes blanqueadores era agudo en la nariz de Victoria mientras caminaba por los pasillos del hospital siguiendo a Fred. Su mente giraba con las aterradoras posibilidades de cuán graves eran las heridas que Joseph había sufrido.

Cuando Fred se detuvo al final de una cama junto a otro hombre, Victoria se preparó para mirar a su esposo por solo unas pocas semanas. Por un momento loco pensó que habían cometido un error, porque el hombre en la cama bien hecha no era su Joseph. Sin embargo, al acercarse con las piernas temblorosas, reconoció bajo los moretones y la hinchazón, los cortes y la sangre seca, el hombre que amaba. Se tapó la boca con la mano para contener un gemido de desesperación. ¿Estaba muerto? ¡Parecía muerto! ¿Cómo podría alguien haber sobrevivido a tal paliza?

El hombre al lado de Fred se acercó a la cama. 'Señora Ashton. Soy el doctor Harris, un colega de su esposo y médico residente en el condado. Él sonrió suavemente y le estrechó la mano. 'Por favor tome asiento'.

Aturdida, se sentó en la silla de madera y miró la cara deforme de Joseph. Ambos ojos estaban cerrados por la hinchazón. Llevaba varios cortes, dos de los cuales estaban cosidos, uno sobre su ojo y otro en su pómulo. ¿Sobrevivirá? Ella susurró.

'Sí. Estoy seguro de que lo hará'.

'Gracias a Dios'.

'La hinchazón disminuirá en unos días, y tendrá mucho dolor'. Me temo que hay hematomas alrededor de su caja torácica, sospecho que tiene huesos rotos, lo que restringirá sus movimientos y le causará muchas molestias. La voz del doctor Harris fue tranquilizadora a pesar de darle la terrible noticia. 'Una vez que se haya despertado nuevamente, podrá decirnos más sobre dónde le duele'.

'¿Se ha despertado entonces?'

'Sí. Cuando lo colocamos en la cama. Solo por poco tiempo. Le di láudano para dormir es el mejor sanador para este tipo de lesiones.

'¿Cómo sucedió esto, lo sabemos?' Sostuvo la mano de Joseph con ternura, no queriendo despertarlo.

'Los hombres que nos lo trajeron vinieron de Walmgate. Lo transportaron en una carretilla de mano'.

'¿Walmgate?' Preguntó frunciendo el ceño. Había estado visitando los barrios bajos. Era conocido allí y le gustaba debido a su generosidad de renunciar a su tarifa. ¿Por qué alguien lo golpearía?

'La policía ha sido notificada, señora Ashton. Tan pronto como el doctor Ashton esté lo suficientemente bien, querrán hablar con él sobre lo que sucedió.

'¿Puedo quedarme con él?'

El doctor Harris sonrió, con sus ojos amables. 'Por supuesto. Le diré a una enfermera que traiga un poco de té. Quédese el tiempo que quiera'.

'Muchas gracias'.

Al quedarse sola, Victoria acercó la silla a la cama y levantó la mano de Joseph hacia su mejilla. 'Estarás mejor antes de que te des cuenta mi amor'.

Hasta bien entrada la noche, se sentó junto a la cama. La quietud se rompió solo por el suave traqueteo del carrito de la enfermera, el extraño gemido o tos de un paciente.

Una pequeña y delgada enfermera con un toque gentil se detenía a menudo para ver a Joseph y decir una palabra rápida a Victoria.

El sueño se apoderó de ella eventualmente, durmiendo la siesta en la silla, con una mano sobre la de Joseph. Se despertó sobresaltada, con un dolor agudo en el cuello desde el ángulo que había descansado sobre su hombro. Miró a Joseph mientras se frotaba el cuello y parpadeaba sorprendida cuando él le sonrió rotundamente. '¡Estas despierto!' Ella se inclinó y lo besó, haciéndolo estremecerse cuando su labio se partió nuevamente y sangró.

Limpiándose la sangre, Victoria se disculpó. 'No te volveré a besar, lo prometo'.

'Esa es la peor frase que he escuchado', gruñó, y su labio sangró un poco más. Solo podía ver con un ojo rojo alrededor del iris en lugar de blanco.

'El doctor Harris dijo que vendrá a verte esta mañana. ¿Dónde te duele?'

'En todas partes'.

'Mi pobre amor. El doctor Harris dice que te has roto algunas costillas'.

'Estoy de acuerdo. Me resulta difícil respirar o moverme'.

'¿Puedo traerle algo? ¿Agua? ¿Té?'

'Té por favor'. Se movió en la cama. '¿Puedes ayudarme a sentarme?'

Entre los dos, lograron sentarlo contra las almohadas.

Joseph resopló, el dolor hizo que su piel se tornara gris. 'Lo siento, no iremos a nuestra luna de miel mañana'.

¿Como si eso fuera importante ahora que te han golpeado?, molestándolo gentilmente. 'Podemos ir a Francia el año que viene, después del invierno. No hay prisa. Te traeré un poco de té'.

'Victoria'. Él agarró su mano para evitar que se fuera.

'¿Qué pasa?' ella preguntó amorosamente.

'Recuerdas a Annie Weaver?' Su voz era baja.

'Sí, me acuerdo de ella. Ella vivía cerca de Mercy en Walmgate'. Dijo sonriendo, recordando a Annie. Ella y Mercy deberían visitarla, llevarle una canasta.

'Ella murió ayer, al igual que su hijo. Ahí es donde estaba cuando fui atacado. Fue su esposo quien me hizo esto'.

Sus palabras tardaron un momento en registrarse en su cerebro. '¿Annie está muerta? ¿Weaver te hizo esto?'

'Weaver había regresado al patio justo después de que Annie dio a luz. Se volvió loco cuando se enteró de su muerte.'

'Weaver es un monstruo. En alguna ocasión él me amenazó'. El recuerdo de esa confrontación permaneció vívido en su mente, ya que había sido la primera vez que alguien le había hablado así o había hecho agredido físicamente. 'Que mal por Annie. Mercy dijo que había perdido a todos sus bebés debido a los puños de su esposo'.

'Y sus puños la mataron esta vez'.

Victoria jadeó. '¿_La_ mató? No entiendo'.

'El parto la mató, pero la golpearon mucho y el bebé nació muerto. Ella había estado de parto durante mucho tiempo antes de que yo llegara. Se había dado por vencida y no podía empujar al bebé, sentía mucho dolor por sus heridas'. Dijo Joseph. 'Fue lamentable verlo'.

'No puede salirse con la suya esta vez'. La ira y el asco la llenaron.

'No, no lo hará. Testificaré y haré todo lo que esté a mi alcance para asegurarme de que vaya a la cárcel por ello.

Ella le apretó la mano. 'Pero primero debes recuperarte'.

'Estaré lo suficientemente bien como para hablar con la policía'. Sus ojos estaban llenos de determinación.

Ella asintió, sabiendo que tenía que hacerse, y nada lo influiría. 'Te apoyaré en todos los sentidos. Las mujeres como Annie deben estar protegidas de maridos brutales'.

Cerró los ojos, claramente exhausto. Ella lo dejó dormir, pero su mente dio vueltas con lo que él le había dicho y todo lo que ella había visto en los barrios bajos. Las mujeres y los niños sufrían mucho. ¿Cómo podía hacer la diferencia?

Cuando amaneció, los pájaros trinaron un coro matutino, Victoria sabía lo que quería hacer, y cómo podía ayudar.

~ ~ ~ ~

Al día siguiente, mientras tomaba un descanso del hospital, Victoria celebró el cumpleaños de Emily con Mercy, los niños y la señora Boden. Una vez que comieron el pastel y desenvolvieron los regalos, Mercy envió a los niños arriba a jugar mientras ella y Victoria compartían una taza de té.

'He decidido usar la tierra que el tío Harold me dio para construir un hogar para mujeres y niños que han quedado en la miseria o que necesitan un lugar para escapar de un marido abusivo'.

'¿Como un asilo para pobres?'

'¡Claro que no!' Será mejor que un asilo para pobres. Este será un *hogar,* donde las mujeres indigentes y los huérfanos no serán castigados por caer en tiempos difíciles. ¿Por qué debería sufrir una mujer porque su esposo la dejó y no tiene forma de ganarse la vida y criar a sus hijos? Eso no será lo que haré'.

'Tiene que haber algunas reglas, o todos se amotinarán'.

'Habrá reglas de la casa tanto como la decencia y el respeto común. Pero no tendré niños rompiendo rocas, o mujeres sangrando hasta sangrar. No, aprenderán a cocinar y coser, y los niños irán a la escuela para mejorarse.

'Suena maravilloso. ¿Cómo lo construirás?'

'Donaciones. Es cómo se construyen y así lo mantienen los demás. Ya tengo la tierra, así que ese es un gasto del que no tenemos que preocuparnos y el dinero que el tío me heredó me ayudará a construir la casa. Además, estaba pensando que podríamos construir dos casas de campo en el terreno, una para Joseph y para mí y la otra para ti y los niños.

Mercy jadeó. ¿Una cabaña para mí? Mientras asentía con su cabeza. 'No Victoria, no. Me siento bastante mal viviendo aquí sin pagar nada. No podría dejarte que me construyeras una cabaña'.

'Oh, para'. Victoria sirvió más té.

¿De verdad crees que te dejaría estar sola y sin apoyo otra vez?

Eres mi querida amiga, más como una hermana de verdad, y los niños son mis sobrinas y sobrinos. Los amo a todos y nunca quisiera que tengan que luchar nuevamente'.

'También te adoramos, pero es demasiado, Victoria, eres demasiado generosa'.

Victoria seleccionó otro pedazo de pastel de cumpleaños. 'No digo que no te lo ganes'.

'¿Qué quieres decir?' Mercy frunció el ceño.

'Bueno, me estarás ayudando en el hogar. Alguien tendrá que ayudar con la organización'.

'Creo que lo disfrutaría inmensamente'. Mercy sonrió, relajándose.

'Bien'.

'¿Qué crees que dirá Joseph sobre este plan? Puede que no le guste o que quiera que ahorres tu dinero'.

'Creo que me apoyará en esto. Es algo de lo que también ha hablado, pero estaba pensando en un hospital. Prefiero que sea un hogar en lugar de un hospital.

Al construir esta casa y las dos cabañas, siempre tendré un techo sobre mi cabeza. Nunca tendré que vivir como lo he hecho este año.

Mira lo fácil que es poder quedarse viuda. No puedo confiar en que Joseph siempre esté allí para mí. Tampoco tengo una familia a la que pueda recurrir'.

'Cierto. Estar casado no es una garantía de que la vida sea para siempre perfecta. Todo tiene sentido'.

'Y estaremos ayudando a otras, como Annie Weaver'. Victoria dejó escapar un profundo suspiro. 'Puedo hacer esto. *Podemos* hacerlo'.

'Te apoyo y Joseph lo hará también'. Mercy asintió con la cabeza. 'Y también con el apoyo de la ciudad, podemos construir un hogar para mejorar la vida de las mujeres y los niños'.

'Una vez que Joseph salga del hospital, haré planes para ver a un arquitecto'. Su cabeza estaba llena de ideas y no podía esperar para comenzar.

Una hora después, se sentó junto a la cama de Joseph y le contó todo lo que había discutido con Mercy, así como la reunión con el Sr. Foster. Cuando terminó, esperó su respuesta.

'Suena un plan ambicioso, mi amor'. Estaba sentado y, aunque su cara estaba hecha un desastre con cortes y contusiones, parecía un poco mejor.

Su entusiasmo se hundió. '¿Crees que no se puede hacer, que no puedo hacerlo?'

'No en lo absoluto. Creo que tienes el coraje y el espíritu para lograr cualquier cosa que te propongas hacer'.

'Aunque me hubiera gustado que fuera algo que hiciéramos juntos'

Él sonrió torcidamente y tomó su mano. 'Y lo haremos. Mientras tengamos un pequeño hospital en el terreno para que yo vea a los pacientes, estaré feliz.

El alivio salió de ella y ella se acercó y lo besó.

'¡Oww!' bromeó, tocando tiernamente su labio cortado.

'Lo siento'. Ella sonrió, sintiéndose la más feliz en mucho tiempo.

'Le diré a Harris que me voy a casa esta tarde'.

'No, Joseph, necesitas descansar'.

'Y puedo hacerlo mejor en casa en mi propia cama con mi esposa a mi lado'.

'¿Estás seguro?' Todavía no se había acostumbrado a que la llamaran esposa, pero le daba gusto.

'Muy seguro. La buena comida de la señora Boden me ayudará a recuperarme en poco tiempo. Se enderezó. 'Además, tenemos planes e ideas que discutir, cartas que escribir y personas que ver. No puedo hacer eso en una cama de hospital y estoy aburrido de estar aquí. Quiero estar en casa contigo'.

'Iré a casa y prepararé la casa y volveré por ti en unas pocas horas. ¿Deseas bañarte?'

Un brillo perverso brilló en sus ojos. 'Siempre y cuando lo compartas conmigo'.

'¡Joseph!' Miró a su alrededor esperando que nadie lo hubiera escuchado, un sonrojo se deslizó por su cuello.

Él se rio y luego se sujetó las costillas con dolor.

'¡Te ayudará!' Dijo sonriendo. Con un beso se despidió y salió del hospital.

Capítulo veintitrés

El sol había salido, aunque no hacía calor. El invierno dominaba ahora, cada día se hacía más corto y frío.

Victoria acompañó a Jane y Bobby a la nueva escuela a la que asistían cerca de Bootham Bar, y después de verlos hasta la puerta, decidió pasear por la ciudad y hacer algunas compras navideñas, ya que las vacaciones estaban a solo una semana de distancia.

Con Joseph en casa recuperándose y los planes para el hogar aumentando con el tiempo, se dio cuenta de que habían pasado semanas desde que simplemente había caminado por placer. El ejercicio le daría tiempo para pensar y hacer más planes. Se sonrió a sí misma, como si su cabeza necesitara más ideas para hacer frente. A veces sentía que su cerebro explotaría con todo lo que tenía que pensar.

Pasó un carruaje, pero se detuvo calle abajo. La puerta se abrió y una dama bajó los escalones.

El estómago de Victoria se revolvió cuando Stella caminó hacia ella. No la había visto desde el funeral del tío Harold.

Stella la miró de arriba abajo con una sonrisa burlona. 'Pensé que eras tú. Me preguntaba cuándo te vería ahora que has resucitado del atolladero'.

Ante el insulto, Victoria levantó la barbilla desafiante. Stella no tenía derecho a mirarla como si acabara de salir de un basurero. Llevaba una costosa falda y corpiño verde oscuro. Su abrigo negro le llegaba hasta el tobillo y estaba forrado de visón, y su sombrero era de la mejor calidad y estilo.

Desde que se casó con Joseph, ella había vuelto a la ropa elegante que había usado antes.

'¿Qué quieres, Stella?'

'¿Desear? ¿De ti?' Ella se rio amargamente. 'Nada. No hay nada que tengas que yo codicie en absoluto'.

'¿Ni siquiera mi esposo?'

'¡Ha! '¿Ashton? No. Nunca fue alguien con quien pudiera considerar casarme seriamente.

'¿Oh enserio?' dijo burlándose. 'Podrías haberme engañado a mí y a otros. Hiciste todo lo posible para atrapar a Joseph y tratar de convertirlo en tu devoto cachorro. Pero vio a través de ti a la persona real debajo y no le gustó lo que vio.

Los ojos de Stella se entrecerraron. '¿Crees que has ganado? ¿Que eres mejor que yo? No eres nada ni nadie, nunca lo has sido. Un huérfano que mi padre recibió por deber. ¡El hombre que mataste!'

'Deja de decir eso. No se puede probar que el argumento que tuvimos fue el motivo del ataque cardíaco. ¿Te has detenido a escuchar las cosas como son?

'No me importa lo que digan los demás. Sé que tú eras el motivo y nunca te lo perdonaré', dijo mientras escupió. 'Cuando escuché que estabas viviendo en los barrios bajos, me reí hasta llorar. ¡Era todo lo que merecías y más!

'No tengo que escucharte'. Victoria pasó junto a ella.

'No tendrás éxito, entiendes'.

A pesar de que el sentido común le decía que siguiera caminando, Victoria dudó y se volvió hacia ella. '¿Me disculpas?'

'La charla que circulaba por los salones es que pronunciará un discurso en la Asamblea el viernes por la noche'.

'Sí'

'Nadie asistirá. Me he asegurado de eso'.

El calor abandonó la cara de Victoria.

Stella se rio de su reacción. 'Nadie quiere escucharte hablar sobre los barrios bajos o los pobres. La sociedad decente está cansada de escuchar discursos constantes que nos piden que hagamos más, que demos más. Ya hacemos lo suficiente'.

'Siempre hay más por hacer'.

Stella se encogió de hombros. ¡Tal vez sí, pero nadie te ayudará! He arrastrado tu nombre a través de la miseria en la que vivías. Les *conté a* todos los que pude cómo vivías entre prostitutas y borrachos. Le *dije a la* gente que no se podía confiar en ti que papá te había echado de nuestra casa por tus formas tortuosas. Que fuiste tú quien lo llevó a sufrir tal ataque que lo mató.

Se sentía enferma. 'Nadie creerá tus mentiras'.

'Tal vez no, pero algunos lo harán, y las damas de nuestra sociedad convencerán a sus maridos. Mamá y el nombre de Dobson tienen más respeto en esta ciudad que tú. ¡Nadie quiere donar dinero a tu nuevo edificio que albergará prostitutas!

'Estás mal informada, el Hogar que voy a construir es para mujeres y niños abandonados'.

Las cejas de Stella se alzaron altivamente. 'No estoy mal informada. Simplemente elijo alterar la verdad'.

Una profunda tristeza entró en el corazón de Victoria. '¿Por qué ser tan odiosa? Nunca he hecho nada para lastimarte'.

'¿Es eso lo que piensas?' La risa de Stella era fea.

'Entonces dime otra cosa porque no lo sé'.

'Fuiste la primera para mi padre, siempre. Él *te* amaba más que a *mí*. Las manos de Stella se apretaron en puños, su ira era visible.

Victoria suspiró, cansada de las travesuras de su prima. 'No era así. Nos amaba a los dos por igual, o posiblemente a ti más porque eras su hija. Yo solo era su sobrina'.

'Entonces, ¿por qué *te* dejó acres de tierra y dos mil libras y todo lo que recibí fue mil y una pequeña casa desagradable en Londres? ¡Contéstame eso!

Aturdida por la revelación, Victoria pensó rápidamente. '¿Tal vez porque sabía que Laurence te cuidaría?'

'No necesito a Laurence. ¡Me casaré y lo verás, y mi marido será más rico que un simple doctor!

Victoria inclinó la cabeza. 'Entonces te deseo lo mejor, Stella. Espero que encuentres la felicidad'.

'¡Nunca me *compadezcas*!' Stella la miró durante un largo momento y luego se volvió hacia el carruaje. 'Dale mis saludos a Joseph. Dile gracias'.

Mucho después de que el carruaje desapareciera, Victoria se paró en el pavimento perdido ante el mundo que la rodeaba.

¿Cómo había amado a su prima todos estos años solo para no sentir nada por ella ahora? ¿Como podría ser posible? Ella miró hacia el cielo, sintiéndose cansada.

Con esto le daba fin a todo. Nunca más perdería el tiempo tratando de entender a Stella o sintiéndose culpable de que su amistad se hubiera roto. Ahora tenía un futuro con Joseph y planes que le traerían mucha satisfacción y alegría.

~ ~ ~ ~

Nerviosa, Victoria se sentó en el carruaje en el corto viaje a las Salas de Asambleas. Joseph lo había contratado porque el clima se había vuelto amargo y el aguanieve había comenzado a caer.

'Lo harás maravillosamente bien, mi amor', dijo Joseph sosteniendo su mano. '¿Verdad Mercy?'

Mercy palmeó la rodilla de Victoria. 'Por supuesto que lo harás. Esto es lo que quieres, contarles a todos sobre las condiciones en los barrios bajos, sobre cómo se puede vencer si todos trabajamos juntos'.

Ella asintió, su garganta estaba demasiado llena de nervios para hablar. Había visto al señor Foster esa mañana analizar lo que sucedería esta noche, y esperaba una buena participación.

Se habían publicado artículos de periódico y carteles en la ciudad transmitiendo el evento. No tuvo el valor de mencionar la discusión con Stella al señor Foster y las predicciones de su prima de que nadie asistiría.

Pero ella le había dicho a Joseph, y él estaba furioso cuando ella le reveló todo lo que Stella había dicho. Había querido ir a Blossom Street y confrontarla, pero Victoria lo detuvo. ¿Qué bien hubiera hecho solo causar más angustia?

Después de ver a Stella en la calle, había pasado los siguientes días de mal humor. Su amistad se había desintegrado rápidamente tan pronto como les presentaron a Joseph.

Quizá Stella nunca la había amado realmente como una hermana. ¿Cómo podía haberla atacado tan rápido cuando murió el tío Harold?

Cuando el carruaje se detuvo ante las salas de la Asamblea, Victoria se sintió mareada.

Joseph miró por la ventana la calle iluminada por lámparas. 'Hay muchos carruajes y personas entrando al edificio. Ya ves, no había nada de qué preocuparte. La vileza de Stella no tiene la influencia que ella cree que tiene'.

Abrió la puerta y la ayudó a bajar la escalera. El aire frío golpeó su rostro y ella tembló a pesar del abrigo de piel que llevaba.

Joseph ayudó a Mercy a bajar y luego tomó ambos brazos a ambos lados de él. Con una sonrisa alentadora hacia Victoria. 'Puedes hacerlo'.

Al entrar en el vestíbulo, unos pocos caballeros le dieron la mano a Joseph y le hablaron a Victoria sobre lo entusiastas que estaban de escuchar su discurso, lo que la puso aún más nerviosa.

Mercy tomó sus abrigos y se los dio al asistente.

'¿Le gustaría algo de beber?' Joseph señaló la mesa de refrescos que podía ver en un descanso entre la multitud.

'Sí por favor.' Ella agarró su mano antes de que se fuera. 'Hay un buen número de personas aquí'.

Dijo sonriendo. 'Como si no lo hubiera. ¿Quién no querría venir y escuchar a una dama que vivió en Blossom Street y en Petal Lane?

'¡Victoria!' Harriet estaba repentinamente a su lado y se abrazaron.

'Estoy tan contenta de verte aquí'.

'A darte apoyo moral y todo eso'. Harriet sonrió. ¡Mercy y yo somos tú mano derecha! ¿No es así, Mercy?

Mercy miró a su alrededor la ola de gente. 'Estoy tan contenta de no ser la única en hablar con esas personas'.

El estómago de Victoria se anudó. ¡No me estás ayudando! dijo susurrando.

Joseph trajo una bandeja de bebidas que incluía una para Harriet. 'Siento que debería hacer un brindis'.

Victoria casi se atragantó con su primer bocado. '¡No! No tentemos al destino'.

La cara de Joseph se puso seria mientras miraba más allá del hombro de Victoria. Se volvió para ver por qué y se enfrentó a tía Esther.

'Victoria, querida'.

Preparándose para un ataque verbal, Victoria se puso rígida. 'Tía'. Buscando a Stella.

'Estoy aquí sola', dijo la tía Esther, que parecía mayor y más pequeña vestida de negro. Su cabello era completamente plateado ahora y su figura más delgada que antes. Finas líneas generosamente fruncieron su rostro.

'Señora Dobson', intervino Joseph, 'esta es una ocasión importante para mi esposa'.

'Y no lo arruinaré, doctor Ashton, se lo prometo. Todo lo contrario, vengo a pedirle perdón a Victoria'. Las lágrimas llenaron los ojos de tía Esther. 'Me comporté deplorablemente, Victoria, y me disculpo sinceramente. No tengo excusa para ofrecer, excepto el dolor, que se asemeja a una especie de locura. Pero a medida que pasaron los meses y no sabía dónde estabas, o cómo te las arreglaste, me sentí culpable. No soy una persona desagradable'. Una lágrima rodó por su mejilla y se la secó con un pañuelo negro con bordes de encaje.

«Es una pena que su hija no sea de la misma clase, señora Dobson», espetó Joseph.

Tía Esther inclinó la cabeza. 'He puesto fin a la campaña de odio de Stella. Lamento que haya sucedido.'

Se tocó una campana indicando que la gente entrara y tomara asiento.

Victoria había amado a su tía y la admiraba. Ella podría perdonarla. 'Tía Esther, ¿se sentará con Joseph y mis amigos, Mercy Felling y Harriet Drysdale?'

¿Es usted la señora Felling? Tía Esther pestañeó y vio el vestido azul de medianoche de Mercy. Mercy se veía tan distante de ser una mujer de los barrios bajos hasta ver su mirada detenidamente.

'Soy la señora Dobson'. Mercy se enderezó, más orgullosa.

'¿Entonces también es un sobreviviente?' Dijo la tía Esther con respeto.

'Sí, así como su sobrina'. Sonrió Mercy.

La tía Esther asintió. 'Me complace conocerla'. Se volteó hacia Victoria. 'Harás a la familia muy orgullosa Victoria, especialmente a tu tío'.

Victoria tragó un nudo de emoción. 'Eso espero'.

'Tomemos asiento antes de que se acaben'. Joseph hizo pasar a todos dentro de la gran habitación adornada.

Victoria los dejó para sentarse en el escenario junto al señor Foster.

¿Listo, señora Ashton? preguntó, revisando sus notas.

'Nunca he estado más preparada señor Foster'.

'Como discutimos esta mañana, hablaré primero, darán la bienvenida a todos, presentaré al alcalde, quien dirá algunas palabras, y luego será su turno'.

Ella asintió y buscó en su bolsillo sus notas, el pliegue del papel era un poco reconfortante.

'No se asuste. Todos han venido a verla. Para escuchar su historia. Está representando a todos aquellos que viven en condiciones difíciles. Usted es su voz. Solo piensa en el bien que puede hacer'.

Ella asintió de nuevo, la presión e importancia de lo que tenía que hacer la hizo querer estar enferma por todos los brillantes zapatos negros del señor Foster.

Durante los discursos del señor Foster y del alcalde, Victoria se puso más ansiosa. Dudaba de cada una de sus decisiones que habían llevado a este momento.

Cuando el señor Foster la presentó, hubo un aplauso atronador. Ella subió al podio. Los aplausos se calmaron. El señor Foster había hablado bien sobre la difícil situación de los pobres y ahora era su turno.

Su corazón parecía alojado en su garganta mientras miraba el mar de personas. La sala de asambleas estaba llena de algunos hombres parados al fondo de la sala debido a la falta de sillas vacías.

Victoria tragó saliva y mientras le temblaban las manos. Sus notas no tenían sentido, las palabras se volvieron borrosas y se volvieron ilegibles.

Respiró hondo.

Ella podía hacerlo.

Con una mirada hacia Joseph y Mercy, ambos sonriendo orgullosamente, ella comenzó a hablar.

'Las circunstancias me llevaron a estar entre la gente pobre de York, y fue allí, entre ellos, donde aprendí muchas lecciones ...'